MARA POPESCU-VASILCA

Bianca, printre castele de nisip

First published by George Vasilca & Mara Popescu 2022

Second edition

ISBN: 978-1-7781504-6-3

This book was professionally typeset on Reedsy.
Find out more at reedsy.com

Contents

Preface iv
1 Capitolul 1 1
2 Capitolul 2 29
3 Capitolul 3 47
4 Capitolul 4 67
5 Capitolul 5 87
6 Capitolul 6 102
7 Capitolul 7 122
8 Capitolul 8 137
9 Capitolul 9 156
10 Capitolul 10 175
11 Capitolul 11 194
About the Author 208
Also by Mara Popescu-Vasilca 213

Preface

ADÂNCUL SETEI DE IUBIRE

Nu este nimic pe lumea asta mai absorbit cu sete decât iubirea. Ne-am născut din iubire și suntem însetați de iubire. Ea este sublima lege a existenței noastre pe acest pământ stăruind a fi o temă inepuizabilă pentru toate artele. Poeziile și romanele relatând povestea veche, veșnic nouă a îndrăgostiților, au fost dintotdeauna apreciate pretutindeni, mai ales în rândul femeilor. Nu de puține ori emoția pe care acest gen de cărți o transmite e de-a dreptul răvășitoare.

Pe un astfel de teren a pășit cu succes romanciera româno-canadiană din frumosul Montreal, Mara Popescu Vasilca.

Domnia Sa ne prezintă o incitantă magie a iubirii capabilă să ne răscolească viața. Scriitoare cu vocație, cu un izvor nesecat de noi valențe, s-a dedicat acestei teme cu câțiva ani în urmă. Stăpânită de o adevărată debordare a energiilor literare, ne mărturisește că acestea sunt „romanele pe care le scriu cu mult drag și pasiune" și că a plâns și s-a bucurat împreună cu personajele sale.

Această efervescență a creației sale a dat viață unei colecții, „Dragostea, arză-o-ar focul", care include patru romane inedite publicate – „Vanda, între dorință și rațiune", „Nora, în căutarea identității", „Paula, împlinire târzie" și „Catia, gustul amar al trădării", la care se adaugă și „Bianca, printre castele de nisip". Despre aceste romane în care autoarea plasează feminismul în centrul atenției, subliniază în „Cuvânt către cititor": „Când am început să public toate aceste romane ale căror titluri sunt cu nume de femei, am vrut să fie un omagiu pentru mame, surori, soții și, de ce nu, și pentru amante. Orice femeie se poate regăsi citind cu interes cum au reușit sau nu să-și trăiască parte din viață".

În același timp, trebuie remarcat că autoarea pune în valoare abilitatea femeii de a lua decizii care contribuie la succesul ei în viață.

Deși iubirea e atemporală și omniprezentă, autoarea o aduce în zilele noastre desfășurându-se, în mare parte, pe tărâmul țării noastre în condițiile specifice acestor timpuri, oferind astfel mai mult interes.

Deși marile probleme ale iubirii sunt aceleași dintotdeauna, autoarea îmbogățește această temă, căci Iubirea poate fi privită din infinite unghiuri de vedere, amintindu-ne că întâmplările și trăirile sunt tot atâtea câte ființe omenești sunt pe pământ, ba chiar sunt și multe trimiteri la dragostea și devotamentul necondiționat al unor animale, cu precădere câinii.

Unele persoane consideră romanele de iubire că sunt siropoase, încărcate de dulcegării, deși se știe că în iubire nu există liniște. Romanele de dragoste au o arie mai largă de desfășurare a acțiunii decât cea a iubirii. Ele ne pot oferi o largă panoplie a tipologiilor umane, au capacitatea de a adânci înțelegerea despre oameni și a relațiilor interumane. Poveștile de dragoste cuprind toate tainele lumii. Găsim pagini de meditație adâncă, din care desprindem lecții de învățat cu privire la cei din jur, comunicarea cu ei și întărirea relațiilor interumane.

Toate aceste trăsături le găsim și în romanele scriitoarei Mara Popescu Vasilca. Aceste romane ne oferă o călătorie cu mai multe povești de dragoste pe care le putem privi cu ochii mai multor personaje, din care putem trage învățăminte de viață.

Unii autori sunt considerați demni de a fi citiți pentru că storc lacrimi, dar avem nevoie și de romane care trezesc sentimente de bucurie, de speranță, și care dau naștere ideii de a gândi pozitiv. Bianca este o ilustrare a acestei idei. După ce și-a construit castele de nisip, sinele său se reconstruiește și, în final, își vede visul împlinit.

Ca și în celelalte romane din colecția „Dragostea, arză-o-ar focul", și în romanul „Bianca, printre castele de nisip" autoarea a creat personaje bine conturate, înzestrate cu experiențele lor de viață, cu împliniri și eșecuri în care cititorul ar putea să se regăsească și să construiască propriile sale idei despre iubire.

În acest roman, autoarea ne prezintă viața și trăirile personajului principal, Bianca, din timpul copilăriei petrecute în grele suferințe provocate de familia ei dezorganizată și de o societate lipsită de interes pentru buna creștere și educație a copiilor. Din anii cei mai fragezi, o vedem pe Bianca nevoită să înfrunte drasticul și nedreptul său destin. Acest început al vieții și-a pus amprenta și mai târziu pe viața ei. Lumea zilelor noastre i-a creat grele probleme împingând-o spre moravuri ușoare și spre decăderea umană acceptând compromisul față de societate și, mai ales, față de propria persoană. Pentru ambiții materiale s-a implicat în situații condamnabile. Vorbind despre sine, Bianca spune că ea a fost „o femeie care nu a știut că în viață se poate trăi frumos, sincer și cu frica lui Dumnezeu...". Cu toate abaterile ei de la moralitate, pe Bianca o poți înțelege până la un punct. Este o femeie sensibilă, trăind intens tumultul vieții, dând dovadă că e o femeie puternică și perseverentă în căutarea unui partener ideal. Așa cum a fost creată, Bianca va stărui mai multtimp în memoria cititorilor. La aceasta contribuie și autoarea care nu judecă și nu condamnă, lasă cititorul să-și facă singur părerea.

În necuprinderea oceanului de vise, frumoasa Bianca aspiră la împlinirea vieții ei prin măreția iubirii, prin trăirea fiorul ei adânc și cosmic. Ea trăiește, pe rând, câte o iubire care dă de pământ toate visurile și spontaneitățile sale, o viață trăită că-ntr-un vortex. Dornică de absolut în iubire, privind spre înălțimi, de fiecare dată îi iese în cale un moment al prăbușirii asemenea castelelor de nisip. În aceste momente dramatice, arzând în focul durerilor, a găsit puterea să se replieze și să vadă lumina speranței care nu se stinge niciodată. A luptat să găsească puteri de a se ridica și trăiri capabile să o purifice. Și astfel, dincolo de țărmurile așteptării, Bianca a depășit diguri, valuri, a căzut, s-a ridicat și-a șters repede o lacrimă și a mers înainte. O înțelegem pe Bianca, fiindcă iubirea e un tărâm necunoscut și fiecare luptăm singuri să ieșim cu bine din hățișurile ei, altfel spus, din această nebunie dulce-amară, numită iubire. În final, pentru Bianca se întrezărește împlinirea dragostei când reușește să privească iubirea cu ochii omului obișnuit, o iubire cu rădăcinile în firescul existenței omenești. Ajungând cu lectura la un asemenea moment, te bucuri pentru a gusta din farmecul unei povești cu un final fericit.

Romanul are la bază destăinuirea. Narațiunea este relatată de Bianca, la persoana întâi. E o prezentare plină de farmec prin sinceritatea și deschiderea care te atrag și te conving. Limbajul ei este unul elevat, ea este o inteligentă avocată și jurnalistă. E cuceritoare ideea autoarei de a promova expunerea liberă despre iubire. Acest procedeu face ca romanul să devină ușor de citit și de pătruns în universul interior al personajelor.

Bianca a înțeles că, în esență, dragostea este o căutare mergând în ritmul unei schimbări continue spre un orizont mereu văzut și mereu îndepărtat. „Dragostea noastră are un temperament tonic, nervos, consumator de energie fizică și psihică până când începem jocul dragostei, dar numai după ce suntem pierduți, și rătăcim prin noi, căutăm ceva, știm că nu o să găsim, că nu are formă, dar căutăm".

În timpul lecturii am simțit cum autoarea Mara Popescu Vasilca se strecoară printre rânduri cu un suflet delicat și sensibil, împrumutând personajelor principale toate aceste trăsături. I-am simțit preocuparea mai ales pentru trăsăturile interioare ale personajelor sale. Terminând lectura romanului, „Bianca, printre castele de nisip", cu greu m-am despărțit de el. Se știe că atunci când ne cade în mână o carte bună, se pun în mișcare resorturi interioare pe care le-am trăit și asupra cărora gândurile au stăruit multă vreme. Nu ne vine să închidem coperțile acestui izvor răscolitor al adâncurilor noastre. Romanul conține ceva profund uman care îi prelungește durata in timp. Autoarea poate avea satisfacția împlinirii dorinței cu care a scris pe această temă, fiind întemeiată speranța unui drum luminos al romanelor sale.

Elena Buică-Buni
Toronto-Canada

One

Capitolul 1

O lume în care cei prezenți se cunosc,
discută despre cariere, afaceri,
și cum își împart timpul între muncă,
familie, dragoste și...

Ambasada

Este o după-amiază cu cer senin. O pală de vânt îmi mângâie fața. Direcția este sediul ambasadei franceze de pe strada Biserica Amzei. Este o clădire impunătoare. Aici diplomația franceză își are sediul la noi în București. Sunt puțini cei care-i știu istoria. Această clădire face parte din istoria relațiilor dintre România și Hexagon. Așa era cunoscută Franța în cel de-al 19-lea secol, un patrimoniu comun care este păstrată ca atare. Sunt emoționată. Știu că printre cei care i-au călcat pragul se numără toți președinții celei de-a cincea republici. Clădirea este concepută să primească oaspeți. Un loc al întâlnirilor cordiale. Aici are loc recepția oferită cu ocazia Zilei Naționale a Franței, astăzi 14 iulie 2012.

Momentul în care se deschid ușile înalte și grele, a sosit, intrăm. Facem primii pași. Arhitectura clădirii are o combinație de mai multe stiluri. Am ajuns în vestibul. În fața mea sunt două coloane grecești care dau o notă de măreție. Privirea mea este atrasă de cele două firide care adăpostesc două vaze de Sevres, culoarea cobaltului. Pereții laterali sunt decorați cu oglinzi înscrise în arce sprijinite de pilaștri. În dreapta mea un domn îi explică celui de lângă el:

-Știți domnule Petrescu că la inaugurare au fost invitați de onoare, prințul moștenitor Ferdinand și prințesa Maria, ei au făcut primul vals somptuos. În acest spațiu au pășit arta, șarmul și istoria franceză odată cu expunerea unor piese de mobilier stil Ludovic al XV-lea și Empire ca și ceramica de Sevres, domnule.

Mă bucur că sunt aproape de ei și că aud discuția. Domnul Petrescu întoarce capul spre mine, îl apleacă ușor cu un salut elegant, din politețe.

-Domnule Mardare, avem o doamnă lângă noi care este obligată să asculte conversația noastră, nu credeți că ar fi bine să o salutăm?

Mă privește curios, apoi aprobă.

-Cum să nu?

Schimbă locul, acum este în dreapta mea, așa că sunt între doi bărbați. Facem cunoștință și înaintăm. Holul principal este încadrat între două coloane.

-Știați că a fost proiectată de un arhitect olandez care a trăit în București?

-Da, îi răspund, scurt, încet.

E surprins. Nu se aștepta. Eu citisem tot ce se putea despre istoria acestei clădiri. Nu pot să merg undeva și să nu știu nimic despre locul în care mă voi afla. Suntem între cele două coloane impunătoare.

-Sunt din marmură, sunt foarte frumoase, spuse domnul Mardare.

-De fapt nu sunt din marmură, sunt vopsite. A fost folosită o vopsea care imită marmura foarte bine.

Sunt curioasă dacă știe a cui e statueta din fața noastră. Deocamdată nu spune nimic. Mă apropii puțin de domnul Mardare și îi spun șoptit, aproape de ureche.

-Statuia este alui Ludovic XIV, este din bronz, este…

-Regele Franței și al Navarei îmbrăcat în uniforma de general roman.

- Cu perucă, completează domnul Petrescu.

Mă bucur că am două persoane cu care voi putea avea o conversație plăcută în seara asta specială. Am ajuns lângă ofițerul de la intrare. Îi dau invitația. Se uită la nume, în timp ce-și arcuiește sprânceana stângă, ca semn de nedumerire. Îmi zâmbește cu amabilitate, apoi mă anunță:

- Doamna Bianca Ionescu Poitiers. Observator al scenei politice Europene și Internaționale.

Se făcuse liniște, dar pentru puțin timp. Intru în sala de recepție, în timp ce aud rostit numai numele meu, încet, discret în urma mea, a nedumerire.

-Doamna Poitiers...???

Se mai uită o dată admirativ. Sigur, ținuta mea elegantă l-a convins, nu e nevoie să-i explic că e de la Paris. Îmi dau o șuviță de păr deoparte, ca să pun în evidență singurul cercel care este foarte șic la ținuta mea de seară. Îl privesc ca să nu creadă că m-a intimidat, având curajul de a mă privi.

Sunt în sala de recepție. Caut masa și locul indicat pe invitație, dar nu mă așez. Mă plimb, în fond e meseria mea de a afla cât mai mult despre onorabilele persoane prezente. Pe cei doi nu-i mai văd, sigur au cercul lor. Aud voci în multe limbi. În dreapta, se vorbește engleză. Merg mai departe, românește, continui. În sfârșit franceză. Mă apropii, mă opresc. Două doamne grase vorbesc aproape în șoaptă.

-Ce crezi dragă, Janet vine cu domnul Petrescu?

-Cum să nu vină, dragă? El a fost căsătorit cu soția unuia care lucrează aici. Una roșcată, o știu, odată am călătorit cu ea în același avion când m-am întors la Paris.

-Știu că el a finanțat niște proiecte româno-franceze și că-i merg foarte bine.

Discuția mă interesează. Mă așez cu spatele, ascult cu mare atenție. Se pare că aceste două doamne cunosc bine povestea lui. O să fiu atentă la care masă se vor așeza.

Janet, repet în gând, ca să nu fiu auzită de nimeni. Se face liniște. Se deschid cele două uși din stânga. Intră doamna ambasador. Este o persoană care s-a remarcat prin capacitatea ei intelectuală deosebită din punct de vedere politic și administrativ. A menținut relații internaționale importante. Iar pentru noi, o legătură de valoare prin modul de a privi relațiile dintre România și Franța. Chapou!

Ambasadoarea ține discursul tradițional, spunând printre altele că:

- Franța este un partener strategic al României, și că relațiile dintre țările noastre sunt relații privilegiate. Că vor fi de asemenea cultivate pe plan bilateral în cadrul UE, pentru un viitor al Uniunii Europene.

Încheie făcând tradiționala urare:

- La mulți ani Franței și cetățenilor francezi!

Nu este pentru prima oară când particip la asemenea întruniri, conferințe și alte evenimente cu care sunt familiarizată. O să-i iau un interviu după terminarea ceremoniei, m-am înscris pe lista celor ce vor avea plăcerea să pună câteva întrebări referitoare la eveniment.

Mă plimb cu paharul de șampanie în mână. În acest loc pare că sunt într-o micuță călătorie, într-un castel de pe valea Loarei. Intru în salonul de muzică, este luminat de soarele ce intră pe ferestrele mari ale încăperii. Acest salon are vedere către grădina din spate, iar combinația nuanțelor de bej, maro și verde pal subliniează frumusețea acestuia. Chiar dacă acum nu se aud acordurile pianului îmi pot imagina vibrațiile acestuia. Este un Playel realizat la Paris de pianistul și compozitorul austriac Ignaz Player și care a adus lemnul de molid roșu din Italia, unde se găsește doar în munții din Vali di Fiemme. Acest instrument muzical a învăluit întreaga reședință în armonie în timpul concertelor.

Dar eu caut discret pe cineva. Pe cineva pe care-l pierdusem demult, și acum, aici, e ultima mea șansă să-l revăd, pe Vlad. Călătorisem prin Europa, trăisem la Paris, acum sunt din nou în București alături de bărbatul care a înțeles că nici eu nu sunt pregătită pentru o viață de familie. Am refuzat amândoi, din start. Dar iată că după numai câteva luni am văzut că nu e așa. Că el este cel pe care-l vreau, să am o familie, nu știam că-mi va lipsi. Nu, nu am fost logodiți, nu ne plăcea acest cuvânt. Noțiunea de căsătorie nu ne-a dat satisfacții, țineam prea mult la noi, așa cum eram, liberi. Dar iată că soarta hotărăște să ne despartă, eu prin Europa și el prin India.

Vlad, căci despre el este vorba, fusese iubitul meu, am înțeles târziu că-l iubesc. Era un bărbat tandru cu aproape 18 ani mai mare decât mine, pe care l-am cunoscut la un meci de box de la Arena din București. Locuia de mulți ani singur și liniștit tot în capitală. La prima vedere am simțit o atracție, apoi mi-a făcut curte. Nu discutam de căsătorie, nu era un subiect care să ne intereseze, atunci. Ne iubeam, așa credeam, pentru că eram fericiți deși era o luptă înverșunată. Eu cu ideile mele nefondate și el cu ale lui, bazate pe o viață în care a trecut, cu toate dificultățile. El divorțat, eu văduvă. Cât despre Vlad, căsnicia lui cu Janet, o franțuzoaică inteligentă, roșcată și pistruiată, șarmantă, se terminase cu mulți ani înainte de a ne cunoaște. Divorțul lor s-a desfășurat civilizat fără acuzații în tribunal, cererea era motivată doar pentru faptul că nu se potriveau, chestiune de caracter. Așa că ea s-a întors la Paris numai că a lăsat urme în sufletul lui sensibil, o urmă de tristețe, de regrete, dorința de a se izola.

Experiențele noastre ne-au obosit, fiecare cu trecutul greu de uitat și mai ales de lăsat în urmă. În toate discuțiile eram suspicioși, eu cu poveștile incredibile, și el cu ale lui. Precipitați ne-am aruncat unul în brațele celuilat în speranța că vom găsi ce nu am mai avut, sperând că intimitatea noastră este o posibilă renaștere.

Știu că s-a întors din India. Este ultimul loc unde pot să dau de el. Îmi doresc să-l întâlnesc. Da, îl vreau înapoi. Acum am înțeles ce mult a însemnat pentru mine. În mesajele pe care le-a trimis nu a pomenit de locul unde se află. De teamă de trecut, de mine...

Suntem în salonul de recepții unde ne pregătim să gustăm din specialitățile culinare franceze și românești. Masa și scaunele sunt în stil Ludovic al XV-lea. Vesela folosită este celebră, farfuriile fiind realizate în mod special pentru ambasada noastră de către manufactura de la Sevres cu foiță din aur de 24 de karate.

Trebuie să recunosc că sunt emoționată. Acestea sunt momente speciale. Aici vom ciocni pentru viitor. Simt furnicături, emoții care mă însoțesc de fiecare dată, la fiecare 14 iulie. Acum am una în plus. Mă întreb dacă-l voi găsi pe Vlad, aici, astăzi. Mă îndrept spre sala de bal. Este luminată de patru candelabre în stil Empire. Mobilierul este în stil Ludovic al XVI-lea. Mai sunt două frumoase console în acaju, o comodă și o măsuță de salon cu obiecte din ceramică Sevres. Pe măsuțele din salonul mare sunt așezate albume de artă și cărți care reprezintă țara noastră. Despre domnitorul nostru Mihai Viteazu. Unul despre sculptorul Constantin Brâncuși și altele despre Delata Dunării. Din spate aud vocea domnului Mardare.

-A, iat-o pe doamna pe care o pierdusem, doamna Ionescu.

Mă opresc, le zâmbesc și le spun că tocmai mă îndreptam spre bibliotecă.

-Și noi. Au răspuns în același timp.

Mobilierul este modern doar cărțile sunt vechi. Cele două obeliscuri egiptene în miniatură din porțelan de Servres sunt luminate discret. Este o atmosferă impresionantă care explică de la sine cum e cu șampania franțuzească, persoanele elegante. În colțul din dreapta la vreo cinci metri de mine o femeie care mă privește insistent. Ține niște pliante în mână. Se preface că le răsfoiește. Am surprins-o privindu-mă. Îi văd fața. Mă trece un fior rece de frică. Este ea, fosta mea îndrumătoare de proiect, Elena Burlacu. Întorc privirea spre însoțitorii mei doar o fracțiune de secundă. Mă uit din nou acolo unde fusese ea, nu mai e, dispăruse. În timp ce gardianii mei se uită la candelabrul impunător, mă îndepărtez discret. Mă încurajez, mi se păruse, nu putea fi acolo. Mai beau un pahar cu șampanie. Fac un tur minuțios printre invitați, eu trebuie să-l găsesc pe el...

Despre Vlad

Plecase în India în urmă cu trei ani. Eu în Europa. Nu e ușor să cauți mereu senzaționalul în viața altora și să uiți de tine. Am înțeles acum cât de mult îmi lipsește. Nu am avut curajul să-i spun adevărul pe care abia acum l-am înțeles, că-l iubesc. Sufăr cumplit. Nu a răspuns la întrebările mele, unde e? Ce face?

Nu pot să nu mă gândesc la el. Trebuie să-mi iau din nou menirea de a căuta prin societatea în care trăiesc. Oameni, care merită toată stima și respectul. Cei care veghează ca să putem trăi în pace. Să putem păstra edificiile istorice și viețile oamenilor.

În fond am plecat ca să scăpăm unul de altul. De tot ce nu reușise el să facă cu mine, femeia compromisurilor, a jocurilor false. Elena l-a căutat și i-a spus despre noi. Pare că se cunosc de mult. Discută și gesticulează prietenește. Ce naiba o fi între ei? Plecasem fără să mă vadă fără să știe că i-am văzut împreună. El un bărbat distins și ea o...

Îmi amintesc că-mi scrisese printre altele că în călătoriile prin India, întâlnește mulți oameni care au mătănii. Se numesc japa mala, că se folosesc de sute de ani. Italienii le numesc Rozarii, au și o cruce cu Isus, noi le spunem Mătănii. Toate au o sută opt mărgele care sunt multiplul lui trei, făcut din trei cifre, așa că suma acestora este nouă, adică de trei ori trei. Se știe că trei reprezintă echilibrul suprem, Sfânta Treime. Numărul o sută opt este considerat, în sancristă, ca fiind, *harshad*, și care înseamnă o mare bucurie. În mai multe religii este considerat un număr sacru, simbolizând Universul. Mă întreb dacă le are și el și dacă știe să se roage, dar mai ales pentru ce.

Aș fi vrut să fiu cu el. Am vrut să plec în India să-l caut. Așa, de una singură. Să-i dovedesc cât de important a fost pentru mine. Să vadă că sunt altfel, nu mai sunt sălbatica cu care s-a luptat. Până la urmă a cedat el și a plecat. Ca elefanții care se duc în cimitirele lor când simt să se apropie sfârșitul. Mă cuprinde frica. Dacă a plecat să moară pe acolo? Dacă e bolnav? De ce nu vrea să-mi spună unde e? Poate că nu mai poate să se lupte, că i-a ajuns lecția pe care a luat-o cu o femeie ca mine.

A simțit nevoia să caute căile spirituale autentice? Dacă are un guru femeie? Una care să-l înțeleagă, să fie generoasă. Dacă a fugit de mine? De ce oare?

Știe că sunt dornică de noi aventuri, este o curiozitate personală. Așa că s-a sacrificat, a plecat fără să-mi dea vreo explicație. Am înțeles. Evită orice contact. Este o despărțire. Vlad e în India și eu continui să sufăr. De ce oare trebuie să ne sacrificăm în numele iubirii, al dragostei, oare merită?

A plecat în căutare de el. Pe mine m-a lăsat. Nu crede că eu sunt în stare să sufăr din dragoste?

Dacă ar fi să mă analizez, îmi este frică de mine. Mă doare sufletul, nu pot să nu-mi amintesc de Bianca de atunci. Am trăit la Paris în minciună, seducție și suferință, am luat o lecție dură de la viață dar acum sunt altfel, timpul m-a schimbat. Am construit castele de nisip peste care acum calc fără milă, ca peste suferințele mele și neștiința de a trăi.

După ce murise Bazil am suferit de depresie. Frică și de singurătate. Nu știam ce să fac.

A trebuit să descopăr singură drumul spre mine. Văduvă, singură, și nu mint dacă spun, îndurerată de mila lui Bazil, de mila mea, de fapta mea. Așa că am lăsat totul și m-am întors în țară.

Numai prostii am făcut în viață. Pentru că nu am avut un model. Nu știam care sunt regulile bunului simț. Nu avusesem o educație și nici un model în familie. Puținul pe care mi l-a dat Pascal era doar o parte minimă din ce ar fi trebuit să știu. Pascal și el un bărbat care nu a realizat ce și-a propus în viață, acum voia să recapete ce pierduse în tinerețe. Drumurile noastre s-au intersectat, nu știam că fiecare vrea altceva de la viață.

* * *

La arenă

Pe Vlad îl cunoscusem la un meci de box. Eram cu prietena mea Alis. O tânără blondă atrăgătoare, bine pusă la punct. Mare amatoare de box. Prietena unui boxeor care-și câștigă existența practicând acest sport dur. Cu pumni, urlete și sânge într-un edificiu din sticlă și piatră.

Locul lui Vlad este în fața mea pe rândul 5 eu pe 6, exact în cârca lui. Îmi vine să râd. Mă cert. Potolește-te Bianca! Dacă aș întinde picioarele ar fi pe umerii lui. Alis mă întreabă de ce râd. Sigur că nu puteam să-i spun așa ceva. Mie îmi mai ia mintea înainte, câteodată. Am o imaginație foarte bogată și obraznică.

Îl văd din spate, are vreo 48-50 de ani, e în formă, bronzat, părul șaten, încărunțit. M-a luat în brațe la primul pumn pe care l-a dat boxerul pentru care venise. Trag aer în piept, mă ridic și mă las în brațele lui. Cum erau numai bărbați pe lângă el, m-a îmbrățișat. Apoi s-a mutat pe locul de lângă mine.

-Vă deranjează?

-Nu.

Răspund răgușită, încercând să-mi dreg vocea. Mă întreabă ceva dar nu aud întrebarea. Tipul se întoarce la mine, îmi zâmbește. Iar se ridică, eu sunt destul de surprinsă. Încerc să mă stăpânesc. Cu o mișcare delicată mă cuprinde de mijloc. Sunt uimită. Trebuie să-mi fac curaj să-l întreb ce vrea de la mine. Îl privesc cu atenție. Sfinte Parfenie - ce frumos e.

Mă ridic și îi întind mâna.

-Sunt Bianca.

-Ceeeeeee???

Mă întreabă în hărmălaia care se crease din nou. Renunț, mă așez la locul meu.

Nu mă uit pe ring, și așa nu-mi place boxul. Trag cu ochiul la el. Cu toate că e cărunt pare că nu e bătrân. Are trăsături fine. E plin de vitalitate, imprevizibil și atrăgător. E înalt, îmbrăcat într-un pantalon bej și o cămașă albă cu mâneci lungi suflecate. Părul este dezordonat de cât s-a agitat. Privirea intensă mă emoționează, mă fixează cu șiretenie. Aproape că mă hipnotizează. E drept că nu mai văzusem asemenea exemplar masculin.

Asta a trezit curiozitatea mea. Ciudat, mă atrage, e curios nu? Ceva care ne roade pe noi femeile tinere și frumoase. Vreau ceva deosebit. Sunt sătulă de dulcegării, maniere exagerate, voci prefăcute, bărbați cu părul pieptănat și fixat.

Mă întreb, dar dacă, totuși îi place de mine? Sigur, eu vreau unul care să mă ia prin surprindere. Să mă tragă bărbătește, să mă sărute așa, ca ăsta. Ba chiar dacă nu aș sta să-mi dea și-o palmă. Unul hotărât domnule, care să știe ce vrea și mai ales ce are de făcut. Să știe dacă să intre în viața cuiva serios, nu așa, de plictiseală.

A înțeles că mă uit la el, da, acum îi spun în gând, *uită-te la mine, uită-te la mine*. Hop, s-a uitat, minune, funcționează. Ia să-i mai spun ceva. *Aș vrea să mă săruți*. Ai auzit? *Vreau să mă săruți*. Întoarce capul către mine, zâmbește de parcă ar spune, *te joci cu focul drace*. Nu știu cine pe cine bate în ring dar abia aștept să mă ia din nou în brațe. Na beleaua, chiar se ridică, mă ia din nou în brațe, mă strânge, mă sărută direct pe gură și se grăbește să mă așeze la loc ca să poată să vadă meciul mai departe. Închid ochii, mă ling pe buze ușor, voluptos, cu limba ca să-i simt gustul. Deschid ochii și-l privesc, nu se mai uită la ring, se uită la mine.

-De ce nu mă lași să văd partida? Cine ești?

-Bianca. Da tu?

-Vlad, ce cauți aici în hărmălaia asta?

-Poate pe tine.

Îi răspund obraznic. Nu mi-e frică de el. Pun palma în mâna lui, aștept să-mi spună ceva. Când mâinile noastre s-au atins am simțit un fior ciudat. Mă surprinde.

-Te rog să stai cuminte. Vreau să văd partida. Ai înțeles?

Acum are o voce calmă. Simt nevoia să plec de aici.

Eu sunt cea care nu-l lasă? Acum chiar că o iau de la capăt. Încep să-i spun în gând. *Hai să plecăm, hai să plecăm, hai să plecăm.* Se ridică mă ia de-o mână și mă scoate afară. Eu o țin pe Alis ca pe o remorcă, sau ca pe salvarea mea. Nu ține cont de ea.

Mi-a dat întâlnire la restaurantul Ambasador și a plecat. Simt că-mi ard călcâile. Abia aștept să-l revăd. Ăsta da bărbat, mi-am spus.

-La opt, te aștept, nu uita.

Și se pierde prin mulțime.

Rămân cu cheile de la mașină în mână, și cu Alis care se tot mira de mine.

-Na! Să mai venim la meciuri de box, ca să ne învățăm minte. Cine știe cine o fi.

-Tu ce faci? Mai ieși cu Mircea așa cârpit după bătaia din ring?

-Sigur că ies, ce am eu cu fața lui? De ce să stau acasă? După fiecare meci, mort copt, mă scoate.

-Da tu, ce faci Bianca, te duci cu namila bătrână?

-Sigur, nu vezi ce interesant e? Vreau să văd ce vrea.

-Ce vrea? Mă faci să râd, chiar nu știi ce vrea? Te-a văzut tânără, elegantă, cum să nu vrea să știe cine ești. Da' tu, ai văzut că e bătrân?

-Ei, bătrân! Nu. E matur, vreau să-l cunosc.

-Treaba ta. Să fii atentă, o să ai o seară grea. Eu atât îți spun. Trebuie să joci tare. Ăsta e expert, dacă încă e în căutare, înseamnă că e foarte pretențios. Se vede că e foarte bogat după cum merge. Pare că nu se teme de nimeni și de nimic. Poate să ia ce vrea de la viață, așa cum a făcut cu tine, nu ai văzut? Ăsta-și schimbă femeile ca pe mașini.

-O să vedem cine e mai tare, nu mă sperii eu de un bărbat.

-Văd că nu am cum să te opresc. Baftă, Bianca!

La restaurant

Opresc mașina în fața intrării. De câte ori merg într-un restaurant cu valet parking mă agit, nu-mi vine să las cheile de la mașină. Când eram cu Pascu ultima oară am fost cu mașina mea, am lăsat cheile la intrare, să o parcheze ei. A fost o seară frumoasă, am mâncat bine, am discutat, am râs. Pascu e un coleg cu care am bătut multe drumuri prin Europa, în căutare sau după evenimente și știri senzaționale. Când am plecat de la restaurant, după câțiva metri mașina a început să țipe, să mă atenționeze că am frâna de mână trasă. Pascu reușește să mă facă să înțeleg să trag pe dreapta. Schimbăm locurile. Ce a făcut? A trebuit doar să o sincronizeze între mână și picior ca să o deblocheze, fiind automată. Așa că, de câte ori trebuie să parcheze ei, îmi amintesc povestea cu frâna, ca și în seara asta.

Mă grăbesc să intru. Ușile se deschid automat. Fac câțiva pași. Simt un miros plăcut. Închid ochii. Trag adânc aer în piept, încerc să mă re-echilibrez. E un parfum de bărbat. De ceva special, exotic. Mă ia de mână. La prima întâlnire a venit cu tot pachetul de emoții. Nimeni nu m-a tulburat atât. Poate fizicul, politețea, degajă eleganță prin mișcările lui sigure. Oftez și-l întreb pe Dumnezeu ce mai e și asta?

Joacă tare, mă gândesc. Mă întorc spre el, mă îmbățișează. Mă lipește de piept delicat, vrea să vadă dacă sunt și eu emoționată în prezența lui.

-Nu am putut să nu mă gândesc la tine, Bianca.

Îmi sărută mâna. Repetă numele meu.

- Bianca. Ai un nume frumos. Ți se potrivește. Brunetă cu pielea albă.

Îmi spune în timp ce mergem spre masa rezervată. Îl urmez printre mese, plante și arbuști exotici. Le ocolește pe toate, știe drumul, a mai fost aici și cu alte femei, conclud. Ăsta vrea să mă pipăie mă gândesc, mă duce într-un separeu. Sunt cu el de mână.

- Sper să fie o seară plăcută, Bianca.

Închid ochii, merg după el orbește, mă joc cu el, cu mine cu tot ce mi se întâmplă frumos în seara asta.

-Și eu sper, ba mai mult, vreau.

Ospătarul lasă platoul cu tapas, niște gustări îmbietoare. Pe fața de masă albă, sunt două șervete roșii pe care sunt farfuriile albe în care avem niște inimioare de ciocolată, roșii. Pe pahare sunt două conturate, împreunate. Pare că e o masă pentru logodnă. Nu mai văzusem așa o masă și nici un bărbat atât de atent la detalii. Trebuie să înțeleg că-i place mult de mine.

-Vlad, nu cumva am greșit masa? Chiar e pentru noi? îl întreb încet și mirată.

-Da, e pentru noi, Bianca.

Răspunde încet, par șoapte de dragoste. Mă impresionează, eu care mă montez repede. Mă uit primprejur. Fusesem în toată Europa prin restaurante sofisticate și elegante. Mă mir că sunt asemenea locuri, azi, aici, când lumea nu mai e atentă la detalii, la dulcegării. Rafinamentul vizual. Surpriza pregătită. Ambianța romantică. Lumina difuză dă un aer exclusiv. Și apoi el, în fața mea. Pare că sunt în fața Everest-ului. Ce să mă fac cu el, Doamne?

-Mă bucur că m-ai invitat, Vlad.

-Voiai să mă inviți la tine acasă, Bianca?

-Nu, nu cred. Mă așteptam să mă inviți tu.

Omul ăsta mă fascinează, mă atrage teribil. Nu-mi vine să cred. Este așa de frumos. Pare un actor. Fața frumoasă, corpul bine armonizat. Domnule, ce noroc pe capul meu. Mă gândesc zâmbind.

-De ce m-ai invitat? Ce cauți?

-Caut fericirea, Bianca.

-Fericireaaaa? Și eu o caut, da' e greu de găsit.

-Ca să o găsești, trebuie să te lași surprins de frumusețea lucrurilor normale, simple, Bianca. Îmi spune serios.

-Mai precis caut sufletul pereche. Caut, caut dar nu-l găsesc, Vlad. Deși mă pricep la bărbați. Știu ce-i sensibilizează, ce le dă satisfacții și mai ales, cum să-i stimulez.

Se uită la mine curios. Îi spun cu ton sigur, ca să-l impresionez.

-Dragă Bianca, eșecurile le punem la gunoi. Odată ajunse acolo, nu le mai folosim. Ca să avem succes trebuie să le putem stăpâni.

-Cine ești, Vlad? Sunt curioasă să știu?

În timp ce mă duelez cu Vlad, simt pași în spatele scaunului meu, și un parfum pe care-l cunosc foarte bine. Mi se încrețește pielea. Ce naiba caută aici? Înseamnă că Elena mă urmărește. Vreau să nu mai pierdem timpul în restaurant, să plecăm cât mai repede. Vlad vorbește, nu-l aud prea bine. Mă uit la el curioasă, nu știu ce vrea să spună.

-Caut femei care ascund secrete importante. Femei sălbatice de domesticit. Cred că tu ai bilet de intrare în viața mea. Reciclez femei Bianca. Se vede că glumește după fața radioasă, ochii care nu mă slăbesc.

-Daaa, le reciclezi???

Mă ridic în picioare, mă apucă de mână. Își trece mâna prin păr. Se uită la mine satisfăcut. Cred că-i place să se bage în relații complicate. Și mai crede că știe cum să cucerească. Mă privește printre gene. Fiecare privire este diferită în funcție de ce vrea să-mi spună. Acum e curioasă.

-Ce cauți aici, Bianca? Bucureștiul este un oraș ca multe altele. Aici ai să devii o femeie bătrână, care nu mai e sigură pe puterea frumuseți ei. O să te trezești împăcată după mult timp, fără să te mai miri de tine. Mai ales fără să-ți mai fie frică de eșecuri, odată cu trecerea anilor. Le-ai înfruntat pe toate posibile.

Mă uit la el, îl studiez. A schimbat subiectul. Nu-i prost. A înțeles cu cine are de-a face. Vreau să știu dacă el e în stare să dea dragoste, sau e sălbatec cum sunt eu. Oare iubește femeia? A fost trecutul lui un infern ca al meu sau a fost unul divers? Mă concentrez la ce spune, deja am replica pregătită. El continuă.

-Voi femeile sunteți ca niște capcane.

Vorbește fără nici o umbră de zâmbet. Inima începe să-mi bată furioasă. Mă anunță că nu va fi ușor să-i țin piept, fața-i prinde culoare.

-Noi? Capcane?

Nu știu de ce naiba îmi vine să-l iau de gât? Mă agit în prezența lui. Poate pentru că chiar acum îmi mângâie colțul buzei de sus. O apasă cu degetul arătător. Sigur, excitant. Ce naiba face? De ce mă stârnește?

Mă privește, încercând să pătrundă dincolo de ce ar putea ochiul lui să vadă. Dar eu mă joc cu gândurile. Este așa de frumos că mă topesc după el. Abia aștept să râdă. Să aud și eu un bărbat normal care știe să râdă, domnule. Îi iau delicat degetul de pe buza mea mărită de plăcere, cu care mă mângâie abia perceptibil, excintant, îl sărut. Îl pun pe buzele lui întredeschise, pare că-l așteptau și gata, mă potolesc. Dar nu, nu pot să nu mă uit la el. Părul e cărunt la tâmple. Când e serios, are două mari dungi care îi încadrează gura. Își acoperă fața cu mâinile. Pielea este încă întinsă, frumoasă, delicată. Mă uit la el dar nu-l aud. Îl studiez. Are haine de firmă pe trupul frumos, știe să le poarte. Scutur ușor capul, a sesizat că nu sunt atentă. Îmi pare rău, dintr-o seară romantică a devenit una de confruntări chiar aici in restaurant. Doi străini care se descos. Vor să afle cât mai multe unul despre celălalt. Schimbă subiectul.

-Tatăl meu fusese restaurator. Aici, în acest oraș unde visul este ca un film. Unde oamenii veneau să moară. Cumpărau case ciudate, mari, misterioase. Multe persoane țineau la nebunia lor, voiau camere secrete pentru întâlniri galante și jocuri de noroc periculoase.

Îl simt, e lângă mine. Da, îmi place. Iar ridică sprânceana în semn de curiozitate. Nici nu mai înțeleg de ce, privirea lui mă scoate din răbdări. Mi se ridică temperatura. Când îmi place, când nu. De ce oare îmi vorbește despre tatăl lui? Am înțeles, e și el încurcat.

-Vezi, Bianca, eu nu mai sunt așa de tânăr. Cer unei femeii să mă vrea din prima, necondiționat. Îmi place complicitatea în doi, unde să nu aibă loc nimeni.

Zâmbește, îmi arată iar dinții lui albi cu care-mi mușcase ușor buza de sus când m-a sărutat la meciul de box. Asta eu nu pot să iert. Atunci m-a legat de dorință, aștept momentul să-l pedepsesc.

-Vrei să știi dacă am pe cineva, Vlad?

Îl întreb cu glas delicat. Gata, încep interogatoriul.

-Numai ca să știu dacă trebuie să mă lupt și cu cine. Sunt o persoană care-și vede de treaba lui, acum un lup singuratec. Odată, fusesem într-un grup de tineri flămânzi după aventuri ușoare. Tace, mă privește și așteaptă.

Ospătarul e din nou lângă noi, toarnă în pahare, suntem însetați, vorbim aprins și bem.

-Draga mea, ai mâncat vreo dată baba-ghanuj?

Încep să râd.

-Ceee??? Baba cum???

- Baba-ghanuj, sunt vinete cu sos de rodii, Bianca. Tu care ai trăit la Paris, nu ai frecventat restaurantele Libaneze?

Pare contrariat.

-Nu.

Răspund sec. Le comandă. Ospătarul pleacă. Suntem din nou singuri. Gata, iar începem.

-Eu Vlad, am o reputație și o avere. Nu e ușor pentru o femeie să le apere, să le facă să crească.

- Știi cum să faci, Bianca?

- Eu vreau să mă înveți lucruri pe care nu le știu. Am sacrificat timp pentru studiu, afirmare. Am absolvit Facultatea de Jurnalism și Științele Comunicării, Vlad. Am alergat prin lume după știri senzaționale, interesante, care să facă înconjurul lumii, despre alții, cu trecutul care m-a urmarit continuu, dar am refuzat să cred este al meu. Acum lipesc plăceri peste durere.

Mă privește cu un aer trist. Înghit în sec și trag aer în piept.

-Lipești plăceri peste durere? Să cred că ai suferit?

-Da. Dar acum dacă vrei să mă înveți tu ce eu nu știu.

-Aaaa, eu sunt expert, Bianca, ce vrei să te învăț?

Mă privește de parcă l-aș fi rugat să se culce cu mine.

-Mă refer la cu totul altceva. La cele la care te-ai gândit tu, nu mai ai ce să mă înveți.

-Ia te uită, am de-a face cu o expertă. În afaceri și în mai ce?

Se încruntă, cred că am întins coarda. Mă ia de mâini, mă strânge, vrea răspunsul pe loc.

- Eu nu-mi găsesc locul aici, nu-mi plac restaurantele. Îi răspund ca să înțeleagă că vreau să plecăm.

-Bianca, să revenim la subiect, continuă te rog.

-În secretul menținerii demnității, a capitalului, al frumuseții.

Își freacă tâmpla, pare că mă îndeamnă să fiu mai delicată, să schimb tonul.

E abil, schimbă vorba.

-Aș fi preferat să te duc la mine acasă, Bianca.

Se uită în altă parte, nu vrea să vadă fața mea. Mai iau o nucă sotată învelită în carne și prăjită, crocantă. O strivesc rar și incitant. Acum îl privesc în timp ce-mi satisfac gura cu aroma și gustul nucilor amestecate cu carne, este ceva nou, ca și el. Iau paharul, îl privesc, vreau să-l irit, să strige la mine, să mă supună, să mă predomine el. Mi-a lăsat prea mult spațiu. Nu pot să nu cer detalii despre el și casa lui.

-La tine acasă?

Îl întreb în timp ce-mi dau ochii peste cap.

-Da, să zicem că da.

-Trebuie să ai o relație serioasă cu o femeie ca să o duci acolo?

La asta nu se aștepta, mă fixează.

-Da. Așa e, dar într-o relație este nevoie de fidelitate.

Zâmbesc, discursul a luat-o în altă parte.

-Crezi că noi am putea avea o relație? De ce vrei să afli cine sunt?

Se uită la buze mele întredeschise. Nu mă simt stigherită sub privirea lui pătrunzătoare. Trec obraznic limba peste ele, sunt uscate, continui.

-Nu mai cred nimic. Eu cu devotamentul stau rău, Vlad. Nu am înțeles că devotamentul trebuie să fie reciproc într-o relație.

Este uimit de ce-i spun. Ca să mă ajute se implică mai mult, vrea să mă facă să cred că nici el.

-Nici tu? Mă întreabă curios la culme.

-De ce, mai știi pe cineva?

De pe chipul lui dispare aspectul radios pe care reușise să-l păstreze până acum. Se schimbă, este umbrit de ce avea să-mi spună.

- Dac-aș putea schimba trecutul.

-Da, mai știu pe cineva. Vezi, dacă te-ai întrebat de ce am părul alb la tâmple am și un răspuns. Mai exact o poveste. Una adevărată care a lăsat urme vizibile.

Vlad

Avusesem un accident. Mă grăbeam să ajung acasă la femeia care atunci era soția mea, Janet. O adusesem din Franța. Mai exact, a venit ea cu mine. În Lyon, viața mea a început să prindă formă și culoare. O iubeam. Frumoasă, suplă, inteligentă, cu părul roșu ca arama, lung, și pistruiată. Îi stătea foarte bine. Albul dinților, gura senzuală, roșie, ca trandafirul m-au atras. Ochii albaștri ca marea. Nasul drept, cu nările ridicate. Trebuiau să o îndrepte spre persoana care să corespundă formulei chimice. Ca să o bucure, să-i dea viață. Și m-a găsit pe mine. Prietenia noastră a fost rodul poveștii noastre de dragoste. Ea ca o pală de vânt. Ca o adiere. Și eu ca o pasăre de pradă, o căutam continuu. Evenimentul de celebrare a căsătoriei a fost ocazia amintirii cu drag de acest lucru. Chiar și după ce a plecat. Am înscris acea zi sub semnul dragostei, dar și al deziluziei, sau al trezirii la realitate, Bianca. Nimic nu e pentru totdeauna, vezi? Nici chiar dragostea. Umorul a dispărut, iar eu sunt încordată, mușchii mei abdominali sunt încordați la maxim.

-M-a înșelat.

-Cum naiba te-a înșelat?

Întrebarea mea sună ca o provocare, îl privesc interesată. Nu reușește să continue că ospătarul este din nou la masa noastră.

-Vă propun acest preparat despre care vorbește tot orașul.

Mă umflă râsul.

-Kafta cu sos de iaurt domnule.

-Cum e preparat? întreb curioasă.

-Sunt chiftele umplute cu ceapă, leuștean, pesmet și condimente. Rumenite pe grătar. Sosul e cu iaurt.

Mă uit în farfurie. Arată grozav. De când vorbim mi s-a făcut foame. Vlad se uită la mine nerăbdător, vrea să continue povestea începută înainte de venirea ospătarului. Eu tai o bucățică din chifteaua frumos mirositoare, o bag în gură, las furculița și cuțitul pe masă, pun mâinile împreunate sub bărbie ca să pot să-l ascult. Mestec delicat, abia perceptibil, aștept să continue povestea lui tristă.

-Era cel mai bun prieten, Bebe Ionescu, mare dandi. Mă amuza când îmi povestea de ce preferă doar femei măritate.

-Ceeeee? Femei măritate? Îi arunc o privire rapidă.

-Da. Spunea că așa este sigur că nu-l vor deranja. Că au soți, stăteau acasă cuminți după ce făceam dragoste. Mai exact consumau actul sexual, nu puteau să spună că erau îndrăgostiți.

-Cum așa?

Mă tot mir de ce-mi spune. Dau din cap în semn că înțeleg.

- Dacă îmi place femeia, mă culc cu ea, și ne salutăm. Cu o cutie de ciocolată și câteva floricele le mulțumesc. Le acompaniez la ușă și gata. Plecau fericite. Veneau abătute. Erau sprintene de parcă ar fi făcut gimnastică. Și eu eram mulțumit. Nu dădeam nimic, ele nu cereau, așa că, ne salutam și gata.

-Și? Ai terminat relația de prietenie cu el? Pare surprins. Nu-mi răspunde la întrebare, povestește mai departe.

- Când a aflat Janet de accident, a venit imediat la spital. Era disperată. Exagerat de disperată. Știi, eu nu eram chiar așa de grav ca să justifice starea ei de disperare, și nici comportamentul. După ce am fost externat, am aflat de la o prietenă de familie că atunci când a primit telefonul de la spital, ea, soția mea, se afla într-o cameră de hotel pe punctul de a se culca din nou cu prietenul meu. Atunci ea l-a părăsit și a venit la mine la spital. Se plângea prietenei că i-am stricat întâlnirea.

-Fidelitatea este atunci când dragostea trece înaintea plăcerii? Psihicul tău are acest secret, și totuși mai ai curaj să mai cauți, să speri Vlad?

-Vezi tu, Bianca, odată, eram doar un tânăr bogat cu reputație de play-boy. Atunci căutam doar plăceri de moment. Mă plimbam în mașini scumpe. Vacanțe în cele mai elegante resorturi pe insule de vis. Femeile se ofereau orbite de banii cu care erau plătite. Nu mai aveam dorințe. Mă luam după părerilor altora. Nu aveam nevoie să-mi satisfac propriile gusturi. Veșnic plictisit, sătul de prea mult bine, lene, lipsă de interese în toate direcțiile.

Face o pauză, îmi ia mâna, o mângâie. Eu pregătesc următoarea întrebare. Nu-l las, vreau să știu tot despre el. Vorbele mele ies fără să le pot opri. Vreau să știe ce cred despre el. Tocmai eu care mă judec acum, când e prea târziu.

- Tu ești altfel decât ceilalți bărbați. Mă fascinezi, Vlad.

-Este specific celor cu bani, ca noi, fără grija zilei de mâine. De ce, vrei să spui că ție nu-ți pasă de banii tăi, nu ești îngrijorată?

-Ba da, doar că îi plătesc pe alții ca să se ocupe de investiții și menținerea capitalului fără să fie deteriorat.

-Și tu ai încredere în ei? Mă privește sceptic.

-Da. De ce nu? Răspunsul meu este sigur. Îl privesc de parcă ar fi îmbătrânit înainte de vreme.

-Scuză-mă, Bianca, tu te pricepi la afaceri? Cum ai făcut banii? La asta nu mă așteptam. Ce să-i spun? Asta e treaba mea.

-Te interesează?

Fir-ar să fie, ăsta vrea să știe tot.

-Așa, ca să te cunosc mai bine.

Se uită la mine meditativ.

-Dragul meu, întrebarea asta este mai nepoliticoasă decât dacă m-ai fi întrebat ce vârstă am.

Al naibii, da' curios mai e.

-De ce, crezi că nu am curaj?

Pare motivat, vrea să mă domine.

Se așează comod, așteaptă răspunsul. Ar trebui să nu-i răspund. Să văd acum cât de tare sunt și dacă reușesc. Pun picior peste picior așa ca din întâmplare. Intenția mea e să văd dacă e atent la picioare sau numai la discuție. Îl privesc curioasă. Nimic. Absent total. Mai bea o gură din vinul roșu, prinde curaj. Rotește ochii. Lasă să-i cadă privirea incintantă pe picioarele mele. Sunt aproape descoperite, ca o invitație la ceva. Ca să nu îl las în pace, mă prefac că nu observ și continui discursul.

-Ca să faci bani, este cel mai ușor lucru. Condiția e, să ai ce să pui în joc, domnule. Cât despre vârstă, asta chiar că nu vreau să-ți spun. Dacă ar fi să ne luăm după experiența mea de viață, aș putea să spun că sunt bătrână, aproape de 80 de ani. Dacă ar fi să o calculez după câtă energie și efort am investit, atunci ar trebui să-ți spun, multă, atât cât alții investesc în mai multe vieți. Dacă ar fi să o compar cu câtă suferință, la fel, pe scurt, multă suferință. Asta m-a maturizat și m-a ajutat să merg mai departe. Dacă m-ai întreba, ai plătit? Aș spune că da. Am plătit, cu suferință și lacrimi care nu s-au văzut, nu s-au scurs pe obrazul meu de femeie tânără. S-au scurs înăuntru, în sufletul de copilă, apoi de femeie. Una care nu ar fi trebuit să încurce, să nu iau nimic de la ei. Să fi rămas mereu ca o umbră prin altă lume mai bună. Să fi rămas să văd sfârșitul mamei mele ascunsă după salcia plângătoare. De acolo am așteptat să văd măcar un zâmbet dar, nu am văzut decât semne de întrebare și oftatul meu de copil. Mă întrebam cine sunt și încotro ar trebui să mă duc?

-Te rog să mă ierți, Bianca. Nu, nu vreau, iartă-mă!

Vine spre mine ca lângă patul unui bolnav. Se apropie cu frică, parcă se teme de mine, de ce aș putea să-i fac pentru ce a făcut în seara asta, pe care eu, o voiam altfel.

-Poți să mă ierți, Bianca?

Pare sincer tulburat pentru îndrăzneală, așa că trec la atac.

-Ai mai întrebat odată.

Mă simt ofensată, mă face să mă simt ca la interogatoriu.

-Da, dar nu mi-ați răspuns, doamnă. Eu bat în retragere.

-Pentru că nu știu încă ce am să fac cu tine, am să te iert? Dacă te păstrez sau te trimit la plimbare. Rămâne de văzut. Poate că nu ești binevenit în viața mea. Și asta pentru că indiscreția și curiozitatea ta au depășit orice limită. De ce crezi că eu am să-ți spun ție cine sunt? De ce te interesează persoana mea? Tu nu poți să nu vrei să știi tot, despre femeia cu care ești? De ce să știi? Dacă o să afli, te comporți altfel? Ce vrei de la mine? Vrei să vezi dacă sunt eu o femeie care să merite să stea cu tine o seară într-un restaurant? Nu sunt convingătoare, numai pentru faptul că sunt cu un bărbat care pare că e tat...

Mă opresc. Ăsta e defectul meu, când mă pornesc e greu să mă opresc. Gata, sunt în încurcătură. Iau paharul, beau câteva înghițituri, trebuie să mă potolesc. Simt că vrea să mă atace. Așa sunt, mereu nemulțumită, mă dau mare. O seară așa de frumos pergătită care nu a avut nici un efect asupra mea, decât la început, eu vreau mai mult, vreau imposibilul, sunt o femeie pe care nici eu nu o cunosc câteodată. Ce să mai vreau de la el? Doamne, ce am făcut?

-De ce crezi tu că te-am invitat să stăm o seară împreună, chiar dacă pare că sunt tatăl tău? Sunt și alte femei care ar fi venit bucuroase, fără să-mi spună că nu le place locul unde le-am invitat? De ce sari, de ce mă ataci? Astea sunt discuții normale în cazul nostru. Suntem două persoane care nu se cunosc. Sigur vrem să știm cât mai mult despre noi, dar asta numai în cazul în care îți place sau, te interesează subiectul. De ce mă asemuiești cu tatăl tău? Semăn cu el?

-Nu. Nici măcar nu știu cum arată, eram prea mică ca să-mi amintesc de fața lui. Îmi amintesc doar că o bătea pe mama după ce-i dădea de băut și că ea doar gemea de durere, atât.

-Te rog să mă ierți, iartă-mă nu voiam să te rănesc. Scuză-mă Bianca, te rog. Nu știam că nu ai o familie, părinți care să te iubească.

Fac o pauză. Schimb subiectul.

-Să cred că-ți place de mine? Ca să-l încurc îl întreb direct. Nu ești gay, Vlad?

-Nu, Bianca.

-Știi ceva, cum să nu-ți plac, sunt tânără...

Nu pot să mai continui că se și ridică iritat.

-Bianca, hai să fim serioși. Eu am călătorit foarte mult prin lume. În Europa am avut prilejul să stau de vorbă cu femei din diverse țări. Am observat o diferență între modul în care se raportează la vârstă femeile occidentului, față de cele din alte părți ale lumii.

-Da, și cum sunt? întreb nervoasă și curioasă, îmi dau părul după urechi, ca să aud mai bine.

-În estul Europei, o femeie care a împlinit vârsta de 30 de ani, este expirată. Ridică privirea spre mine, care afișez o față foarte surprinsă de ce poate să spună. Intrigată.

-Cum expirată? sar cu gura. Ce vrei să spui?

Privirea mea este plină de ură.

-Uneori chiar bătrână.

Se oprește, așteaptă să audă ceva neplăcut. M-a dezarmat, m-a inclus în categoria femeilor bătrâne, pe mineeee?

-Chiar așa? Își freacă lobul urechii de parcă ar pregăti-o să audă cuvinte urâte. Dar nu o fac. Aș fi vrut să-l întreb cum sunt ei la 50, dar nu vreau.

-Dacă ai avut 20 de ani, este normal să ai și 30 și 40 și 50. Dar Bianca, să știi că în vest, nu am întâlnit această disperare a tinereții veșnice. Femeile sunt relaxate când se discută despre vârstă, despre sex și relații între persoane cu mari diferențe de vârstă. Glasul lui e aproape melodios. Nu vrea să mă irite.

-Îmi place de tine Bianca, se vede că te iubești, te bucuri, trăiești, știi să te accepți așa cum ești. Ei da, o drege, crede că scapă ușor.

-De ce? Cum sunt? Ce nu-ți place la mine? Ce-mi lipsește? Mă încrunt și-l privesc direct în ochi. Nu-și ferește privirea. Suntem ca toreadorul cu taurul în arenă.

-Fericirea. Da, fericirea. Deci, se vede că sunt în căutare de acea blestemată fericire care se tot ascunde de mine de-o viață. Acum chiar că are dreptate. O tot caut dar nu știu unde boala se ascunde.

-De ce? Fericirea ocupă un loc așa de important în viață? Mă prefac că nu știu. Modelez vocea, las tonul ridicat, nervos.

-Da. Tu știi când oamenii sunt fericiți? Mă uit la el surprinsă. Poate că el știe.

-Când?

Sunt numai ochi și urechi.

-Odată cu înaintarea în vârstă!

Na, nu mă așteptam la acest răspuns atât de simplu.

-Ei da, asta o spui pentru că tu ești mai mare? Vorbele mele jucăușe sper să nu-l supere.

-Să zicem, că acum văd mai clar. Fericirea este o stare pozitivă a propriei vieți, Bianca.Tace.

-De ce? Tu ai făcut pace cu trecutul, Vlad? Se ferește de privirea mea.

-Da, acum sunt încrezător în viitor și ce e mai important, prețuiesc prezentul.

Bate cu două degete în paharul de vin din fața lui, de parcă ar fi pus două puncte.

-Vrei să spui că acum știi cum să faci ca să dureze o relație? Asta chiar că nu pot să cred.

-Da.

Îmi răspunde scurt. Ia paharul, îl apropie de buze în timp ce mă privește, invitându-mă din priviri și pe mine. Îl ascult, iau o gură bună din licoarea adevărului.

-Cum?

Las paharul pe masă și mă pregătesc să ascult ce eu nu știu.

-Să presupunem că noi doi suntem un cuplu.

Mai bea o gură, așteaptă reacția mea.

-Un ceeee???? Glasul meu e pițigăiat, surprins și enervant.

-Un cuplu.

Răspunde calm, ca un profesor care știe bine ce spune.

-Cine, tu și cu mine? Mă faci să râd.

Mă las pe spate și scot niște sunete nereușite care ar fi trebuit să semene cu hohote de râs. Dar, nu erau nici pe departe sugestive. Acum știu sigur că am să aflu ce are de gând cu mine.

-Am spus: să presupunem.

E serios și mai ales indignat că nu sunt sigură că este serios.

-Am înțeles, adică nu e sigur.

Mai beau o gură de vin și-i zâmbesc obraznic. Îi simt mâna peste a mea pe paharul pe care-l ia ușor, ca să nu mă opun. Îl așează lângă a lui.

- Încetișor doamnă. Lasă-mă să termin, Bianca. Noi ar trebui să comunicăm în permanență. Să ne exprimăm recunoștința față de Dumnezeu. Să ne rugăm, să ne distrăm, să râdem împreună și așa dragostea noastră va înflori.

Iau paharul, sunt cu el la gură. Mă pufnește râsul. Se apropie de mine, îi trag o stropeală cu vin drept pe fața serioasă cu care vrea să-mi dea mie, lecții de viață.

-Scuză-mă, te rog!

Acum chiar că râd în hohote, se vede că sunt bucuroasă de isprava mea, de parcă cine știe ce făcusem, fluierasem în timpul unui concert de muzica simfonică.

- Păi, dragule, eu sunt o femeie de nota zece. Nu știu dacă ai remarcat?

Ridic sprâncenele de parcă nici eu nu credeam ce spun. Îl privesc obraznic. El rămâne uimit de cât tupeu am, dar simt că-i place.

-Ceee? Tu, o femeie de nota zece?

Izbucnește și el în râs, vrea să mă imite, mă gândesc. Râde ca un nesimțit cu gura până la urechi cu degetul arătător de la mâna cu care ține paharul în mână îndreptat spre mine. Iar întreabă obraznic.

- Tuuuu? Continuă să râdă zgomotos.

-Da, eu.

Răspund serios, se vede că mă simt ofensată.

Mă apucă dracii și mă îndrept spre locul în care este frapiera cu vin rece. Iau o sticlă, citesc pe etichetă, vreau un vin dulce. Nu reușesc să văd bine ce scrie pe etichetă. Îl simt în spatele meu, lipit, perfect, ia sticla cu multă delicatețe, o lasă la locul ei. Ia alta cu vin alb, apoi mă întoarce cu fața la el. Eu nu mai văd bine, nu, nu sunt beată, dar nu mă așteptam. Mă invită să iau loc și-mi toarnă în pahar din licoarea ce avea să-mi mai dea curaj să continui discuția cu el. Un bărbat inteligent, matur, frumos, și al naibii de incitant, de parcă s-ar întâmpla într-o scenă dintr-un film.

-Bianca, Bianca. Femeile au mai multe roluri în viață, toate diferite: rolul de mamă, de soție, de manager, de specialist, de iubită sau de amantă. Ce trebuie să știi, este că în orice moment al vieții poți pierde din aceste roluri. Să zicem că dai faliment, nu mai ești antreprenor. Dacă divorțezi, nu mai ești soție. Chiar dacă ești văduvă ai pierdut ceva. Deci poți pierde pentru că ești obișnuită să fii tu în anumite roluri, te identifici cu ele și crede-mă, dragă Bianca că nu o să mai fii fericită atunci când nu mai există aceste roluri. De aici se nasc și dramele noastre.

- Vlad, am învățat să mă iubesc și să mă plac așa cum sunt. Am învățat să mă accept, cu tot trecutul pe care-l trag după mine, fără să pot să scap de el. Și crede-mă, nimeni nu m-a-nvățat cum să trăiesc. Cum să fac, ca să mă cunosc? Încă nu am curajul să vreau să mă analizez cu sinceritate. Pascal m-a învățat cum să mă comport în societate, Vlad. Dar, se vede că îmi lipsește educația primară, din familie, și asta pentru că nu am avut-o. Eu nu am luat nimic cu împrumut, eu am cerut tot mai mult, și ei mi-au dat. Eu nu am avut vise. În copilărie nu am avut bucurii, nu mi-au fost date mie.

-Bianca, l-ai cunoscut pe Pascal care te-a ajutat să studiezi. Tu din greutăți ai făcut o forță care te-a ajutat să mergi înainte. Pare că ai citit o carte care te-a schimbat totalmente, că ai găsit un model de viață, ai studiat.

-Tu ce crezi, că ar fi fost mai bine ca femeilor să le fie interzis să studieze? Să nu aibă acces la educație? Femeile să stea acasă să se ocupe de copii și de soți? Adică să aibă numai obligații, nu drepturi? Să se supună și gata? Păi tu îți dai seama cum ar fi? Femeia fără statut juridic nu poate fi considerată ca un membru al societății, Vlade? Asta știi?

-Mai încet doamnă nu mai țipa, ai înțeles greșit.

-Păi domnule, succesul este doar o stare de mulțumire! E cea pe care o numim noi fericire. Vocea mea din nou iritată nu-i place.

-Iar sari în sus, Bianca? Dacă avem păreri diferite nu trebuie să ne și certăm.

E nemulțumit că suntem încă pe picioar de luptă. Nu suntem încă sincronizați. Urlă la mine în timp ce-și bea ultima înghițitură din pahar, uitându-se după sticlă.

- Dacă vrei să fii de succes, trebuie să știi ce anume te poate face fericit. Apoi trebuie să faci mereu câte ceva, care, în final, te va duce la fericire.

-Știi ceva domnule, eu încă-mi mai permit să umblu în blugi. Am sânii ca la 20 de ani, și par mai tânără cu 10 ani, și mai am încă multă energie.

Abia așteptam momentul să o spun tare și răspicat.

-Oooo, daaaa, nimic de spus, pot să confirm, se vede.

Răspunsul lui ușor ironic este haios, mă intrigă și mă și binedispune în aceeași măsură. Gata, am trecut pragul aroganței.

Râde de unul singur. Mă uit la el și nici nu știu dacă să mai sar cu gura la el sau să mă fac că nu-l aud. Da el nu, domnule, nu mă lasă, mă învârte pe toate părțile. Râde și râde până când încep și eu să râd.

-Iar te lauzi că ai fundul bombat și burta plată. Nu trebuie să spui asta Bianca, de ce vrei să ți se mai spună și de către alții, întrebi mereu dacă au le-au văzut?

Toate astea spuse printre hohotele de râs. Nu mă mai surprinde nimic de la omul acesta care se joacă cu mine cum vrea el.

-Păi, pe cine am întrebat? Îmi șterg lacrimile de atâta râs.

-Pe mine, cum pe cine. Și nu te mai rățoi la mine că nu mă sperii.

De data asta e serios. Continuă fără să-și ia privirea de la mine.

- Pune și tu sistemul nervos, adică creierul, organul generator al cugetării la treabă. Ai să înțelegi dragă doamnă, că percepțiile, noțiunile, conștiința, nu sunt decât rezultatul activității cerebrale, chiar dacă sunt acte sufletești, ca să știi și tu. Mă uit la tine, Bianca, și mă întreb de ce, greșelile, oricât ar fi ele de mici, au nevoie să fie justificate, să fie etichetate?

Își trece mâna prin păr.

-Dar dacă eu aș îndrăzni să te întreb de Janet, ce etichetă i-ai pune?

Asta l-a surprins.

-Eu urăsc etichetele și îl urăsc pe fostul meu prieten, marele dandy, Bebe Ionescu. Din cauza lui mă părăsise nevasta până la urmă. Atunci eram gata să-l omor pe el, și s-o bat și pe ea. Nici măcar nu bănuiam că există cineva în viața ei, în afară de mine, Bianca. Așa a făcut prietenul meu cel mai bun, s-a folosit de ea. Într-o zi a anunțat-o că are nevoie de libertate. După câteva zile a cumpărat un câine, un pechinez.

O umbră de tristețe trecuse pe fața lui frumoasă. Simt nevoia să-l mângâi. Îi trec ușor palma peste obrazul proaspăt ras. Senzația e puternică. Simt că deschid o poartă a sufletului încuiat. Este impresionat, tocmai eu, nici nu ne cunoaștem bine.

- Da' tu știi de ce înșeală femeia? îl întreb ca să-l scot din încurcătură.

Rămâne uimit de îndrăzneala mea de a da o justificare. Mai exact o explicație. Bineînțeles, după părerea mea. Eu care am o experiență de viață notabilă. Sunt o bună observatoare și pe plan personal.

-Nu, de ce, tu știi? Ia spune, vreau să aud de ce, dar să-mi explici clar, să nu vii cu argumente ireale, fantasmagorice, feministe.

Gata, e nervos, numai bine ca să pot să-i spun în față ce el nu a știut când a pierdut-o pe Janet. Habar nu are că el a trimis-o în brațele altuia.

-Ascultă-mă bine, Vlad. Tu, nu te-ai ocupat serios de ea. Erai sigur că o ai pe veci. Asta numai pentru că era soția ta. Legată de hârtia roz pe care ai pus-o în dosarul de familie. Și ea, a cedat pentru că, el, i-a arătat că o iubește. E drept că a fost o scurtă aventură. Se simțea bine, asta ar fi vrut de la tine, dar tu nu erai. Ocupat cu ale tale, ea a fost lăsată în sala de așteptare. Și așa ți-a dat o lecție ca să vezi cum poate fi viața ta fără ea.

Bebe era un bărbat cu experiență. Știa că femeia care are timp, poate oferi cele mai multe plăceri și emoții, pe furate. Mai ales în relațiile neoficiale. Așa că ea avea căsnicia cu tine în desfășurare și o relație în secret. Dacă se cunoșteau înainte să vă căsătoriți? Unei femeii nebăgate în seamă îi trebuie puțin să se aprindă la primul, *te iubesc*, spus de un alt bărbat. Dar atenție, dacă tu știi să ții aprinsă flacăra iubirii, pe ea nu o impresionează un alt curtezan. Așa că trage tu concluziile. Oricum, *Alea iacta est.*

-Aaa, daaaa, eu sunt de vină? Hai mai spune-mi, mai dă-mi și alte exemple, tu, femeia care le știi pe toate...

Am simțit ironia din glasul lui. Eu nu mă sperii, am multe de spus. Va trebui să plătească greșelile altora și ale lui, ca și mine, dealtfel. Mă îndrept spre el privindu-l serios.

-Citisem un articol despre viața unei femei independente. Era tratată de bărbatul ei ca în anii treizeci, chiar dacă ea era mai bună decât el, în toate. Vlad, tu crezi în mitul inferiorității femeii?

-Da, până când te-am cunoscut pe tine. Te văzusem când ai coborât din Mercedesul decapotabil în parcare la sala sportutilor, la meciul de box.

-Și cum eram? Mă uit cu coada ochiului la el.

Iar mi se ridică tensiunea. Al naibii, m-a urmărit.

-Păi, mi-a plăcut fizicul. Statură mijlocie, și apoi cum mergi, poți să scoli și morții din somnul de veci. Incitant, ispititor.

-După cum vezi, am mulți admiratori și puțin noroc. Mă ajută fizicul și culoarea ochilor. Glasul meu trist lasă o urmă de deznădejde.

-Păi ce, eu nu sunt norocul tău?

Râde. Râde de unul singur. Eu sunt un pachet de nervi.

-Ce știi tu despre mine? Ia stai un pic, sunt la interogatoriu?

Mă răstesc la el cu drăgălășenie amestecată cu autoritate.

-Aproape nimic, sau mai exact, știu ce mă interesează că am reușit să te cunosc, puțin, Bianca. Ce nu știu? Hai, mai spune-mi te rog. Mă pornesc să turui.

-La vârsta mea, am doar o carieră de observator internațional înfloritoare. Caut un soț, da' nu unul care să-mi spună după câtva timp că are nevoie de o pauză. Trec mâna prin părul lung, ca mătasea și-l dau peste cap.

- Tu poți să-mi spui de ce am așa o soartă, Vlad? De ce a trebuit să studiez, să am o viață așa de nedorită de mine, ci de alții? De ce să stau în restaurantul ăsta elegant în care nu mă simt bine sub privirea ta cercetătoare?

Înțep castravetele verde, proaspăt din salată, crocant, cu furculița. Simt nevoia să strivesc ceva între dinții, care nu știu de ce nu au închis acest lăcaș pe unde scot atâtea vorbe, ale mele, despre viața mea, fir-ar să fie.

-Mă uit la tine și mă întreb, Bianca dacă un mâine va fi mai ușor să stăm împreună. Ar fi mereu tensiune ca acum? Sau ai să mă anunți între o gură de vin și una de salată, că mă părăsești? Poate fi asta strâmbătatea credinței mele în tine?

-Ce tot spui? Cum să stăm împreună? De ce crezi tu, că noi am putea sta împreună?

Sunt surprinsă.

- Pentru că-ți place să duelezi continuu.

Privirea mea e intensă, umorul meu a dispărut, privesc în jos încurcată. Se apropie. Mă lipește de el. Ne împerechem mâinile. Ne mișcăm în pas de dans. Încet, ca să nu speriem vorbele aruncate peste tot, cu care nu știm ce să facem, să mai rămână sau să plece odată cu gândurile bune care încep să ne cuprindă. Cred că a prins curaj. Știe că trebuie să ia inițiativa, este excitat, e gata să încerce mișcări neștiute, în care aș ajunge să mă pierd, am să-l implor să nu mă lase din brațele lui. Gata, m-a citit. Caută locuri erotice, noi acum, dansând. Nu vrea să nu mă surprindă, vrea ca trăirile nostre să devină diverse. Am înțeles. Pregătește o surpriză. Eu încerc să-mi las imaginația, o ascult, aștept ceva deosebit. Are multă răbdare cu mine, o femeie pe care, cu cât o mângâi mai mult, cu atât e mai neascultătoare.

Caută să mă calmeze. Am fost nervoasă. Mă vrea perfectă. Îmi place, e îndăzneț, în sfârșit, mă înmoi, sunt atentă la ce face. Îl simt. Răspund delicat provocărilor. Îmi propun să fiu deschisă, să las prejudecățile și mai ales pudoarea. Ăsta da, e un bărbat care mă vede, știe ce să facă cu mine. Mișcările spontane și micile atingeri obraznice, delicate, creează o atracție erotică, magnetică între noi. Jocul devine dorință, pare că sufletele noastre s-au găsit...

Two

Capitolul 2

Puteam eu să îndrăznesc
să visez
la așa ceva, vreodată?

Acasă la Vlad

O spătarul ia cheile și pleacă cu ele, în timp ce noi ne duelăm, din nou. Mă ia de-o aripă de parcă ar vrea să mă pună la colț. Apoi, ca să repare, mă apucă de mijloc, ne îndreptăm spre ieșire, spre locul unde va fi adusă mașina lui. Mă strânge. Nu știu cum naiba a făcut, gata nu mă mai opun dorințelor lui. O mașină decapotabilă, Ford Mustang roșie ca focul, ca buzele mele, ca dorința de a cuceri această redută se oprește în fața noastră. La volan valetul parking, cu mănuși albe. Vlad se urcă la volan. Își pune puloverul pe spate. Se scufundă pe locul lui. Eu sunt invitată și ajutată de valetul care adusese mașina. Știa că nu e ușor pentru o femeie cu fustă să intre în Mustangul plăcerilor. Gata, mă las dusă de el. Lăsând în urmă străzi, eu mă simt nemulțumită de modul în care m-am purtat în restaurant. Eram musafir, puteam să-mi țin gura. Așa reacționez eu, exagerez. Este adevărat că e atrăgător. Vrea și reușește să mă domineze, se simte bine așa cum e, are și de ce să fie așa. E unic, da un exemplar unic. Cel puțin așa cred eu. În timp ce ne îndreptăm spre nu știu unde, mintea mea continuă să se gândească aiurea. Nu înțeleg cum de este așa de sigur pe el, pe reușitele lui. Răspunsurile lui au fost sincere, deschise, nici urmă de secrete. Mă uit la aparatul care indică viteza, nu mă sperii, sunt în mâna unui expert responsabil. Până la urmă, seara asta o fost o experiență interesantă.

* * *

Îi spun în gând, du-mă și fă ce vrei cu mine, bătrâne. E specialitatea mea, am avut numai bărbați bătrâni, tu ești chir un puști pe lângă ei. Mă gândesc să dau un telefon, să le cer să aducă mașina acasă. Îmi vine să râd. Poate crede că mă dă gata cu asta, am și eu nu una, ci mai multe. A mea nu e ca a lui, roșie, Alfa-Romeo Spider albă, decapotabilă, e superbă! Eu sunt o doamnă. O doamnă. Of, Doamne. Numai eu știu prin câte am trecut ca să ajung o doamnă.

Dar acum, nu vreau să mă gândesc la nimic. Gata. Vlad mă privește bucuros, pare că m-a răpit, și că mă duce undeva de unde eu nu o să mai știu cum să plec, dar mai ales că nu o să mai vreau să plec. Trebuie să recunosc că-mi place, joacă tare, da' nici eu nu mă las.

Suntem pe o alee străjuită de pomi seculari. Totul pare de poveste. Copaci vechi cu coroane imense, par umbrele deschise. Suntem în fața unui mic castel cu turnulețe, cu geamuri curioase, pare fi adus tot de pe Valea Loarei, dintre câmpurile de flori cu lavandă. Acolo mai sunt castele mici și elegante. Mă ajută să cobor. Mă simt ca într-o poveste în acest decor. Micuțul castel, plantele decorative, felinarele de la intrare, totul de basm. Și el, mă emoționează, mă atrage ca un magnet. Îmi dă spațiu să fac ce vreau, să mă exteriorizez să mă bucur că suntem împreună.

Mă ține strâns de mână, de parcă ar fi avut și el aceiași senzație ca mine, de a vedea viitorul împreună. Mă simt bine în timp ce mă introduce în spațiul lui personal, în casa și mintea lui. Cred că se gândește să-mi găsească și mie un loc în sufletul și în casa asta. Aici aș fi vrut să am o familie cu el, îmi imaginez cum ar fi putut să fie serile elegante cu prietenii, prânzuri la iarbă verde și copiii noștri făcându-și lecțiile aici, în timp ce eu fac o pizza...

Sunt impresionată de eleganța franțuzească, de obiectele care sigur ascund câte o poveste. Oare le-a moștenit? Cum au ajuns aici? Ne oprim în fața unui dulap în care sunt o grămadă de vase de o frumusețe rară, se vede că sunt de colecție.

-Mă miră faptul că tu preferi stilul acesta, franțuzesc, îi spun privindu-l. Eu nu am vrut să mai țin trecutul în prezent. La mine, o fotografie de a lui Bazil într-o ramă de argint, de când era tânăr la vreo 30 de ani și un tablou cu portretul lui, distins și sobru. Trebuie să recunosc că fusese frumos.

Vlad îmi prezintă casa lui, sufletul, spațiul unde trăiește. Simt căldură sufletească, vine dinspre el.

-Draga mea, casa a fost locuită de o familie de francezi. Mi-au plăcut detaliile arhitecturale ale clădirii. Zidurile groase ce par că ascund povești neascultate. După cum vezi, formele geometrice se văd peste tot în interior. Mi-a plăcut la prima vedere. Ca și dragostea la prima vedere, așa cum e cu tine. Pare că te cunosc de-o viață, Bianca.

-Și eu simt ceva ciudat, ceva care mă face să am încredere în tine, Vlad. Poate căldura sufletului transmisă prin mâna cu care mă ții atât de strâns. Pare că nu vrei să mă pierzi.

-Abia te-am găsit. Vreau să mă bucur cu tine de fiecare colțișor, este gândit cu multă dragoste, Bianca. Asta a fost după divorț. Rămăsesem gol pe dinăuntru, dar, cumpărând această casă am umplut-o cu dorința mea de a avea o femeie căreia să-i dăruiesc tot. Să pot să o impresionez. Să ne stea bine aici, înăuntru. Sunt așa cum e casa asta, ascund dorințe legate de cineva pe care încă nu-l cunosc, cer o femeie pe care să pot să o iubesc la prima vedere, ca și casa. Am vrut să dau senzația de modern și vechi. Să trăiesc în prezent după modelul vechi, al dăruirii. Am adus multe obiecte din Franța. Când sunt acasă, trăiesc într-o atmosfera lentă, pariziană. Când ies mă izbesc de oameni, de lucruri și situații noi, cotidiene. Trăiesc într-un amestec de dorințe, sentimente greu de împlinit, dar știu exact ce vreau, Bianca.

- Mă bucur că ai găsit locul în care să fii fericit. Casa ta Vlad, păstrează un aer cald și prietenos. Extinderea spațiului de locuit nu a influențat farmecul de ansamblu al casei. A păstrat aproape aceeași linie.

-De unde ai luat toate aceste obiecte interesante?

-Din magazinele de antichități. Sunt obiecte cu povești nespuse.

-Hai să vezi bucătăria, Bianca.

Ne oprim în ușă, rămân uimită. Una dintre cele mai mari și mai frumoase încăperi. Mobilierul clasic și modern, nu este opulent. Multă lumină, candelabre notabile toată casa. Peste tot găsești ceva interesant. Pare că au o continuitate în timp. În ciuda detaliilor rafinate, casa nu este ca un muzeu în miniatură nici pe departe. Lucrurile aduse sunt valoroase, indispensabile pentru acest decor de bun gust.

-Iată o parte din mine, sufletul meu este aici. Am supraviețuit unei povești de dragoste complicate. Acum, aici, cu tine de mână Bianca pare începutul unei mari povești de dragoste. Așa simt.

-Să fim atenți, să nu intrăm în jocul iluziilor, Vlad. Abia ne-am văzut. Nu știm cine suntem și nici dacă va funcționa, dacă dorințele noastre vor fi îndeplinite. Ai văzut că ne împungem, nu avem răbdare cu noi, sau ne e teamă că nu avem timp să ne povestim viețile.

-Bine, dar noi căutăm iubirea, o iubire pe care am visat-o de demult.

-Dar dacă suntem diferiți, dacă noi suntem două persoane care nu ar trebui să se întâlnească? Avem oare curajul să pornim împreună pe calea complicată a vieții?

Nu spune nimic. Mă lasă să vorbesc. Parcă nu mă ascultă. Ieșim, îmi arată fațada casei din nou, afară la aer. Parte este acoperită de iederă. Ferestrele curioase, dreptunghiulare, care au deasupra o parte rotundă încadrată într-un chenar de cărămidă, cochete. La intrare o ușă pe care puteai să intri și cu mașina. Cele două felinare de tip englezesc cu becul într-o cutie din fier forjat și cu geam de jur împrejur stau nemișcate. Parcă ar vrea să mă trezesc, să mă întrebe mai ai curaj să intri din nou în casa asta? Abia acum am înțeles, a vrut să intrăm de două ori în casă, de mână. Înăuntru este o doamnă durdulie care ne salută și îl întreabă dacă vrea să servim masa.

-Da, mulțumesc, mai târziu.

-Domnule, aveți corespondența pe biroul dumneavoastră.

Uniforma este gri și are un șorț mic elegant care imediat mă ducea cu gândul că face parte din personalul de serviciu.

-Noutăți?

Întreabă, în timp ce mă invită în grădina acestui ciudat castel. Cu un interior care uimește așteptarea cuiva care nici măcar nu ar fi putut să-și imagineze cum e pe dinăuntru. Imediat l-am asociat pe el cu acest loc. Așa trebuie să fie și el, vechi pe dinafară, nou pe dinăuntru.

Nu-mi vine să cred. Un amestec de stiluri, de curiozități de nu mai știu cum să le compar. Din ce perioade istorice să le iau. Tocmai eu care trăisem prin casele lăsate de răposații mei soți. Unde văzusem cele mai ciudate armuri pe la colțurile camerelor. Unele urâte, pe care de câte ori aveam ocazia le dădeam câte un ghiont ca să aud cum zdrăngănesc fără să mai poată face nimic. Cine știe câți or fi murit îmbrăcați în ele? Câteodată îmi era frică, alteori nu. Aici sunt

luminate de jos în sus. Așezate printre plante mici cu frunze cărnoase. Bolovani printre care se scurge zgomotos apa, prin uluce apoi direct pe plăcile de gresie, pare nemulțumită că trebuie să urmeze un curs pe care nu l-a ales ea. O lumină albăstruie discretă îi dă un aspect de poveste. Mai încolo un bazin de înnot. Două paturi cu saltele subțiri îmbrăcare în huse albe. O masă rotundă și câteva fotolii de grădină din nuiele împletite cu perne pufoase și comode. Frapiera, plină cu sticle aburite. Muzica vine din toate părțile, pare că e un pianist ascuns pe acolo cu tot cu pian. Sunt impresionată. Ajunși lângă fotoliile din fața mesei rotunde mă invită să iau loc. Se așează și el. Notez eleganța poziției, nu stă picior peste picior și nici tolănit, deși e la el acasă. Asta îmi spune că are o educație aleasă. Nu ca alți bărbați care se tolănesc pe fotolii, picior peste picior cu mâna la falcă privind femeia din fața lor ca pe un obiect.

-De ce m-ai dus la restaurant dacă ai așa un loc frumos chiar la tine acasă? Sau l-ai închiriat?

Îl întreb ca să-l zgândăr.

- Aici e locul meu, mai vine fratele meu câteodată. Ai mei nu mai sunt, așa că de multe ori stau singur. Mă gândesc la cât de mult am sperat să fi avut și eu iubire. Să fi avut copii cu care să am o relație care să adune dorințele și frământările adolescentine în liniște. Dar nu a fost să fie.

Face o pauză, își trece mâinile prin păr cu degetele desfăcute, se freacă la rădăcină apoi le lasă să cadă într-o dezordine ordonată. Arată mai tânăr, mai interesant. Îl privesc, simt că ceva se mișcă în sufletul și mintea mea de femeie. Am luat-o de la început pentru că este irezistibil și poate să cotrobăie prin mintea mea, să-i destăinui secretele mele...

Destinul

-Vlad, tu poți să crezi că un anunț scris pe un carton a schimbat viața, mai exact destinul?

Mă privește surprins. Cred că a intuit că-i voi povesti despre mine. Aștept să văd dacă este interesat. E liniștit, dispus să o facă. Are o privire atât de frumoasă.

-Destinul este legat de noi prin timp și obiecte pe care uneori le ținem minte toată viața, Vlad. Un anunț. Geamul unei ferestre murdare mă despărțise de el, de destin. Nu aveam curaj să sun, să cer voie să-l spăl. Un anunț pe care scria: Dau lecții de PIAN și de limbă FRANCEZĂ. Sunați la ap.2. E greu de crezut că poate schimba cursul unei vieți, făcând să se schimbe în câteva zile toate necazurile și neputințele mele. Da, tocmai eu care nu credeam că pot să mă gândesc la un viitor. Trăiam doar prezentul. Cu tristețe, lipsuri, lacrimi și fără nici o dorință. Ba da, una aveam, aceea de a trăi, atât ceream, să pot să trăiesc. Poate că o speranță ascunsă era, dar nu aveam curaj să cred că pot să sper. Mă simțeam nefericită, într-o copilărie dificilă, uneori, deși eram mică mă întrebam dacă toată această tristețe și nefericire ar putea lăsa loc, fericirii, cine știe? Eram într-adevăr nefericită, singură, și tristă, dar nu aveam ce să fac. Copilul de atunci e încă cu mine. Și acum de multe ori face ce a făcut și atunci, oftează și suspină în tăcere. Așa am devenit o luptătoare. Simțeam în mine ceva care mă împinge înainte. Stăteam ghemuită pe scara casei, singură, visătoare și neputincioasă. Priveam spre ce. Un infinit fără porți, îl căutam pe EL. Fixam privirea și-i ceream să-mi dăruiască nemurirea. Îi spuneam că e ascunsă în sufletul fetiței străine din mine pe care pot să o dau cadou numai lui, Dumnezeu. Și el care nu mă vede cu ochii din cer. Privirile lui trec peste mine. Găsește-mă și ajută-mă, îți voi da întregul univers al iubirii unui copil amărât Doamne!

-Am învățat să înfrunt lucruri grele. Le-am întâlnit mereu, le-am înfruntat și am făcut din ele o forță, ca să pot să cresc. Nu a fost un prilej să mă plâng pe umărul meu, crezând că lumea este rea, sau, că Dumnezeu nu mă iubește și că viața e grea. Crescută într-o casă unde nu erau lucruri care să mă emoționeze. Dimineți cu miros de mâncare sau alături de mama trebăluind prin casă. Nu. Ea mirosea a băutură de dimineață. Mă simțeam un copil respins de cei din jurul meu. Nu știam că acea zi mă va duce pe un drum fără întoarce. Stăteam rezemată de teiul din fața casei, auzul era încordat. Așteptam să se întâmple ceva. Credeam că mama simte că am venit pentru o ultimă încercare de întoarcere, dar nu a fost așa. Atunci am plecat. Am mai privit odată copacul jefuit de vânturi. Anotimpuri care pot păstra zâmbetul unui copil trist, al meu. Plecasem cu sufletul în palme spre locul unde mai sunt florile albe, curate, puse pe masă. Acolo unde îmi curge timpul povestindu-i despre mine lui Pascal, sperând că de la el, timpul își va lua zborul spre fericire.

- Domnule Pascal, eu am proiecte, vise, care se potrivesc cu timpul și locul unde trăiam. Doar zilele triste, cu câțiva oameni care se învârteau pe lângă mine de când mă știu, mă derutau. Mama era singura prezență fixă în calea mea. O femeie slabă fizic și psihic. Fără voințe și nici putere să facă ceva util. Nu a fost niciodată o doamnă. Nici o mamă ca multe altele, ea își distruge viața câte puțin, e propria-i victimă, cel puțin așa credeam eu, atunci. Despre tatăl meu nu știam aproape nimic. Vedeam un tip care venea la noi, mereu beat, se ducea direct la mama, se închideau înăuntru. Pe mine mă dădeau afară. Aducea băutură și câte ceva de mâncare. Mai întâi auzeam râsete și vorbe pe care nu le înțelegeam, urmate de altele, ca niște oftaturi sau vaiete în surdină ca la urmă să deslușesc clar glasul ei care-l implora să nu o mai lovească. Apoi se deschidea ușa și ieșea, mereu elegant, mirosea a parfum, avea hainele în dezordine, mă privea cum stau pe scara din fața ușii. Uneori mă împingea cu piciorul. Alteori trecea absent, făcea câțiva pași, apoi se oprea, mă privea ciudat, după care se îndrepta spre mașina decapotabilă, și pleca lăsând în urma lui doar praf și mizerie. Nu se apropia niciodată de mine. Nu voiam să știu cine e, până când mama îmi dăduse câteva informații, neînsemnate. Spunea că are altă familie și alte două fete și că e bogat dar noi nu suntem de nasul lui. Viața lui era neinteresantă pentru mine. Nu avea nici un efect prezența lui. Îl uram când vedeam cum o trage de păr pe mama și o pocnește peste față cu atâta cruzime. Atunci aș fi vrut să-l omor, dar eram prea mică și neajutorată. Mă întreb cum de locuim într-o casă care, cred că odată fusese altfel și de care nu mai rămăsese nimic.

Bunica

- Îmi amintesc că înainte să ies definitiv din casă, s-a oprit o mașină din care coborâse o doamnă frumos îmbrăcată. S-a apropiat de mine și mi-a spus pe nume, Bianca.

Deși eram murdară și zdrențuită a întins brațele spre mine, voia să mă îmbrățișeze în timp ce din ochii mari, căprui, curgeau șiroaie de lacrimi. S-a așezat pe banca de sub teiul din fața casei, m-a tras lângă ea, m-a mângâiat pe părul slinos și nespălat, încâlcit.

-Bianca, eu sunt bunica ta, mama Elenei.

Curios, auzisem numele mamei mele pentru prima oară. Elena, credeam că o cheamă Ela cum îi spunea el.

-De ce, o cheamă Elena?

Mă mir, ea pune mâinile la ochi ca să oprească lacrimile care nu mai erau picături, erau șiroaie. Văzusem fața mamei tristă de câte ori o bătea el. Nu mai văzusem atâta tristețe pe fața nimănui câtă putea să aibă doamna care spunese că e mama ei. Le șterse cu dosul palmei în timp se caută prin buzunare. Apoi deschide geanta și scoate o batistă. Mă privea ciudat. Eu mă uitam la buzele ei rujate cu un ruj deschis, pare că abia le atinsese. Îmi luă mîinile între ale ei și le sărută. Și iar au început să-i curgă lacrimi, care pe unde treceau lăsau urme. Da, păreau desene, pielea se albea ca prin minune. Parfumul adus de departe, din lumea ei, îmi place. Închid ochii, vreau să călătoresc cu ea printre gândurile care trec ca râuri de lacrimi. Toate din plânset de păcat, de neputință de mamă, în necuprins, ca un mister. Ea care a apărut în viața mea cu urma unei lacrimi ce rătăcește. Caută cu mâinile-i subțiri să răsfoiască cartea vieții noastre.

De ce, mă întreb? În lumea noastră stinsă a apărut ea, ca o armonie de culori, cu priviri trecătoare ce vor dispare odată cu plecarea ei. Atunci la geamul speranței se va stinge o altă zi. Eu am să încui porțile sufletului. Nu vreau să-i aud strigătul prin timpul care i-a rămas. A plecat tot cu mâinile goale. Se va ascunde după nemurire, se va trezi cu amintirea zilei în care la sânul ei, Elena era raza de soare. Simt mâna ei, se plimbă pe a mea, o privesc, încă mai vorbește, îmi spune:

-Draga mea, în ce hal ați ajuns.

-Tu ești mama ei?

Așteptam să-mi răspundă. Răspunsul ei nu venea, nu știu de ce, poate că îi era rușine, o doamnă așa bine, mama unei femei ca maică-mea.

-Vezi tu Bianca, mama ta nu a fost așa. Familia noastră a dus o viață normală, se bucura de admirația cunoștințelor și vecinilor. Am fost proprietarii acestei vile. Tatăl Elenei fusese burlac până la o vârstă înaintată, când l-am cunoscut, ca menajeră, avea 48 de ani. Eu eram o copilă aveam 17 ani. Din menajeră am devenit confidentă și apoi soția lui. După numai doi ani s-a născut Elena. A crescut în liniște și armonie. Veselia ei a dat culoare existenței noastre. Afecțiunea față de ea creștea odată cu trecerea timpului. Dorința soțului meu a fost ca să o lase pe ea moștenitoare. Făcuse un testament în care scrisese clar că vrea ca eu să trăiesc cu ea până la sfârșitul zilelor mele. La început am fost dezamăgită, dar am sperat din tot sufletul să fie bine, deși o vedeam pe Elena cum mă privește cu dispreț, după ce îi mărturisise că era singura moștenitoare. Comportamentul ei era din ce în ce mai nerespectuos. Barbu când a aflat că sănătatea lui este în pericol o rugase cu toată insistența să aibă în vedere interesele mele. Știa că nu are sentimente față de mine. Spera să o înduioșeze. Ea îl asigura că așa va face. Numai că, după ce a murit Barbu a început să mă sfideze, înjosească, să mă jignească.

Elena s-a culcat cu fiul unei familii bogate, el ar fi vrut să o ia de nevastă numai că ea începuse să bea. Între timp el s-a căsătorit. De atunci viciul ei a fost din ce în ce mai puternic. Când a terminat banii a început să vândă din casă pentru băutură. Pe tine te-a născut doar ca să-l facă să sufere pe el, cel care-i pusese pentru prima oară paharul în mână, pe Eugen. Pe mine m-a alungat. O privesc cum se uită cu groază la ușa de la intrare de teamă să nu apară ea. Acum am înțeles.

-Hai, vino cu mine, Bianca. În clipa aceea a ieșit mama urlând cu coada unei mături în mână. Abia a avut timp să se urce în mașină și să plece. Aruncase cu mătura după ea, în timp ce-i spunea cuvinte urâte, abia inteligibile, era beată. Eu rămăsesem pe bancă. Se aruncă asupra mea cu toată furia și mă lovește, apoi mă apucă de o mână și mă trage în casă, mă aruncă într-un colț. Mă bătuse rău, mă umpluse de sânge, mereu îmi curgea din nas, de la prima lovitură peste el.

-Ești pedepsită, astăzi nu mănânci, ieri nu ai adus bani, ești leneșă, nu vrei să muncești...

Se aruncă pe divanul amărât și adoarme. A început să plouă peste frunze, peste gândurile mele, de parcă timpul s-a speriat ca și mine de liniștea din casă. Mă îngrozesc că se trezește și începe să urle. Deschid ușa gândurilor, apoi o închid imediat la loc, de teamă că-mi spulberă bucuria tăcerii care e în mine. E ca umbra copilăriei altcuiva care mă întreabă dacă îmi amintesc de ziua în care mă rugasem, voiam să învăț rugăciunea cu care să opresc clipele de liniște. Cum a ieșit soarele după ploaie, am plecat în căutare de geamuri murdare. Mă ridic, îmi iau sticla cu apă, ziarele, un colț de pâine uscată, din care rup cu ciudă și am plecat plângând, mă las dusă de pașii greoi, abia reușesc să pășesc fără să pierd sandalele ei din piciorușele mele subțiri

Voiam să uit tot răul, să plec să mă lupt cu viața fără să mai aud înjurăturile și vorbele de ocară ale propriei mame.

Ajung pe strada Doamnei la numărul 13, chiar când am terminat de mâncat bucățica de pâine. O casă arătoasă cu două apartamente, unul pe stânga și altul pe dreapta, apropae de centrul orașului. Nu departe este o grădiniță, o școală, câteva magazine și un mic restaurant. Sunt două sonerii și două nume diferite. Apartamentul din dreapta avea în fereastră un anunț pe care scria: Dau lecții de pian și de franceză. Este murdar se vede că nu fusese spălat de mult. Îl mai văzusem dar nu avusesem curajul să sun. Cine ar fi crezut că un anunț, pe un carton, într-o fereastă va schimba destinului meu?

Adolescența

- Și iată-mă din nou în fața casei ce avea să-mi schimbe viața. La intrare, cinci trepte, ușa mare e proaspăt vopsită în albastru. Părea poarta raiului, ca o bucată de cer care s-a așternut pe ușa casei. Peretele din dreapta are o placă albă pe care scrie cu litere frumoase de tipar: ***Pascal Morice, profesor de pian și de limba franceză.***

Mai trecusem pe acolo dar nu am avut curajul să sun. Mă uit din nou la fereastra din dreapta, era murdară, cele din stânga erau curate. Apăs pe butonul alb de la sonerie. Aștept. Mă tem să nu iasă iar o persoană grasă, mă săturasem de ele. Aud că cineva descuie. Când se deschide ușa rămân uimită de bărbatul din fața mea. Este un tânăr elegant, cu papion, de vreo 30 de ani, cu mâini albe, fine. Când mă vede îmi zâmbește.

-Mademoiselle. Eu nu știam ce spune. Apoi repetă. Domnișoara dorește?

-Eu spăl geamuri domnule, și astăzi nu am găsit de lucru, vă rog să mă lăsați să le curăț. Vă rog frumos. Nu vreau bani, doar ceva de mâncare.

Las ochii în jos, rușinată. El se apropie, mă ia de umeri și mă conduce înăuntru, apoi deschide ușa din dreapta și mă invită să intru. Am făcut primul pas pe un covor persan cu modele frumoase. Mă aplec să mă descalț de vechile mele sandale.

-Nu, nu e nevoie. Vă rog să intrați.

E o cameră mare unde se află un pian negru și un scaun. Între cele două ferestre cu draperii grele din pluș o măsuță pentru ziare și reviste. Alături un pat divan. Deasupra pianului un candelabru cu trei brațe, o fotografie și niște partituri. Mai încolo este un birou. Două fotolii, fiecare de cealaltă parte. În colțul din dreapta o bibliotecă plină cu cărți, pe raftul de deasupra un ceas și un radio mic. Trei divane cu tapițerii frumoase din pluș, așezate în jurul unei mese rotunde din sticlă, joasă. Între două uși un ceas mare într-o cutie de lemn. Are și lanț, pare din aur. La capetele lui, două țevi aurite și ele. Cifrele nu le cunosc prea bine. Cutia din lemn e maro, frumos lăcuită. Pe masă încă mai e ceașca lui de cafea, un corn și ziarul alături. În spatele divanelor o masă mare cu multe scaune tapițate în piele. În stânga este un dulap cu diverse rafturi. În spate sunt patru uși, care aveam să aflu în timp unde duc.

Prima mea grijă a fost să mă apropii de fereastră ca să încep treaba. Mă urcasem pe un scăunel care era lângă ușă. După mult timp am aflat că-l folosea ca să-și pună piciorul să se lege la șireturi. Se apropie, mă ia de mâini și mă duce spre masa unde adusese o cană cu lapte cald, dulceață și unt cu pâine prăjită. Erau pe o tavă mare din argint. Pusese și un șervet din pânză brodat și o floare roz.

-Te rog să te așezi și să servești ce e pe tavă.

Eu măresc ochii, mă întorc spre el mirată.

-Tot, tot, domnule?

Închid ochii de teamă că am făcut o greșeală întrebându-l.

-Atât cât vrei. Sunt ale tale.

Apoi se așează la pian și începe să alerge cu degetele pe clapele albe și negre care păreau fermecate. Eu cobor de pe scaun și mă apropii, murdară de dulceață pe la gură. Mă privește.

-Îți place?

Se uită din nou la partitură, apoi la mine.

-Da, îmi place.

Abia îi răspund, nu eram învățată să vorbesc cu alte persoane. O făceam doar la școală când trebuia să mă apăr de furia și răutățile colegilor mei care râdeu de mine. Numai unul era prieten, Daniel, cu el mă plimbam pe ascuns prin parcul din spatele școlii de mână.

-Cum te cheamă?

Glasul lui era ca o melodie.

- Bianca.

Și las ochii în jos.

-Ai un nume frumos.

Mă trage încet de o mână și mă apropie de pian, ca să văd mai bine. Atingerea lui m-a înfiorat.

-Câți ani ai?

-Aproape treisprezece domnule.

-Ești domnișoară, cum te simți la vârsta asta? Își aprinde o țigară. Eu încă mai miros a tutun de acasă. De când mă despărțisem de mama, voiam să nu mai am cale de întoarcere. Și acum aici, pare că sunt într-un vis din care nu vreau să mă trezesc.

-Singură?

- Așa am fost și eu, cred că pentru unii, copilăria e vârsta tristeții. Începusem să pricep ce e în jurul meu, dar nu vedeam nimic la orizont, nici măcar un strop de lumină.

- Nu ai pe nimeni? Nu ai familie?

-Nu, nu am.

-Și unde locuiești?

- Locuiesc într-o vilă veche la juma' de oră de aici. Este în spatele universității.

-Cu cine? mă întreabă, în timp ce ia mâinile de pe claviatură, mă așează pe genunchii lui și-mi spune cu un glas trist:

-Nici eu nu am pe nimeni, Bianca. Sunt singur de când mă știu.

Din ochi i se scurg două lacrimi. Erau atât de mari, de mă mir. Atunci îi pun mâna mea mică pe obraz și-l mângâi. Alte lacrimi vin din urmă. Mă simt vinovată că am declanșat tristețea în sufletul lui. Mă ridică și îmi spune să termin de mâncat.

-Nu mai pot, domnule, mulțumesc.

Ne așezăm pe divanul pe care sunt câteva ziare, reviste și pernele mici.

-Bianca, eu stau singur în toată casa asta, nu am pe nimeni, vrei să stai cu mine?

-Da. Am să spăl mai multe geamuri ca să vă plătesc. Privesc culorile covorului. Mă prinde de bărbie și o ridică ușor.

-Hei, Bianca, vrei să fim prieteni?

-Daaaaaa, domnule Pascal. Nu-mi puteam imagina cum va fi.

Îi spun fără să mai pot respira de bucurie.

El râde, mă apropie și mă mângâie ca pe un copil regăsit. Eu eram prea lipsită de încredere în mine pentru a mă arăta fericită, doar atunci când eram singură, urlam prin toată casa, *sunt fericită.*

Au începusem călătoriile mele zilnice, de la el la școală, apoi acasă, să o văd pe mama și să mă vadă vecinii, apoi din nou la el. Asta am făcut până când am devenit majoră. Nu mai merg pe la mama, drumurile mele sunt spre facultate, s-au schimbat. După două luni când, Pascal mă sfătuiește să trec pe la ea, e prea târziu. Nu mai e. Murise, singură. Era totul încuiat și pustiu.

Vecinii au ieșit pe la porți să vadă cum îmi port durerea. Dacă am lacrimi să o plâng. S-au adunat în jurul meu să-mi povestească cum a fost. Domnul Vânătoru locuia gard în gard cu noi și știe tot. Ca Cerberul care păzește intrarea în lumea de dincolo. Care ia bani la intrare, crezându-se stăpân al timpului. Dricarul, ca Luntrașul lui Charon care o dusese pe mama spre lumea cealaltă. Oare o va trece râul Acheron, o fi pus cineva bani în sicriul ei ca să-l poată plăti? Vecinele ascund lacrimi, par ursitoare care veghează la evenimentul străzii. Sunt ca niște preotese din templele de demult. Locul unde crescusem. Un cartier plin de semne ciudate, cu străzi care ascund mistere vechi, oameni care poartă cu ei povești triste. Fiecare casă pare că ascunde o taină, ca a noastră. Cei care se văd mergând pe străzile acestui colț de lume tăcut, sunt triști. Sunt diferiți de lumea din centrul orașului în care oamenii sunt lipsiți de sentimente sacre și cred în normalitatea existenței.

* * *

La el am făcut prima oară, baie, într-o cadă adevărată. M-a îmbrăcat și ținut la școală. M-a învățat franceză și mi-a dat lecții de pian. Pe măsură ce cresc simt că îl iubesc, la început ca pe un tată, apoi văzându-l mereu în jurul meu, s-a născut un sentiment diferit, de dragoste. E frumos și manierele lui sunt elegante. Are o inimă deschisă și afectuasă. Manierele au o mare influență asupra mea. Sper să poată răspunde dorințelor mele de copilă, ca să pot să devin o altă Biancă, una nouă, să pot să fiu o persoană bună în lume. O lume despre care nu știu nimic. Nu știu ce mă așteaptă dar mai ales nu știu ce sunt în stare să fac în viitor.

Plata

Când am împlinit optsprezece ani, am început să-i las bilete prin casă. *Te iubesc Pascal. Vreau să mă iubești și tu. Te aștept în camera mea. Sunt majoră. Vreau să mă dăruiesc ție.* Eram numai vis ascuns, după niște gratii ale destinului. Trecuse o eternitate de când visam la el. Singurul bărbat de lângă mine. Eu ca un vulcan al mai multor vieți ce sigur că nu-mi aparțin mie. Dorințe aruncate ca zarurile la Cazinourile care nu au nume. Și eu fără de noroc, singură, alungată de propria mamă. Cred că a greșit dându-mi viață. Pierdută și ea în lumea deșertăciunii din care a fost plămădită, cu chip ca de sfântă, slabă, precum cele de pe icoanele din biserici.

Și tot așa până într-o joi toridă de seară, când m-am întors acasă de la facultate cu autobuzul, după ce avusesem o lecție cu profesorul bucureștean Șerbănescu. Îmi dau seama că uitasem mapa în care aveam cursurile. Cobor, iau autobuzul în sens invers. Mirosul frunzelor îmi amintea de cele de acasă, veneau din grădina unei case înalte. Ajung și mă grăbesc spre aula unde rămăsese mapa. Nu mai era nimeni, o iau și alerg spre stație, singura mea dorință era să ajung mai repede acasă, la el...

Masa așezată ca de sărbătoare. Candelabre aprinse peste tot. El este ras și parfumat. E un bărbat pedant, curat și cu o ținută impecabilă. Pe masă un buchet mare de trandafiri roșii și un bilet. Este răspunsul la provocările tale, mai gândește-te. Crezi că mi-ai fost scrisă mie? Sau poate deprimărilor și tristeții din ochii mei care ascund dorințe? Daaa, dorința de a te avea fără nici un pic de milă!

Am început să mă învârt cu florile și biletul strigându-l pe nume, *PAS-CAAAAL*. Nu-i mai spun domnule. Pare că în mine au țâșnit izvoare de viață, de fericire și bucurie, că am ajuns cu mâna la cer. Când m-am potolit, îl văd cum se îndreaptă spre mine cu brațele întinse. Mă arunc în brațele lui și încep să plâng de fericire.

-Îți mulțumesc că mă vrei, Bianca.

A urmat primul sărut. Totul se petrece rapid, sunt în brațele lui, mă ține strâns. Miroase a nou așa sunt cămășile scumpe, mirositoare. Mă mângâie pe obraz. Îmi atinge ușor buzele și mie mi se oprește respirația. Se uită atent la mine, eu rezist, arzătoare, încep să fiu neliniștită. Privirea mea este fixată pe gura lui frumoasă. Vreau să fiu sărutată de el. Vreau să-i simt buzele peste ale mele.

-Sărută-mă, îi șoptesc, aproape că-l implor. Simt căldura buzelor care murmură ceva. Pare că sunt vorbe, dar eu nu le desluşesc. Poate că e o melodie. Dar eu nu o recunosc. Îi simt braţele, mă strâng din ce în ce mai tare. Sărutul devine din ce în ce mai simţit, mai adevărat. Un bărbat care mă vrea, pe mine. Mă muşcă uşor de buza de jos. Acum de cea de sus. Mă ia în braţe, mă duce undeva, eu nu vreau să ştiu unde, sunt ameţită. Buzele se căutau, mă agăţasem de gâtul lui. Eu îl rugasem să mă iubească. Vreau să-i dăruiesc tot ce am mai de preţ, fecioria. Refuzase cu luni în urmă, din respect, poate, şi acum îşi ia plata, şi eu sunt bucuroasă. Bărbatul care m-a învăţat să trăiesc, să mă comport în societate, să studiez şi care a împărţit cu mine bucăţica lui de pâine, acum va fi răsplătit. Simt cum respiră de parcă ar fi un tren, ritmat şi sigur. Ajungem în dormitorul pe care îl vizitam doar atunci când el nu era acasă. Intram pe furiş, mă întindeam pe tot patul simulând că fac dragoste cu el, apoi mă ridicam şi mă străduiam să-l aşez la loc ca el să nu-şi dea seama ce se-ntâmplă cu mine în lipsa lui. Mai târziu aflasem că mai are un apartament unde-şi primeşte metresele, le învăţa cum se face dragoste la Paris, cu toate detaliile, le satisfăcea orice dorinţă, el expertul parizian. Şi acum eu, eu am să fiu în pat cu el, o să-i dăruiesc toată inocenţa mea, cea ascunsă, şi am să-l las să facă ce vrea cu mine.

Suntem faţă în faţă. Îl privesc ca o femeie expertă, vreau să văd şi să simt tot. Nu vreau să pară că a fost doar un vis. Îl rugam de ani să o facă.

Îi deschei cămaşa albastră ca uşa de la intrare, precum cerul, ca speranţa. Ca uimirea şi frica îmbinată cu necunoscutul. Unul despre care aveam să aflu acum, cine e. Sunt în braţele unui bărbat, un expert care-şi vinde plăcerile femeilor care îl aşteaptă nerăbdătoare de bine, de el.

Şi acum, eu o copilă, aşternută la picioarele lui ca un covor de dorinţe, de rugăminţi de ani de zile să o facă. Iată-mă cu toată încărcătura pe care am acumulat-o, acum, îi deschei nasturii de la cămaşă, încet, unul câte unul în timp ce-l privesc, simt cum corpul lui se înfierbântă, a nerăbdare, a gusta din trupul nou al inocenţei, al fecioarei care l-a ales pe el să i se dăruiască. Nici el nu rezistă, pare că are un timp limitat, ridică bluza deasupra sânilor. Se opreşte.

-Chiar vrei, Bianca? Eşti sigură?

-Da, te rog Pascal.

Îmi este teamă că nu-i plac, că a văzut alți sâni mai frumoși, mai incitanți.

-Privesc trupul tău de fată tânără Bianca, și ca o furtună îmi vin gânduri rele. Vreau să mă dezlănțui să fac ce trebuie. Să nu mă dau în lături chiar dacă sunt un ticălos cu tine. Tu ești o fată plăpândă, dar ai fost trimisă de destin la mine ca o pradă pe care am așteptat-o demult să-mi cadă-n mâini, la picioare.

Nu mai înțeleg nimic, nu știu ce vrea, ce să mai fac și cum să-l mai rog să mă aibă? Îngenunchează, ajunge cu buzele pe sânul drept, începe să-l mângâie, se plimbă tulburător pe rondelul roz în centrul cărora tronau ele, stăpânele dezlănțuirii, butoanele ridicate, care la cea mai mică atingere se răzvrătesc, se rigidizează, strâng în jurul lor rozetele care încep să prindă viață, se adună, se micșorează, se strâng, odată cu ridicarea sânilor spre gura care știa exact ce trebuie să facă. Apuc de bluză și o trag repede peste cap. O las să cadă jos, ca pe ceva care ar fi acoperit ce aveam mai important. Sânii, abia acum am înțeles că trebuiesc lăsați liberi. Legați cu bretele în sutiene îi secătuiesc de dorința de a se mișca în libertate, la fiecare pas, să contribuie la libertatea totală a corpului meu.

Ridică-ți genunchii, îmi poruncește. Pare un altul unul care este complice cu el, își privește sexul, pare sălbatec. Mi-l arată.

-Va trece pe acolo și va lăsa urme dureroase.

Îmi spune în timp ce mă privește de sus. Mă sărută. Același sărut îl duce spre pântec. Se oprește. Cred că face ceva care să nu mă lase să înțeleg când o va face. Și nici cât poate o femeie să suporte o asemenea plăcută tortură. Îl privesc, vreau să-i văd fața în timp ce se luptă cu nevăzuta plăcere. Gâfâie, deschide ochii, este concentrat pe ce trebuie să facă, mă vede, este atent la ce se întâmplă cu mine. Văd că nu e ușor să fii primul care să trebuiască să o facă. Oare de ce bărbații se dau în vânt după fete dacă nu e o plăcere, e o muncă? Gata, s-a dus virginitatea. Se bucură, gemetele mele de durere și suferință l-au satisfăcut la maxim. Suferință amestecată cu dorință. Strig, lasă-mă, lasă-mă Pascal, te rog, te rog oprește-te, în timp ce aveam mâinile înfipte în părul lui bogat, era ca o ancoră, mă agăț disperată de el. Dar el nu aude, trebuie să ajungă acolo unde eu nu știam că este partea cea importantă. E surd, știe că e o rugăminte formală, falsă. Deși nu știam ce vrea, încep să simt și eu plăcere. Atunci ca să-l pedepsesc încep să-i spun ce simt, așa, acolo, da, ce bine e, printre vorbe silabisite, cuvinte înșirate, da, da, continuă, el începe să mă descoase? Aici îți placeee???

-Daaaaa, da, acolo. Mai vrei? Mă întreabă. Disperată îi răspund, daaaaaa, te rog, abia mai respir, pare că sunt un pește care se ridică la suprafață ca să mai ia o gură de aer. Simt că mă sufoc de atâta bine, în timp ce el lungește gâtul se uită-n sus și scoate un strigăt de plăcere. Simt cum se zbate și iese de acolo unde-l rugasem să vină. Nu mă mir că sunt așa de excitată, el a făcut ce trebuia, acum sunt femeie. Am pierdut ce aveam mai de preț. Am plătit mărinimia lui. Simt mâna care mă lasă ușor pe spate, simt pernele, multe și moi, simt petalele de flori reci, părea că sunt pe un pat de stele. Mă impresionează, deși a fost un act crud. Emoțiile și entuziasmul meu au confirmat certitudinea că acest moment a marcat începutul unei noi faze a vieții mele. Poate că voi regreta, dar asta nu mai contează. Nu pot să anticipez nimic. Acum simt doar durerea fizică, nu am ce să regret. Asta am vrut. *Cu ce am avut, am plătit mărinimia lui.*

Ar fi bine să plec, m-am trezit la realitate, da am să plec departe de ploaia cuvintelor care a început să cadă cu regretele unor suspine, pentru el, pentru iubirea pe care nu pot să i-o dau. Am fost sugrumată de vorbele cu care nu ne-am jurat credință iubirii pentru că nu aveam.

Fără să promitem că vom construi catedrale ale nemuriri. Sau că avem un viitor care să ne aparțină. Aceste momente m-au maturizat. Deși cuvintele erau străine de noi, reușisem să vedem adevărul. Lăsasem loc și de amintire. Nu știam că am să îmbrac hainele cernite ale cimitirelor.

Acum am înțeles că asta nu e iubire, trebuia să-l plătesc. Am oferit virginitatea în schimbul gestului măreț pe care-l făcuse. Sărutul pe care eu, mi-l imaginam în multe feluri, pentru că nu știam cum e. Nu mai fusesem sărutată de nimeni. Nu a fost așa cum credeam eu, unic...

Three

Capitolul 3

Aștept părerile altora
ca să-mi
întăresc propria încredere.

Acasă

Sunt în casa mea din București. Este o proprietate înconjurată de natură și intimă în același timp. Corpul principal este pe parter și etaj, unde sunt dormitoarele. Este foarte bine împărțită, funcțională și spațioasă, modernă. Am bar, barbeque și piscină încălzită. Instalația care asigură un sistem de siguranță continuu este monitorizată, fiind singură, contează mult pentru siguranța mea. În spatele casei este și un imobil administrativ, sigur, această casă necesită să fie continuu întreținută. Și apoi cine nu vrea să locuiască în zona Snagov-Lac?

M-am întors în țară încurajată, bine dispusă, cu planuri mari, mi s-a părut că de data asta o să pot schimba viața în una mai bună. În timp ce mă întorceam cu mașina am avut impresia că sunt într-un cartier, între o întoarcere de la modernitate. Oare câte lucruri pierdusem plecând la Paris crezând că sunt destinată mai multor vieți interesante. Acum sunt liberă, pot să-mi fac planuri, să decid eu ce să fac cu viața.

Telefonul sună strident în dormitor. Pare o dimineață deprimantă. Mă uit cu un ochi la ceas. Este abia șapte. Răspund aproape adormită. Cine naiba o fi la ora asta? Mă întreb, în timp ce iau telefonul. Îmi amintesc că odată-mi spusese că lui îi place ca femeia să fie trează când vorbește cu el.

-Sunt Vlad, am ceva urgent de discutat cu tine. Vorbește grăbit. Vocea lui mă deanjează și mă neliniștește.

-Ok! Ce e atât de important, puteai să suni mai târziu Vlad, m-ai trezit așa de dimineață.

Suntem într-o relație fără obligații. Sigur aflase că am fost cu Pascu la restaurant. Vrea explicații. Ținând cont de cum e relația noastră, situația nu poate fi gravă. Îl sunasem ieri dimineață să-l invit. Mi-a explicat că nu poate să ajungă la timp. L-am încurajat să aibă răbdare. I-am propus să ne vedem în seara asta. Nu dimineață la șapte. Când a ajuns m-a întrebat dacă mi-a fost dor de el. Cărui fapt datorează această onoare să-l invit eu, la restaurant. Când mă despărțisem ultima oară de el fusesem într-un restaurant mic și cochet, nu-mi mai găseam locul și nici liniștea.

Ne cunoaștem bine. Raportul nostru constă în faptul că rezistăm. Nu avem aceleași drum și nici afinități. El știe cum a fost viața mea cu lux de amănunte. Mă apucasem să-i povestec la începutul relației. Și el, pe a lui. Asta ca să știm cine suntem. Suntem mereu pe picior de luptă. Ne certăm tot timpul.

Cu o singură excepție, cea dintre cearșafuri. Ei, acolo da, merge totul bine ca într-o tranzacție cu doi parteneri care au aceeași cifră de afaceri. Așa se termină discuțiile noastre aprinse, chiar brutale uneori. Oooo nu, nu ne batem. Știam să ne duelăm în vorbe, fără să ne jignim, dar sunt dureroase. Folosim orice posibilitate să aducem trecuturile noastre complicate, în prezent. Să ne facem reproșuri. Cu alte cuvinte ne judecăm. Credem că recunoscându-ne greșelile Dumnezeu ne va ierta.

Suntem proprii noștri judecători, după mulți ani de când comisesem faptele. De ce? Vreau să înțeleg cum de am fost în stare. Doi tineri care au alergat după o dorință, un vis, unul care are două fețe, ca banul. Și eu mai hotărâtă ca niciodată, am început goana după ei. Nu am mai ținut cont că fac victime. Chiar dacă nu le-am dat în cap. I-am lovit în sufletele lor neputincioase. Și acum cu fața curată, am curaj trăiesc o viață total diferită. Da' oare cei printre care ne învârtim acum, cu titluri și haine la modă, cum or fi?

Și noi am muncit, am învățat, am luptat ca să ne facem văzuți într-o lume în care suntem mulți. În care este foarte greu să te faci auzit. Eu, nu mă pot bucura pe deplin. La baza realizărilor mele sunt banii. Bani, și iar bani, banii lor, a celor care într-un fel sau altul au plătit sacrificiul meu de a sta cu ei.

Trebuia să găsesc o soluție să fac ceva cu ei. Am cumpărat vila din București. Acum trăiesc din banii mei curați. Mă judec de parcă nu ar fi vorba despre mine. Îmi amintesc ce-mi spusese Vlad, într-o încăierare verbală.

-Tu vorbești? Cum poți să te învârți printre atâtea persoane curate, integre, prin cercurile pe care le frecventezi, acum? Chiar nu simți că ai la picioare legat trecutul?

-Ce vrei să spui Vlad? Este iritat.

-Multe. Dar ce e mai important este faptul că m-a căutat la birou o femeie, Elena Burlacu, fosta ta îndrumătoare de proiect.

Sar la el, îi acopăr gura cu mâna, simt cum buzele lui se mișcă pe palma mea. Îl rog, îl implor să nu-mi mai spună nimic. Eu știam ce fusese, credeam că trecutul nu o să mă mai urmărească. Se oprește, nu mai povestește. Îi eliberez buzele care tremurau sub palma mea. Era furios. Mă apropii și-l sărut.

-Te rog să mă înțelegi, Vlad. Am fost victima multor nedreptăți, eu o tânără venită nepregătită să mă lupt cu toate aceste atrocități ale vieții. Crede-mă. Nu mai vreau, ajută-mă tu dacă poți. Fierbe din nou, după ce auzise ce făcusem. Se îndreaptă spre mine, mă întoarce cu fața la el. Urlând, scos din minți, arătând spre mine cu degetul, ca eu, să înțeleg că el, mă vede nevrednică de cum am făcut să ajung printre ei. Tu ești prizoniera trecutului, Bianca.

Mă înfurii și eu, strâng din dinți, nu mă las.

-Nu cumva vrei să-mi spui că tu ești mai breaz? Sau tu chiar crezi că ei sunt altfel? Sigur că sunt unii care au trecut îndoielnic, nespus, ținut în mare secret. Fie că au profitat ca să ajungă unde sunt, fie că...

-Ce vrei să spui? Este intrigat la culme.

Ridică ochii și mă privește peste rama ochelarilor cu o atitudine critică.

-Știi tu foarte bine. Îi răspund răspicat cu buzele strânse.

- Ascultă-mă bine Vlad, eu nu am jucat cinstit. Înțelegi? Și nu mai urla că aud foarte bine.

-Nu pot, Bianca. Nu pot să nu urlu, numai când te văd mi se ridică tensiunea. Și acum știu de ce.

Ridică sprâncenele încruntându-se.

- Da, urlu la tine ca să vezi că am curaj. Nici tu nu ai jucat corect. Ai păcălit femei ca să te iubească și le-ai părăsit.

-Cine, eeeeu? Pare că i-am dat una-n cap.

Clipește din ochi, el mi-a spus secretul la repezeală.

-Da, mi-ai povestit chiar tu ca prostu', că le făceai să se îndrăgostească de tine.

-Eu nu făceam nimic Biancaaa, ele veneau ca muștele, ai înțeles? Și nici nu am de ce să-ți dau socoteală, ție. Și știi de ce?

-Nu știu, ia spune, hai, dacă ai curaj.

Stau liniștită ca să nu-l agit.

- Pentru că tu stârnești în mine toate furtunile vieții, amestecate cu dorința de a te poseda. Nu te mai doresc ca pe o femeie la care am tânjit de când am văzut-o. Ci ca pe un dragon cu care trebuie să mă lupt înainte să cedeze. Și după aia să-l domin. Un dragon care nu se lasă, se apără și se luptă crezând că va câștiga, ca apoi să se înmoaie și să cedeze când ajunge la capătul puterilor. Scoți flăcări, în loc de cuvinte de plăcere. Chiar și atunci când ești în extaz. Pare că arunci cu otravă, ca să mă distrugi. Ca să văd că ești mai puternică. Dar eu nu mă las, Bianca. Am început această luptă cu tine, trebuie dusă până la capăt, să vedem cine câștigă.

Mă ridic din fotoliul, mă îndrept spre el cu pași de înceți, cu față pașnică și cu zâmbet cuceritor. El nu se schimbă, rămâne serios de parcă ar intui că ceva rău i se va întâmpla.

-Chiar așa????

Sunt aproape de gura lui. Când așteaptă să primească sărutul, îi arunc vinul în față. Alerg spre locul meu, cel mai sigur, în dormitor, după patul așezat pe colț. Acolo mă pot strecura foarte ușor, pentru el e mai greu. Aleargă după mine. Când să mă prindă, hop, intru în ascunzătoare. Apucă patul și-l trage spre el. Mă las în jos, semn că cedez, nu mai am ce să fac. Își trece mâna prin păr. Ia prosopul de pe marginea patului, se șterge pe față, își scoate cămașa pătată. Eu îmi acopăr fața cu mâinile. Știu ce urmează.

-Da, chiar așa? mă întreabă obraznic.

-Hai, vino. Vino, dacă ai curaj. Îmi face semn cu mâna, dar eu nu mă mișc.

Aștept, m-a înlănțuit cu brațele, ca pe cea mai nevinovată femeie pe care vrea să o aibă. Totul s-a transformat în dorință. Mă îmbrăcase în haina moale a visului, una albă, dar mai ales sărutul care nu se mai sfârșea în dormitorul lui, căruia i se mai spune și dormitorul iubirii. Mă făcuse cea mai fericită femeie. Acum când amândoi fierbem, ne certăm, încă nu e nimic terminat, abia acum începem lupta.

-Uite-mă, sunt aici, cu tine în brațe, fii atentă ce faci, să nu cumva să te scap...

Suntem liberi, da, facem zgomot, ne batem cu pumnii în piept, și-apoi simțim lacrimile de durere, ce cad cu zgomot ca grindina pe tablă. Cu urletul din noi, obosit, ce spune, nu mai pot.

-Cum e dragostea noastră?

- De ce, noi ne iubim? Așa e dragostea Vlad?

Îl întreb cu un fir de voce, voluptos, știu că e în stare să-mi dea drumul de sus.

- E o dragoste ciudată, pare că ne iubim pe ascuns, fără să avem curajul să recunoaștem. Credem că cel ce strigă mai tare demonstrează că iubește. Poate că iubește cel ce moare de dor nespus și este trist. Simt că-mi lipsește când e departe, dar nu simt nevoia să stea aproape, chiar când pleacă, îmi e aproape.

E ca o luptă care ne epuizează, începe cu un joc nevinovat și ne duce direct în pat.

-Da. Îmi placi. Începi în ritmuri drăcești ca apoi să devii din ce în ce mai adorabilă, plină de tandrețe. Bucurie ce pare că ne surprinde, deși știam foarte bine că nimic nu ne va despărți, sau cel puțin asta vrem.

-Da, nimeni și nimic nu ne va împiedica să ne iubim, atât.

- Numai că atunci când lupta se întețește, nu mai pare o plăcere, ci o corvoadă. O corvoadă a dragostei. Pare că ne conduce ea pe noi, ne folosește. Ne zbatem și ne luptăm, lăsăm urme pe trupurile noastre, asta vrem, să vedem după, ce a fost?

-Ar trebui să facem ce simțim, ce vor corpurile. E ciudat. Mângâierile dor. Săruturile sunt și ele dureroase. Sunt chinuite. Câteodată cuvintele tale Vlad, par poezii. Poezii cu versuri crude, necrescute, neajunse la maturare, începute și lăsate pe drum. Sunt chinuite, sau vrem să trăim cu adevărat ce simțim, dur. Dulce violent câteodată. Cu schimbări incredibil de imprevizibile. Uneori, cu lacrimi care curg. Dar nu de nefericire, ci de voință.

- Pare că suntem într-un bordel, Bianca. Doi necunoscuți. Plătiți să ne siluim. Apoi dacă mai avem putere să ne iubim. Aici, în colțul camerei unde până și patul este așezat ciudat, ca la colțul destinului.

-Eu aud fraze stricate. Fără înțelesuri. Vocea astrală, pare că vine din univers, eu prind cuvinte, nu știu dacă le așez bine în mintea mea, pierdută de dragul tău. Pare că ar face parte din cea mai originală combinație a vorbelor tale fără resentimente. Pare că dragostea mea este provocată de o revoltă chiar împotriva ta, sau al nonsensului existenței noastre împreună.

-Așa e dragostea, Bianca făcută din multe cuvinte înșirate din sufletele nostre, pare că așteaptă, sau speră să trezească în noi umanul moale și nostalgic, delicat și visat.

- Oare putem păstrăm momentul împlinirii? Dorința sufletului nostru, în care s-au scurs iluziile cerșite de la cei ce nu au știut să dea. Nu au cunosc tărâmul morții și al fericirii. Credeau doar că pot dărui nemurirea clipei în sărutul etern, pe care l-au lăsat pe-o gură, uitat de mult timp, al cerșetorului de iubire. Dar care, cu rugul încins de dorință, arde, arde până la împlinire.

-Poate că ne este teamă de viitorul apus, să nu ne despartă de lacrima care ar putea să ne surprindă, care încă mai plânge în noi. Cuvinte moi, spuse clar printre săruturi, ca să înțelegem ce simțim, că înțelegem ceva din tot chinul nostru de a ne uni trupurile și mințile.

-Știu, o să fim aproape distruși de focul amintirilor care vor să ne ardă destinele pentru un viitor incert. Aproape imposibil, al nimănui. Pentru că noi nu mai avem iubire și dor, avem doar dorință, așa cred eu.

-Aud cuvintele tale, Vlad. Simt cum intră în sufletul meu în timp ce mă iubești cu patimă, ca un artist care-și iubește propria-i muză, plutesc...

Nu abandonează acțiunea, suntem aproape de nebunie, nu mai raționăm, așteptăm cuvinte, și asta face acum. Mă așează pe umărul lui într-o îmbrățișare moale pregătită să aud ce nu mi s-a mai spus. Glasul vine de undeva de departe odată cu vorbe, iar vorbe, pare că sunt puse pe o partitură, că sunt scrise de demult și că trebuia să vin eu ca să mi le poată dărui. Nu mai înțeleg nimic, sunt descompusă fizic și mental, vreau să dorm, dar el nu mă lasă, mă mângâie, cu cuvinte, cu aerul în care stăm învăluiți, în același așternut diafan și transparent. Încerc să ascult ce spune. Îl aud, e adevărat nu e vis, e el.

- Leagă-mă cu lanțurile timpului infinit, Bianca, de primul sărut și privirile tale. Leagă-mă până când timpul nu va mai fi între noi. Va dispărea pentru totdeauna din lumea noastră, a păcatului. Din care nu putem ieși. Nici chiar când credem că nu sunt reale, că sunt iluziile morții.

Ne-au făcut sărbătoare de nuntă, ca să ne sărbătorească suferințele ce ne mai așteaptă cu toate iluziile vieții, pe care neștiind, le-am cerut ca să fim împreună, ca să putem să ne iubim, să mergem spre porțile casei visurilor neîmplinite. Poate că vom găsi drumurile pe care vrem să le unim. Hai să hoinărim până când vom găsi clipa eternității care încă ne mai ține în viață. Poate că până la trecerea în veșnicie pe care am primit-o odată cu nașterea, neștiința iluziei și a speranței fericirii noastre.

Mă privește printre gene. Se miră, îmi caută numele înăuntrul, îl rostește des de parcă îi este teamă să nu-l uite.

- Bianca, Bianca.

Pare că trage din mine, bucăți de memorie. Caută locul unde e scris numele meu. Se apropie și mă sărută din nou. Crede că sărutul fericirii este acolo. Vrea să-și lămurească prezența cu mine. Pare confuz, între certitudinea prezentului și negura sfârșitului. Între viață și speranță.

Acolo caută putere. Vrea să găsească clipa iubirii, pe care noi, am dezlegat-o la ochi, de cârpa nevederii. Vrem să vedem clipa împlinirii noastre. Să o aducem dintre mărăcinii amintirii și să o așezăm pe patul împlinirilor. A tuturor suferințelor acestei lumi. A noastre. Uitând de noi înșine în lupta pentru a înțelege de ce avem nevoie să fim, așa cum suntem?

-Existența noastră e iluzorie, Vlad? Sau poate numai dragostea noastră, așa cum e? Iar ne grăbim. Pare că auzim din urmă ceasul care ne grăbește, necesitatea de a nota, pentru a câta oară o facem, de ce o facem, cine ne îndeamnă? Nu mai știm dacă asta de acum, e în plus sau în minus. Nu reușim să ne ridicăm deasupra, știm că din sămânța atât de abundent semănată nu va ieși nimic. Suntem obosiți, iau pastile, folosim balonașe, suntem jucători necinstiți.

Aproape că nu știm de ce ne mai pirdem timpul. Poate pentru că noi credem că timpul nu e al nostru, sau vrem să lăsăm ceva, să nu se ducă o dată cu tinerețea, să nu mai avem de ce să ne mai amintim de noi, de tot ce înseamnă viață. Suntem obosiți de atâtea frământări, gândurile noastre par niște crengi lăsate spre pământ ce unduiesc leneș pe pleoapele înserării. Noi nu așteptăm ziua în care să găsim răspunsuri la ce facem, pentru că totul se va scurge către depărtările îndepărtate ale uitării. Dar noi nu ne descurajăm, căutăm, vrem să vedem ce limite avem, ce înseamnă plăcere și durere. Pot fi ele dătătoare de bine?

Avem timp să medităm. Pare că asta vrem, să avem la ce ne gândi după, când vom fi iar departe și singuri. Dragostea noastră are un temperament tonic, nervos, consumator de energie fizică și psihică până când începem jocul dragostei, dar numai după ce suntem pierduți, și rătăcim prin noi, căutăm ceva, știm că nu o să găsim, că nu are formă, dar căutăm.

Și așa o luăm mereu de la capăt, cu alte declarații de neînvinsă dorință de a înțelege, fără să mai acceptăm că am putea ajunge să ne găsim, să dăm de cunoașterea de sine.

Pare imposibil. Deșertăciunea creată prin plăcere, se încheie cu o pauză a absurdului. Deodată. Doar cu gândul să mai începem o dată să aflam taina forței, culcați în patul plăcerilor pentru unii. Noi demolăm reguli ale iluziei dragostei. Dacă nu ar fi așa, ce am putea face, ce am putea să punem în loc, poate un vis cu mult mai puternic, mai aproape de noi, poate acesta, de acum, ce e străin de noi?

Joc tare, când Vlad iese din baie mă găsește lungă pe tot patul, între pernele pufoase. Mă fac că nu-l văd. Rămâne pe loc, sunt ciufulită și am tricoul lui, pare o provocare. Vlad aruncă prosopul și se lasă îmbrățișat de brațele-mi pe care le întinsesem spre el. Cu vocea răgușită îmi spune:

- Cu timpul vom rămâne doar cu resturi de amintiri, Bianca. Cu resturi de cuvinte, de mângâieri, toate lăsate uitării. Și atunci când vom fi la capăt de drum, ne vom spăla tălpile de săruturile lăsate în momentele extazului. Le vom simți murdare? Vor fi doar iluzii pierdute pe drumurile vieții? Atunci nu vom putea rosti resturi de cuvinte. Vom revedea ochii ce ne-au privit. Nu au făcut nimic ca să ne găsească destinul nostru pierdut de o viață. Ca-ntr-un sărut în care ne-am pierdut pe noi, adevărul negăsit. Așteptăm pe peron, prin fața noastră trec trenuri cu multe vagoane pe care scrie, fericire, dragoste, speranță, doar că noi, nu știm în care să ne urcăm, și apoi dispar.

-O să ne amintim cuvintele refolosite de multe ori de noi, Vlad? Odată aruncate, am crezut că nu mai avem nevoie de ele. Că sigur vom găsi altele noi. Vor fi din lacrima sincerității pe care o simțim pe buze, pe care nu vrem să o lăsăm în uitare de noi. Oare putem să sperăm că am pus un strop de adevăr din conștiința noastră, nevoind să stăm închiși în propria închisoare a viselor neîmplinite?

- Această luptă Bianca, mă transformă, mă umanizează pe mine bărbatul care nu dă nimic fără să aștepte ceva în schimb. Simt căldură sufletească, simt brațe moi și mângâieri de mulțumire, simt vorbe pe care nu puteam să le aud, eram neinteresat, dar acum le aud, clar, spuse aproape de gura mea. Odată cu ele mă simt bărbat, mă transform. Eu sunt bărbatul asupra căruia puterea ta a avut efect pozitiv, tu mi-ai dat-o și-ți mulțumesc.

- Ascunde-mă Vlad, în mintea ta, nu mă mai lăsa a nimănui, aș vrea să mă iubești și tu. Ajută-mă să uit ce-am fost, nu vreau să mai păstrez doar amintiri, nu-mi fac bine. Am tot cules în drum mărăcini crezând că-s flori, erau țepoși și mă-nțepau, cred că voiau să mă trezesc la realitate. Mă tot gândesc mereu la tine, am început să visez că ești cu mine, că ne scăldăm în băi de doruri doar de-o noapte, fără să te văd prea bine, simțeam părul tău, și șoapte. Primește-mă și nu-mi da drumul, încuie poarta după mine, lasă trecutul și să trăim doar pentru azi, dacă ai vrea, cu mine.

Mă ridic, pun capul pe pieptul lui. El se joacă cu buclele mele, apoi mă mângâie pe buze, le urmărește conturul, repetă traiectoria, simt nevoia să-l sărut, ce simt este incitant. Mă primește cu sărut cu tot, acum pot să spun că am primit un sărut cu toate ingredientele, emoție, senzualitate și pasiune. Ceva nou, incredibil de excitant și de necunoscut.

-Vreau cu adevărat să mă vrei, fără să mă mai lupt cu tine, nu mai am de ce, m-ai transformat în femeie.

A înțeles. Abia mă atinge. Mă mângâie fără să-mi facă rău. Sărută urmele lăsate pe corpul meu în timp ce voia, contrar voinței mele aparente, ce nu voiam să-i dau. Trebuia să mă cucerească, ca pe o redută, una, care se cheamă, femeie...

Morice Pascal

Este altfel de cum mă simțeam în fața lui Morice Pascal, cu care mă obișnuisem. Nu mă mai dăruiam lui, făceam sex, și gata. Pe plan emoțional nu mai simt nimic după atâția ani. Când eram la Paris, intram la el, mă dezbrăcam, mă așezam în pat și mă gândeam la ale mele. Apoi mă spălam, discutam, făceam alte planuri și plecam ca de la avocat.

-De ce-mi povestești despre tine?

-Nu asta voiai?

-Eu aș vrea să cred că tu ești o femeie care ai putea să aduci o schimbare în viața mea, Bianca. Greșesc?

-Vezi tu Vlad, eu sunt o femeie care s-a aflat în pragul disperării, printre gândurile deznădejdii. Aveam un comportament schimbător, chiar primejdios, pentru mine și mai ales pentru cei din jurul meu. Am sperat mereu într-o familie fericită, la nesfârșit, am sperat să devin mamă, eram gata să o pierd pe Bianca, adică pe mine, cu ce luasem de la alții, pentru că nu mai eram eu. Să nu mă judeci te rog. Am făcut foame. Am trăit în frig. Fără dragoste. Asta este singura confesiune sinceră pe care o fac, acum, ție. Nu uita că eu nu cerșesc milă, dar mai ales, nu vreau să te impresionez. Asta este singura mea poveste, este un adevăr despre mine și viața mea. Asta ai vrut, nu?

-Bianca, te rog, dacă ți-e greu, poate că...altădată.

Mă ridic, mă îndrept spre el, furioasă.

-Cum să-ți povestesc despre viața mea care a început și apoi a continuat așa de mult timp într-un mod greu de descris. Mă tot învârt, încerc să găsesc cuvinte ca să-mi povestesc viața. Sper să reușesc. Am continuu un sentiment care mă avertizează că suferința mea nu s-a sfârșit, că o să mă mai găsească și provoace ca să lupt, să înțeleg că sunt ca să plătesc, să mă doară. Mă întreb dacă o să am parte și de bine?

-Poate că nu e momentul potrivit să-mi povestești, Bianca.

-Ei nu, acum să nu-mi spui că nu te mai interesează. Tu ai stârnit dorința mea nebună să-ți spun cine am fost. Acum nu mă mai poți opri. Ai înțeles?

Am pus mâinile la ochi, apoi le-am așezat cuminți sub piept, acolo unde era amarul pe care nu-l știa nimeni.

-Aveam aproape cinsprezece ani când rămân singură pe lume. Familia mea fusese formată doar din două persoane. Două amărâte. O mamă care umbla prin cârciumi și scurgea paharele, și eu, care mergeam pe la casele altora, spălam geamuri, de la zece ani.

Mă îndrept spre el și-i arăt mâinile.

-Da, cu astea pe care tu le-ai sărutat. Am întâlnit oameni grași, doar ei aveau cum să mă plătească. Aveau ce să mănânce, de aia erau așa. Am avut curajul să intru în casele lor. Am fost martoră la discuțiile lor. De multe ori la durererile femeilor din casă neprețuite. Mai puțin la bucurii. Nimeni nu mă băga în seamă. Aveam doar o putere inimaginabilă în interiorul meu. Una de supraviețuire și înfruntare a diferitelor forme de asalt social. Atunci am hotărât să trăiesc după propriile reguli. Construiam situații pe care le dorem desupra dorințelor sfărâmate. Erau idealuri neîmplinite, nesfârșită îndoială, atunci, când ajungeam la capătul visului neîmplinit. Nu m-am lăsat până când nu am reușit. Trebuia ca povestea mea despre viață să devină reală, adevărată. Este o poveste a ascensiunii și declinului unei familii, a mea. Dar nu vreau să mă opresc la relațiile încurcate, aș putea spune tragice. Poate altădată.

Mă uit la Vlad, e foarte atent și nerăbdător. Ca să pot să încep a trebuit să mă așez în brațele lui. Voiam să văd ce face, mă respinge? Nu. M-a cuprins într-o îmbrățișare prietenească, ca să fie sigur că rămân. Așa am început să-i spun cine sunt.

-Hoinărind cu cârpe și ziare vechi sub braț în căutare de ferestre murdare, așa cum ți-am mai spus. Ore în șir. Târâiam sandalele vechi și prăfuite mai mari cu câteva numere, ale mamei, cu gura uscată de sete, cu sufletul golit de sentimente. Eram într-o rochiță mai mare decât trupul meu firav. Lăsa să se vadă doar două plăpânde piciorușe subțiri și două mânuțe în căutare de muncă...

- Sunt și momente imprevizibile Bianca, în viață, care ar trebui puse în calcul.

-Vezi tu Vlade, încă de atunci eram responsabilă, conștientă. Dorința mea de a îmbunătăți viitorului meu era clară. Știam că este complicat. Asta am înțeles atunci când am hotărât să o schimb. Îmi era greu cum spuneam, deoarece eu știam doar trecutul și prezentul.

-Păi cum, tu credeai că poți să influențezi evenimentele pe care le-ai trăit, personal, le-ai simțit pe propria-ți piele la o vârstă atât de fragedă?

-Da, așa e, am înțeles că cel mai bine e să aștept momentul viitor ca să văd dacă am atins obiectivele mele. Așa că hoinăream în căutare de geamuri murdare cu planurile mele, să găsesc ocazii de care să profit până când o să ajung obiectivele mele. Asta înainte să-l cunosc pe Pascal. Era ca o presimțire că va fi cineva care să mă ajute.

Așa a și fost. Cu ajutorul lui Pascal. După ce am crescut și terminat studiile, ne-am mutat la Paris. M-a introdus în cercurile pariziene. Acolo lâncezeau bărbați bătrâni, care erau gata să-și joace ultima carte cu o femeie ca mine. Puteau să-mi fie bunici. În viețile lor nu se mai întâmpla nimic care să le dea viață. Să-i motiveze pentru un mâine. Și atunci am apărut eu. Tânără, frumoasă, o femeie care deja învățase de la Pascal tot ce trebuie să știe o femeie despre viață. Despre iubire, despre sex dar mai ales cum să fac să pot să-i am la picioarele mele.

-Vrei să spui că faptul a fost determinant și ți-a influențat prezentul, apoi viitorul, ai pregătit totul pentru a avea rezultatul dorit?

-Da, am văzut eficiența, care a devenit prezent. În fapt, m-am implicat în a schimba situația mea materială, viitoare. Era totul planificat. Am început să am o viață atentă la tot ce era în jurul meu. Am căpătat experiență și mai ales informații referitoare la persoanele care mă interesau.

-Ce a trebuit să faci ca să se întâmple asta, Bianca?

-Mai întâi a trebuit să știu exact ce voiam să fac cu viața mea, Vlad.

-Eu cred că nu putem controla viitorul, viața este haotică, complex, Bianca. Trebuie să ai un anumit comportament.

- Comportamentul, domnule, este ca o știință, pentru că este determinat de relația pe care o ai.

-Să înțeleg că ai fost interesată numai pentru că aveai bărbați bogați?

-Cunoașterea lor mi-a folosit ca să-mi cunosc viitorul, să-l schimb, pe al meu. Nu am acceptat soarta, am vrut să o schimb.

-Te credeai în stare să o faci?

-Da, alții cred în predestinare și fatalism, Vlad.

-Ei, absurdități.

Mă ridic și mă plimb prin fața lui, atentă la dialog. E liniște deplină. Nu mai aud pianul, doar clipocitul apei. E ceva ciudat, atenția lui, faptul că mă crede, că nu se sperie că are o femeie periculoasă în fața lui. Pare că reușește să mă chestioneze discret. Intră în mintea mea pe care nu am pus-o demult să-mi reamintească trecutul. Trecutul de care nu eram deloc mândră. Trăiesc cu frică, îmi era frică de trecut. De momentul în care o să trebuiască să plătesc. Mă sperii de avocați, de poliție. Uneori mă văd după gratii. Dacă înregistrează ce spun? Mă ia cu groază. Iar mă gândesc la gratii. Ultimul loc unde eu nu aș mai putea să mai am dreptul la viață. Nici la dragostea, pe care încă nu am găsit-o așa cum o vreau eu. La dragoste, nu la sex. Cum poate fi relația mea cu Vlad? O caut, o caut mereu, dar din nefericire, ca un blestem, nu o găsesc. Iar am luat-o razna. Revin.

Mă uit preocupată la el.

- De multe ori am impresia că trecutul meu a trecut granițele și că mă urmărește așa cum ai văzut și tu. Văd cum mă arestează de câte ori retrăiesc acele momente de nebunie. Sper să scap, dar știu că într-o zi se va întâmpla, că va trebui să plătesc, să mă reîntorc la viața mea mizeră. Da, sunt pregătită

Vlad.

El tace, pare surprins de îngrijorarea mea. Continui privindu-l.

- De asta, acum, când încă mai sunt liberă, am reușit prin propriile sacrificii și merite să fiu o altă Biancă. Cu chipul tânăr, sub care se ascund toate capacitățile mele hidoase de a elimina niște umbre. Da' cine mai știe, poate că a fost misiunea mea...

- Uneori credeam că problemele mele cu bărbații erau cauzate de slăbiciunile lor, pentru mine, o copilă. Sunt victima unei povești lungi, dureroase.

-Ai resentimente, Bianca?

Îi răspund fără nici o ezitare.

-Nu, asta m-ar determina să fiu nedreaptă cu mine, ca să justific egoismul meu.

-De ce crezi că-ți place de mine, Bianca?

Mă întreabă pe un ton care-mi dă de gândit. Aproape că știe cine sunt și vrea să știe ce vreau de la el. Sau vrea să nu mai continui povestea mea.

-Pentru că am nevoie de o persoană care să mă atragă, să fie deschisă. Ca tine, să te pot analiza. Sau poate că sunt în căutare de emoții iraționale.

-Crezi că poate fi un sentiment între noi, Bianca?

Își privește degetele care par că sunt pe clapele unui pian, se mișcă ușor, elegant în așteptarea răspunsului.

-Sentimentele pot fi spontane, mă simt bine acum, te analizez la repezeală, pe moment sunt curioasă. Vreau să-ți fac portretul psihologic.

-Să cred că supraviețuiește mintea cea mai ageră?

Mă privește pe sub gene.

-Cam așa, este dificil să treci peste moștenirea genetică, Vlad.

Pare că e de acord.

-Spune-mi te rog, tu ai avut o viziune de ansamblu referitoare la viața ta? Cum de ai reușit?

Mă așez din nou.

-Sigur că da, și asta numai pentru că am încercat să stau în spatele problemelor mele de viață.

-Eu cred Bianca, că nu poți ști niciodată cauzele comportamentului cuiva, nu este înțeles complet, nu poți ști gândurile și sentimentele. Nu știi ce va fi.

Se ridică, mai pune un pahar cu vin, apoi continuă.

-Te gândești la momentul în care ai să fii criticată, judecată, pentru faptele tale de ură, putere planificată, putere și perversitate, o luptă pe care ai dus-o doar pentru interesele tale, personale? Calea ascensiunii tale te poate duce și la un declin, Bianca. Te-ai gândit vreodată la sumbrele scenarii dintre tine și foștii tăi soți? Ești gata să plătești?

Mă fixează cu privirea.

-Da tu îți poți imagina o viață trăită printre bărbați dezgustător de bătrâni, unde femeia este lipsită de forță financiară ca să poată să se considere apreciată de ei, cei care așteptau să-și plătească ultima poliță a vieții? La rând, pe toți, mi-i imaginam dezbrăcați la rând, cu banii în mână, eu care i-am văzut goi, ieșiți din costumele scumpe. Erau doar umbrele unor bărbați care poate că au fost iubiți în tinerețe. Terminați, inconștienți că de pe scena vieții trebuie să se retragă cu demnitate, nu avut puterea să se schimbe.

- Dar, Bianca, tu ai știut cum că puterea de a te schimba e în interior? Ai căutat-o?

-Da, dar mai ales, când, mă copleșea lipsa de speranță.

-Să cred că știai că reușita ta nu poate fi rezultatul unei dorințe sau al norocului, sau chiar al destinului, nu-i așa?

-Tu Vlad gândești ca un determinist, tu crezi în toleranță și speranță, nu? îl întreb așteptând curioasă răspunsul.

-Eu cred că am dat destul timp acțiunilor mele, am înțeles că evenimentele sunt efectul unei cauze.

-Ai ajuns la obiective? Ai folosit încrederea?

-În parte, da.

-Da tu ai fost lipsită de speranțe în planul tău de a te schimba? Cum?

-Am adoptat metode personale. Am înțeles că viața mea este îngrozitoare. M-am concentrat pe planurile mele, pe forțele proprii. Voiam să înțeleg dacă sunt legitime acțiunile personale. Nu am renunțat la ambiții, aproape absurde, de nerealizat.

Trag aer în piept și continui.

-Voiam, voiam ce aveau bărbații bogați care nu aveau cui să lase averile. Și atunci m-am prezentat eu, ispita ispitelor. Și lor le-a plăcut. Au acceptat jocul, ba mai mult, chiar credeau că sunt încă nemaipomeniți. Studiam arborele lor genealogic în căutare de eventualii moștenitori, care au dispărut înaintea lor, acolo atacam. A fost ușor, cădeau ușor în plasa țesută de mine cu dibăcie, precum cea de păianjen, apoi îi devoram. Așteptam nerăbdătoare sfârșitul lor, ca să devin patroana bunurilor lor agonisite cine știe cum, de generații, oricum nu le mai trebuiau.

Mă opresc, îmi este sete, iau paharul și beau o gură de vin, prind forță, discutăm de mai bine de o oră.

- De multe ori mă gândeam că poate nu au fost dobândite chiar așa de cinstit. Faptul că sunt eu cea care trebuie să le primesc, poate fi o pedeapsă a destinului propriu. Pe unii chiar i-am ajutat să se ducă, încetul cu încetul, prin metode simple, excitante. Pe alții, îi puneam să mă iubească, stăteam goală în fața lor, erau turbați. Îi lăsam să mă privească, stăteam în poziții incitante studiate de mine și Pascal care mă ajuta din umbră. Mă doreau, ajungeau la disperare, așa li se scurta viața. Eu îi chemam, stăteam ore în șir cu ei închisă până oboseau. Alergau după mine goi, era un spectacol dezgustător. Ei voiau, dar nu puteau să se înfrupte. Și eu râdeam, ei se simțeau bine, niciodată ridicoli...

Invitație

- E târziu, Bianca, nu cred că vrei să pleci la ora asta. Nu ți-e frică de mine, sper. Poți să stai liniștită. Nu te atac, mă asigură cu un zâmbet în treacăt.

Aprinde toate luminile.

- Aici e baia în care se intră direct din dormitor.

În timp ce el îmi arată ce mai e pe acolo, încep să mă dezbrac, de față cu el. Las hainele prin casă, aruncate pe jos. Nu e deloc impresionat. La câte femei a văzut dezbrăcate, pare sigur că eu nu pot să-i ofer un spectacol deosebit. Le adună și le lasă pe un fotoliu. Dar, mai întâi, le miroase. Las și bikinii, sunt curioasă ce face. Se apleacă, îi apucă delicat, îi apropie din ce în ce mai mult, privindu-mă cu câtă curiozitate îl urmăresc. Nu sunt de loc surprinsă de ce face. Vrea să vadă până unde pot eu să întind coarda. Nu mai făcusem dragoste de când plecasem din Paris cu Pascal. Sunt la o leoaică în călduri. Simt o nevoie teribilă să-l am pe Vlad, mai ales pentru că a reușit să-mi descuie mintea, și acum văd, simt că a umblat la suflet. Acum aștept să umble și la corp. Nu poate fi mai rău decât cu răposatul. E mai tânăr, e forțos. Îl depășește și pe Pascal care între timp pierduse din virilitate și dorința de a face dragoste, așa ca acum câțiva ani. Mă caută, vine spre mine, se apropie, lasă să alunece ultima piesă care-i acoperea partea intimă, albă ca neaua, Calvin Klein, la picioarele drepte, frumoase, incitante. Scoate un picior, face un pas la stânga de parcă ar fi spus, dacă vrei să mă cunoști și ai curaj, vezi ce parfum au.

Mă îndrept spre ei, nu mă aplec, bag piciorul și îi ridic până când ajung în mâna mea. Nu-l slăbesc din ochi. E intrigat și curios. Se vede că e la o primă experiență cu o leoaică. O femeie de la care se poate aștepta la orice. Asta-l incită. În fond știu că o dată ce m-a adus acasă la el, finalul va fi în pat. Asta știa și el cu siguranță. Suntem goi, nu facem caz, mai fusesem în asemenea situații dar cu alți parteneri. Este totuși o problemă. Nu știu ce să fac. Să-l las pe el sau să iau eu inițiativa? Ca să scurtez momentul, să-i arăt că nu-mi este frică de el, statuia superbă din fața mea, nesperată, mă apropii și-l îmbrățișez. Las capul pe umărul lui. Simt cum mă prinde cu palmele de fundulețul delicat, care era complet lipit de el, se îndreaptă calm spre patul așezat ciudat, pe colțul camerei. Nu se eliberează de mine, eu asta așteptam. Nu spune nimic, se crează o atmosferă tacită de dorință puternică. Se așează pe spate cu mine deasupra, voia să-mi facă onoarea să fac ce vreau cu el. Se aștepta să fiu expertă, că ce-i spusesem că mă învățase Pascal era maxim. Abia astăzi am să învăț să fiu o femeie. Confirmă, gradul meu de seducție e slab. Mi-am găsit nașul mă gândesc. Are dreptate, trebuie să recunosc.

-Sau ai uitat, sau nu ai avut un instructor bun, Bianca.

Îmi spune, în furia dorinței de a mă satisface pentru toate dățile când mă mulțumeam cu puțin. Credeam că e maxim. Dar nu era așa nici pe departe. Acum îmi dau seama. Dragostea trebuie să fie simplă și incitantă până la cele mai incredibile descoperiri ale corpului uman...

* * *

Se făcuse tîrziu, am haina lui pe spate. Nu mai știu de când suntem împreună. Un fascicol de lumină albastră îi bate de undeva de sus peste chipul lui. Stă nemișcat, se teme de acest moment. Crede că o să plec, că nu va mai putea asculta povestea vieții mele încâlcite. Mă privește, mai exact mă cuprinde într-o îmbrățișare cu ochii. Simt cum îmi încălzește sufletul. Picioarele lui puternice stau puțin desfăcute. Pantalonii sunt mulați pe pulpele lui atletice, pare că a răsărit acolo, că are rădăcini. Întinde brațele spre mine, vede că nu am curaj să fac pași spre el, zâmbește.

-Hai, hai, vino femeie. Mie nu-mi este teamă de tine. Eu vreau să văd cum e Bianca, despre care mi-ai vorbit. Mai e, s-a dus o dată cu lăsarea serii? Eu vreau să o cunosc pe Bianca. Vreau să scriu o pagină importantă în viața ta, poate că va fi una deosebită.

-Ai curajul să te apropii de mine?

Se ridică, mă îmbrățișează, îi ajung cu capul sub brat, pare că sunt copila lui. Mă leagănă ca să mă curețe de trecut, de amintirile triste.

-Vreau să dorm cu tine, Vlad!

-Iar?

Începe să râdă, râde din ce în ce mai tare, mă îndepărtează puțin și-mi spune:

-Tu Bianca nu ești un monstru. Tu ești o femeie care nu a vrut să facă ceea ce destinul poate că voia să-ți impună, și tu nu te-ai supus. Atât. Mai precis sunt bucăți din viață, este trecutul tău. Eu vreau să o cunosc pe Bianca de astăzi. Mai dă-mi timp, te rog.

Vlad pare o stâncă, cineva care l-a cioplit, l-a eliberat, cineva care la vrut așa. Îi trag tricoul mătăsos în sus, ridică mâinile. Curios, sigur a mai fost de multe ori în asemenea situații. L-am eliberat. Miroase frumos. Apropii buzele de ale lui. Au gust de muscat, aromă de dorință și chemare. Trage de bluză. Nasturii mici ies la repezeală, pare că le spusese să-l ajute, să nu-l încurce. Gata. Suntem goi pe jumătate. Fac un pas spre el, îl împung cu sânii care au luat poziție odată cu sărutul pasional, mi se pare mereu nou. Sunt nerăbdătoare, apuc de fermoarul de la pantaloni, trag încet, incitant de încet. Nu se mișcă. Mă privește, vezi ce faci să nu-ți pară rău.

Nu-l aud. Mai exact nu vreau să-l aud. Vreau să văd ce o să-mi facă.

Vreau să mă joc cu el, așa cum mi-am dorit de mult. De când am renunțat la bărbații octogenari. Vreau ceva proaspăt, ceva care să mă facă să regret că nu am vrut un soț tânăr de la început. Că mi-am pierdut timpul prin saloanele pariziene în căutare de averi, de putere, suportând, închizând ochii și spălându-mă bine, după chinurile celor ce pretindeau că mai sunt buni încă de ceva. Am platit. Acum îl am pe el. Bag mâna în pantaloni. Nu mai are nimic pe dedesubt. Vlad mă prinde de mijloc, eu vreau să văd, el e de acord. Îmi ia mâna, mă ajută să ajung la obiectiv, acolo în pantaloni, mă ajută să găsesc ce căutam demult, numai că nu am știut unde să caut. Am devenit serioși, mâna este într-un loc cald și pufos, incitant, pare că mă electrizez, găsesc instrumentul cel mai discutat din lume. Cel mai căutat și dorit. El înnobilează și distruge femeia. Dă și ia dorință și viață, pentru care se duc lupte ascunse teribile în mințile noastre, ale femeilor care nu prea știm ce să facem cu el. Știm doar că vrem să trăim senzații minunate în compania lui și a purtătorului. Că suntem gata să ne dăruim necondiționat. Nu mă mai oprește nimic din drumul spre desfătare. În timp ce mă lasă ancorată, cu instrumentul în mână trage de fustă. Îi simt mâinile pe coapsele infiorate de atâta bine. Fusta cu trei volane ascunde trupul încă tânăr de femeie în căutare de el. Mă apucă de ceafă, mă sărută. E un sărut interminabil. Amețesc de atâta dorință și nerăbdare. Vreau să mă dau pe mâna lui, vreau să simt că sunt femeie, vreau să descopere tot ce eu nu știu.

Îl îmbrățișez. Mâinile abia reușesc să-l cuprindă. Vreau să primesc energie nouă de la el, bărbatul cu care am putut să mă analizez pe mine și faptele mele. Acum cred că încep să-l iubesc pentru că nu m-a judecat. Mă duce spre dormitorul în care aveam să dorm cu el. Este un alt dormitor. Patul este neobișnuit de înalt. Așternuturile sunt foarte interesante, aseară în celălat dormitor așternuturile erau albe, ca pentru o mireasă, în prima noapte de dragoste. Acum sunt albastre, aidoma cerului, ca marea, ca dorința mea de a-l mai iubi. Mi se pare familiar, sau poate că aseară am visat...

* * *

Pierdusem dorința pe drum din cauza rolului pe care a trebuit să-l joc, într-un spectacol de prost gust al unui dramaturg câinos, care m-a trimis pe mine de mică în lume.

Mică și neștiutoare, pe mine care adunasem doar ură când eram flămândă și nespălată, nevăzută de nimeni. Ei mă priveau disprețuitor cum târâi sandalele mamei în picioruşele mici și subțiri de fetiță a nimănui. Și un regizor prost care nu mă ajuta, providența, destinul, soarta, toate stăteau deoparte de parcă le era teamă să se amestece în viața mea. De multe ori mă întreb dacă nu cumva chiar El, Dumnezeu a vrut așa. Să sufăr, să cunosc suferința, lupta pentru a supraviețui și apoi să mă lase pe mine să mă descurc. Aveam doar două posobilități, să mor, sau să trăiesc. Era la latitudinea mea. Așa că mă luptam cu dorința de sopravivere.

Scările pe care la urmă primeam farfuria cu o bucată de pâine și niște resturi de la mesele lor. Lacrimile care-mi curgeau în farfuria din care mâncam. Mâncam pentru că îmi era foame, dar mai ales pentru că îmi propusesem să trăiesc. Iar m-au ajuns amintirile din urmă. Nu mă lasă, mă urmăresc.

-Să mă duci într-o biserică, Vlad. Te rog. Vreau să văd ce mai are să-mi spună, dacă am curajul să intru în Casa Lui. Mie, uitată de El...

Vlad nu spune nimic. Pare că vrea să mă lase pe mine să o scot la capăt. Acum sunt în patul lui unde udasem perna cu lacrimile și suspinele mele, o pernă elegantă care sigur nu știa ce soartă va avea. Se pare că totul s-a întâmplat, a fost odată, de demult, nici nu mai știu dacă e vorba despre mine. Mai exact aş vrea, să nu-mi mai amintesc. Cred că Dumnezeu s-a despărțit de mine, mă lasă să aleg eu, să fiu stăpână ca apoi să mă cheme la judecata de apoi. Acum cred că este imposibil să mor, m-a uitat...

Four

Capitolul 4

Presa pariziană avusese grijă
să scrie despre un bărbat bătrân
și bogat care se căsătorește
cu o fată tânără și frumoasă.

La Paris

Aveam 23 de ani când m-am căsătorit cu Bazil Poitiers, un bărbat mai în vârstă decât mine cu 47 de ani. Morice aranjase căsătoria, știind că este bogat și mai ales văduv și că el îmi va putea asigura viitorul. Pentru Morice era totul bine venit, pentru mine, o biată fată fără zestre, era o minune. E drept că am studii superioare, sunt tânără și frumoasă dar cu visele mele cum rămâne? Cât de interesant a fost ca eu, în floarea vârstei, să mă mărit cu un bărbat mai mare, aveam să aflu după ce am înțeles că bătrânețea e o școală înaltă, e precum cea din urmă facultate, care te învață, nu cum să aduni, ci cum să dai altuia ce ai.

Bazil avusese și el în tinerețe talent, putere, fusese frumos, se vede în fotografiile de familie. Mă gândesc cu groază când și eu o să trebuiască să-mi văd chipul și să nu mă recunosc, să mi se pară al unei străine, că e un joc de umbre, sau că oglinda le deformează. Bazil a păstrat pacea în suflet, și nădejdea că mai are cum să se bucure încă de viață. Ăsta este un dar măreț, iată că bătrânețea e o școală înaltă.

Pare că ne știm din altă viață. Că am fost tineri, că am îmbătrânit împreună, că viața noastră a fost ca o zi lungă și când am ajuns în miez de noapte la casa noastră am aflat că acolo locuia altcineva, o familie cu mulți copii. În barul unde serveam cafeaua, barmanul ne întreabă cine suntem. Obosiți și dezorientați plecăm de unde venisem, unde aveam locul de veci împreună fără să înțelegem ce încurcături au fost făcute de Creator, de ce ne mai duce înapoi și de ce el crede că eu sunt iubita lui din tinerețe? Au rămas doar două umbre, a unei femei tinere și a lui care nu vrea să plece fără să se mai bucure de viață.

Acum, l-am regăsit, poate că a fost din întâmplare. El cerșetor de viață. Eu o profitoare. Și asta când credea că orice speranță a murit. Numai că eu ca o nebună așteptam sfârșiul lui. Cred că a înțeles, a acceptat această situație. Ce mai contează, așa sunt toate căsătoriile aranjate, chiar acum în timpurile moderne. Deși nu mai conta, împărtășeam anumite idealuri politice și aveam în comun iubirea pentru artă. Poate că am fi putut avea un mariaj reușit dacă ar fi trăit mai mult...

Parisul, orașul eleganței și romantismului. O lume nouă în care am fost ambientată datorită lui. Saloane, case și locuri în care au mai rămas puțini, se consumă momente intime între un bărbat și o femeie, private, pregătiri pentru așa zisele căsătorii din interes. Și care pot să dea doar o speranță, este ca un centru de reabilitare. Acolo se reconstruiesc existențe triste. Într-o formă secretă, numită intimitatea căminului, fără afecțiune și emoții. Doar ei știu ce fac în odăile sufletelor fără culoare, fără dragoste adevărată. Toate imortalizate în poze înrămate, doar sunt împreună, cu zâmbetele strâmbe și false ale imoralității conștiinței personale. Diferența este vizibilă, de vârstă, de clasă socială, amândoi am ales drumul dureros al interesului...

* * *

Sunt cu Bazil și câțiva prieteni în catedrala Saint-Suplice din cel de al șaselea Arondisment al Parisului. Eu mireasă, la braț cu Bazil. Moment emoționant, mă las dusă în miracolul plăcerii, nu mai fac caz că mirele are o vârstă respectabilă. Trăiesc, sunt emoționată ca și în ziua în care am ales rochia de mireasă. Eu și Moris, în fața a sute de modele dintre cele mai frumoase. Le priveam de parcă le-aș fi avut pe toate pe mine, cu alte ocazii, în alte multe vieți. Privirea s-a oprit pe ultima din fața mea, gata, era ultimul umeraș. Nu mai erau altele. Eram pusă să hotărăsc, o vreau sau nu. Părea un sfârșit de ceva sau un început de nu știu ce. Este albă, simplă în stil roman-grecesc. Împrăștie lumină, rafinament. Romantic din mătase, modelul denotă o eleganță rafinată. Moris dă ușor din cap, am înțeles că este de acord cu alegerea mea. Nici nu știu dacă pe el chiar îl interesa așa de mult, poate că era suficient să ajungem să realizăm planul nostru. Atât. Dar eu nu pot să nu mă bucur. Totul e magic, flori peste tot, lume elegantă și un preot care nu era de loc surprins de diferența de vârstă dintre noi. Îl privesc pe Bazil, pare că a întinerit. Lumina din biserică îi dă un aer de măreție, de persoană importantă. Eleganța, se vede că e un fost nobil. Ochii sunt jucăuși, zâmbește dar mai ales când se uită la mine mă emoționează cu adevărat. Mă ține de mână în fața altarului. Inelul de logodnă cu diamante, un inel de familie, strălucește, ia toate sursele de lumină, pare că e din poveste. Nu văzusem verighetele. Sunt nerăbdătoare să le văd. Gata, le văd le are preotul. Doamne, ce frumoase sunt! Tot cu diamante mici încastrate în aur alb. Abia aștept să o văd pe degetul meu. Iată răsplata pentru suferința mea. În acest moment vreau să fie o căsătorie adevărată. Mă uit spre Altar și promit că voi fi cu adevărat o soție care măcar să-l respecte.

A fost o ceremonie frumoasă. Eu emoționată. Pascal agitat. Prietenele mele se uitau după alți bărbați pe care ar fi putut să-i cunoască cu această ocazie. Prietenii lui Bazil veniți de pe unde mai erau stabiliți prin Franța, în viață încă. Aranjase el totul. Era fericit. Acum trebuia să jur că voi fi alături de el la bine și la rău. Este în fața mea. Cu părul și mustața albă, un bărbat onorabil, cu un aspect destul de frumos, elegant și distins. Și eu o impostoare.

Mă uit la Pascal, dă semne de neliniște. După cremonie, mașina decapotabilă a lui Bazil ornată cu flori albe ne așteptă în fața bisericii. La volan un prieten. După noi, ceilalți invitați. Seara trebuia să mergem la restaurant cu toții. Suntem în fața casei, Bazil coboară fericit, e agitat și nerăbdător. Cobor, urc scările având grijă să nu calc pe rochie ca să nu mă împiedic. Bazil rămâne în urmă cu Pasqual care îi tot spunea să se potolească. Ajunsă la capătul scărilor, mă mai uit odată de sus la el. Se grăbește să urce scările. Eu ajunsă în dormitor, scot tot de pe mine, îmi pun un halat transparent, incitant. Îl aud pe Bazil.

-Așteaptă-mă Bianca, vin imediat.

Intră în dormitor, scoate haina, apoi se chinuie să-și scoată bretelele care erau încrucișate la spate. Nu reușește, se duce în baie, ia foarfeca și le taie, se dezbracă de pantaloni. Eu îl aștept întinsă pe patul nupțial. Vine alergând. Bazil mă amenința spunând: *ah ce-am să-ți fac eu în noaptea nunții păsărica mea. Și a făcut stop cardiac chiar în acea noapte, a fost cea mai scurtă dintre căsniciile mele, se străduise să facă ce nu mai putea să facă de mult. După ceremonia din biserică îmi dăruiește o brățară cu diamante de o frumusețe rară, o prinsese chiar el pe mâna mea delicată. Privesc brățara, îl privesc pe el, dezbrăcat, sub cearșaful alb și fin, mă așez lângă el, apropii brățare de buze și o sărut.*

Bazil mă îmbrățișează. Brațele lui păreau două crengi uscate, care m-au prins și mă trag spre el. Îmi căuta gura ca să mă sărute printre gâfâiturile însoțite de respirația lui agitată, astmatică, în timp ce ochii erau scăldați într-o zeamă, un fel de lichid care se scurgea pe fața mea. Se ridică, se scuză, se îndreaptă spre baie, mă uit după el, un tablou dezgustător, două fese lăsate pe două picioare subțiri, scheletice care se grăbeau spre locul unde avea pastila de viagra, părea fericit. Se întoarce, în acel moment îmi venea să plec, spectacolul era trist dar îmi era milă de el...

Pașii lui păreau zvelți sub privirea mea care încerca să spele regretul cu apa unor lacrimi. Am un surâs trist presupunând ce va urma. Dorința lui o vindea la preț ridicat de timpul înveninat. De atât de multă uitare cu care se amăgea, dorea mereu să pară mai tânăr în fața clipei în care ar fi vrut să fie o eternitate. Ar fi stat cu mine până când s-ar fi dus ars de focul care nu putea înțelege dorința de a fi. Voia să facă totul în vuietul de cuvinte, cascade de atingeri ale dorinței din el pentru a face dragoste fără să știe că îmbrățișa altceva decât o femeie. Îmbrățișa moartea, care-l aștepta în patul plăcerilor de altădată, de demult, cu alte femei pe care le iubise. Și acum se depărta de mine, de ele din ce în ce mai mult până când a rămas doar amintirea pe care poate că o voi uita sau lăsa pe lista despărțirii de el, de noi înșine pentru totdeauna.

Jucam ultima carte. M-am așezat în fața lui pregătită, cu brațele întinse spre stafia care se apropia cu ochii holbați spre mine.

-Hai Bianca, stârnește voința din mine pe care să ți-o dăruiesc ca dovadă a unei iubiri care nu poate să nu vadă creația din fața mea cu ochii vulcanului.

Îl simt cum erupe, scoate lava uitată într-un trup secătuit de timp, dar nu și de voință. Va aprinde ființele nostre, flacăra iubirii pe care destinul l-a programat pentru noi?

Cuvintele lui mă impresionează. Se așează cu grijă din nou în pat, apoi se întoarce peste mine, începe să se agite, să apuce cu mâna organul care nu mai reacționa nici chiar cu viagra cum trebuie, și așa a făcut el tot, l-am lăsat să se desfete singur până când am simțit spasmele pe care le credeam de plăcere, dar, erau ultimul lui semn de viață. *Își dăduse duhul, fericit. Vorbele destinului plâng. Simt cum își pierd eternitatea. Lacrimi multe, ca ploaia care a învins deșertăciunea. Străinul din el nu a învins destinul nemuririi. Acolo s-ar fi ascuns de iluziile vieții, de frica despărțirii, unde lacrimile suferinței au spălat moartea.*

Mă acoperise cu moartea, rânjea, rămăsese cu o grimasă confuză, nu știam dacă era de plăcere sau ultima lui față. Ochii păreau poduri de priviri dărâmate, cu care ar fi vrut să treacă de eternitate, să poată să lase o lacrimă să se îndrepte spre buzele reci, încremenite pe cuvântul, iubire. Nu mai putea să spună nimic în nemurirea lui, a rămas doar chipul morții prezente, cu iubiri și fericiri trecute.

Mă trag de sub el îngrozită, îmi pun halatul, ies strigând disperată, Bazil, Bazil dragul meu, ce ai, ce e cu tine, Bazil, răspunde.

Eram foarte convingătoare, au apărut și servitorii care au început să mă consoleze. Doar unul mă privea ciudat, cel mai tânăr, șoferul lui care sigur nu a crezut în comedia cu dragostea noastră. Eram împietrită, așteptam să-mi cadă lacrimile din cerul suferinței în care îmi voi spăla și eu moartea. Nu, nu puteam, lacrimile mi-au înecat clipa de demult, de când timpul care avea să vină va trece peste frigul acestei zile unde îngropăm și propriile noastre singurătăți, pe care nici unul nu putea să le înfrângă. Poate că era doar lacrima universului văzând că nimeni de jos nu are lacrimi.

Prima noapte a fost cu remușcări rupte din sufletul meu. Viitorul? Deșertăciune, zilele vor cădea ca foile calendarului schimbând mereu vârsta. Dar, eram moștenitoarea lui, nu mai aveam grija zilei de mâine. După numai trei zile a venit notarul cu testamentul. Suntem în biroul lui Bazil. Nu mai e nimeni. Avocatul controlează ceasul. Este ora unsprezece. Pendula confirmă. Toate bătăile sunt ca niște ciocane, încerc să stau calmă, abia aștept să termine. Gata. E liniște. Avocatul scoate plicul sigilat, semnat de martorii lui Bazil și bineînțels ai lui. Făcuse testamentul cu patru luni înainte, când mă cunoscuse și îmi făcea curte. Îmi mărturisise într-o seară la restaurant.

- Dacă te măriți cu mine am o surpriză, fac testamentul în care te las beneficiara tuturor bunurilor mele, tot, mai rămâne să-l semnez în cazul în care accepți, Bianca.

L-am sărutat pe obrazul uscat în timp ce el avea mâna mea tânără ca o speranță la viață, la fericire, spunându-mi:

-Să știi draga mea, că atunci când nu voi mai fi, clipe reci vor bate la porțile speranței. La inima ta unde voi vrea să mă ascund, ca să te regăsesc. Vreau să te fac să înțelegi că nemurirea iubirii pentru tine nu va răsări în altă parte decât în sufletul meu. Am să vin să te văd acolo unde aș fi dorit să construiesc un loc în care să cred că pot să trăiesc existența pătimașă alături de tine, Bianca...

Nu mă lasă în pace, mă urmărește, cuvintele lui le aud oriunde. Mă scutur ca să aud ce spune notarul.

-Doamna Poitiers, deoarece nu s-a mai prezentat nimeni din familia defunctului, deschid testamentul.

Eu sunt aproape de leșin. Dacă nu s-a ținut de cuvânt și a lăsat totul unei societăți de binefacere de care mai amintea din când în când. Încep să transpir. Palmele sunt umede. Își drege glasul și începe să citească testamentul, nu aud nimic, pare că sunt surdă, aștept finalul, mă concentrez cu toate forțele.

-... de bună voie și nesilit de nimeni las toate bunurile mele mobile și imobile scumpei mele soții, Bianca Ionescu Poitiers, fără nici un fel de condiții.

Era o liniște apăsătoare, nu știam ce trebuie să fac. Avocatul scoate o hârtie pregătită dinainte pe care trebuia să o semnez, ca să confirm că am intrat în posesia testamentului, ca apoi sa facă transferul de proprietate. O am în față. Semnez, B. I. Poitiers după care pun un punct. Primesc documentul. Notarul pleacă. Eu rămân pe locul în care viața se schimbase radical și definitiv.

La Pascal acasă

Am plecat într-un suflet la Pascal, să vadă că am reșit. Trebuia să mă gândesc să-i dau și lui o sumă frumoasă de bani pentru ajutor, eram asociați, eram într-o cârdășenie murdară, dar care a dat rezultate. Acum eram liberă, voiam să plec, să uit de tot ce a fost. Intru agitată. Las plălăria cu voaletă neagră, mânușile fine și intru în sufragerie de unde se auzea o melodie veselă, care se potrivea cu starea noastră de escroci sentimentali, într-o lume încă bolnavă și deformată cu ultimele rămășițe din ce fusese odată lumea bună.

-Bună Pascal!

Mă apropii de el. Ridică mâna, așteaptă să o așez pe a mea, vrea să o sărute. Mă înfior, odată cu apropierea buzelor lui, știam că e pecetea afacerii încheiate, ca aceea de pe testamentul lui Bazil. Mă opresc înainte ca el să o atingă. Ridicând capul, mă privește curios.

-Doamnă!

Privirea lui era lacomă, așteaptă să primească partea lui, nerăbdător. Am mai văzut-o și atunci când mă pregătea pentru Bazil. Rece, calculată, se citea indiferența la suferința mea, mă transformase într-un obiect de făcut sex pentru bani...

* * *

Pascal avea un succes real la femei, fiind curtat se afișa destul de des în societate cu domnișoare dornice de aventură, dar nu se lăuda cu asta, își trăia viața cum știa el mai bine, bucurându-se numai de avantaje.

Eu în schimb, mă țineam departe de orice relație care s-ar fi putut termina cu dragoste, nu voiam asta. Îi dăruisem virginitatea lui Pascal cu ani în urmă, din curiozitate și mai ales din dorința de a-i da ceva în schimb. Atât aveam, atât i-am dat. Credeam că îl iubesc atunci când nici nu știam ce-i dragostea. Eram atrasă de bărbatul cu care locuiam în aceeași casă, trăiam din mila lui.

Prima experiență a fost dureroasă. Fără experiență în mâna unui bărbat expert. Nu m-a cruțat, ba chiar a fost câinos. Trebuia să înțeleg că și plăcerile sunt dureroase. Așa că a scăzut dorința de a face dragoste. Cine știe, voia să aibă timp pentru femeile care-l plăteau.

Într-o zi Pascal mă întrebă dacă știu ce e dragostea. Observ un comportament diferit, mai apropiat.

-O legătură dintre un bărbat și o femeie.

Îi răspund repede. În altă zi m-a întrebat dacă mai vreau să fac dragoste cu el.

-Ne cunoaștem, așa că nu e cazul să mă refuzi.

-Nu știu despre ce e vorba, Pascal. Ce vrei?

- Vreau să te implic într-un nou joc. Adică să ne delectem altfel. Trebuie să ai încredere în mine. Voi încerca să-ți arăt un extraordinar univers feeric care clocotește de erotism, care vine din instinctele noastre primare Bianca, pe care le avem, care sunt energia vieții. O să ai o amintire fantastică. Trebuie să te lași ghidată de mine în adâncurile conștiinței, o să te inițiez și ai să revii la real mai evoluată. Iubirea în viziunea ta Bianca, este pesimistă, este ca o iluzie. Vom descoperi împreună dorința nestăvilită și răutatea experienței amoroase ce sunt doar iluzii fără sfârșit. Am să caut să nu te cruț, o să fiu crud, dar crede-mă, o să te găsești altfel de cât te cunoști. Tu, nu trebuie să faci nimic. Fac eu totul. De la tine aștept doar colaborare, atât.

-Colaborare? Cum adică? Vrei să spui că se face și altfel sex?

-Dacă am spus colaborare, înseamnă că tu te lași abandonată. Eu fac totul.

-Trebuie să-ți spun iubitule? Mă umflă râsul.

-Da, ai înțeles bine. Este un joc erotic, Bianca care te va ajuta să te cunoști pe tine ca femeie, adică să cauți sursa ta senzuală. Eu te voi ajuta să te simți bine, am să te ghidez. Tu trebuie să te supui mie, să faci ce-ți cer, să nu comentezi, să nu te opui decât în cazul în care durerea întrece plăcerea. Tu trebuie doar să ridici mâna dreaptă. Atunci eu mă voi opri. Dacă o să-ți placă, putem stabili în funcție de timpul meu liber să te reprogramez, mai exact două zile pe săptăsc mână. La ore precise care trebuie respectate. În acest timp va trebui să accepți controlul meu și multă disciplină pentru a învăța să te supui necondiționat pentru propria ta plăcere.

Mă uimește, este un bărbat de care nu mă mai simt atrasă și acum vine cu o cerere absurdă. Ideea mă surprinde. Curiozitatea la fel. Vreau să văd ce face el cu alte femei și cu mine nu a făcut.

-Bine, accept. Când începem?

-Ești nerăbdătoare?

-Da. Chiar foarte nerăbdătoare, iubitule.

Îi spun sub formă de glumă, languros. Mă privește foarte serios. Nu am înțeles motivul provocării, mă tem să nu fie periculos, oare controlul trebuie să cedeze în fața plăcerilor?

-Pascal, autocontrolul este dictat de creier, cred că cere o protecție în fața necunoscutului. Va fi o tensiune pe care o vom readuce în prezent? Știi că m-am dăruit ție, dacă va ieși la iveală adevărul? E ca și cum mi-ai cere să nu mă mai uit în oglindă, sau să nu mă bucur de micile plăceri ale vieții, o să fiu într-o capcană, o prizonieră. Nu știu dacă o să am curajul să trec pragul, să mă supun ție.

-Bianca, în acest joc trebuie să înveți să renunți la control. Nu-ți cer prea mult. Am văzut că și ție îți plac provocările. Mai ieși și tu din monotonia sexuală. Atitudinea ta spune multe, acum ai experiență, ai început să cunoști viața. Este aproape inexistentă pasiunea, nu ai ce să povestești din prezent, trăiești în urma timpului. Acesta este un joc Bianca.

-Așa ca ăsta pe care vrei să-l faci cu mine? Cu câte alte femei l-ai mai făcut?

-Nu mă provoca, Bianca. Ascultă, atât. Când va începe jocul, ai să vezi că nu e ușor să te supui, să nu știi ce te așteaptă, să nu ai control asupra ta, a corpului care nu te va asculta, așa ca-n viață, fiecare moment poate aduce noutăți sau schimba ceva.

-Când începem?

Mă grăbesc să-l întreb nerăbdătoare.

-Vezi, mă provoci fără să vrei să recunoști că îți face plăcere. Eu Bianca, am înțeles jocul tău și mai ales am înțeles că ai nevoie de o lecție practică pentru a ști ce te așteaptă în viață. Viața nu este imaginară Bianca, e reală, nu uita asta. Nu visa cu ochii deschiși, trebuie să ai curajul să te descoperi, să vezi cine ești. Analizează și situațiile extreme în care ai putea fi. Sunt legate de lumea din afară. Eu sper să-ți dai seama de adevăratul motiv al provocării.

-Te referi la partea erotica, Pascal? Nu e periculos? Pot să capitulezi în fața plăcerilor?

-Contează pe capacitatea de control, Bianca. Acum ești inhibată. Trebuie să înțelegi de ce acest subiect te atrage, acceptă.

-Păi suntem diferiți Pascal, eu de exemplu nu sunt pudică, nu am frică de Cel de Sus, aș vrea să trăiesc în vechile timpuri, așa cum au trăit femeile din cărțile citite.

Pascal râde de ce-i spun, cunoscându-mă, a înțeles că nu e așa, că abia aștept să înceapă jocul.

- Hai să stabilim ora la care începem și cine e primul, Bianca.

Dau din cap, simt că mă încing, știu de ce. Se uită la ceas, mai sunt trei minute până la șapte seara.

- Propun să începem la șapte, de acord?

-Da.

Un da afirmativ care mă trădase cât pot fi de nerăbdătoare să înceapă. Îmi rotesc privirea, suntem lângă pian. Pascal trage la repezeală draperiile grele de la geamuri. Gata am înțeles, eu rămân lângă pian. Sunt agitată. Nu-mi spune ce să fac, trebuie să-i spun la șapte fix, fă ce vrei cu mine, atât. Mă uit la pendula din perete, aștept să bată primul gong. Pascal e în spatele meu. Cu fiecare bătaie mi se ridică tensiunea, simt că iau foc.

Primul gong, bate dincolo de mine, începe să intre în timpul meu.

Al doilea bate la poarta gândului, mă lași?

Al treilea, vrea să intre în viața mea, să bată zgomotos să nu uit că el e cel ce măsoară timpul.

Al patrulea, simt că mai respir.

Al cincilea mă înfior de gânduri încâlcite.

Al șaselea mă îndeamnă să vreau să trec prin minunile lumii.

Al șaptelea, e suferință, e ultimul, e hotar spre suferință purtată cu greu, acum o să văd dacă mai exist, dacă pot să iubesc, să mă minunez de mine.

Simt tensiunea pe care o creez singură din cauza necunoașterii, aștept ceva. Nu vreau să mă sustrag plăcerilor vieții, vreau să ies din carapacea propriului meu corp, pare că sunt propria mea prizonieră.

Ultimul gong pare că a bătut direct în capul care se apleacă în semn de supunere și-i spun: *fii milos*. Trage încet maieul din bumbac, mulat. Lasă jos tot ce învelea trupul meu de femeie tânără. Îmi acoperă ochii. Mă ia în brațe și mă întinde pe pian, locul de sacrificiu. E rece, simt suprafața lucioasă.

Se apleacă, mă sărută, îi simt pe buze gura, voluptos. M-a așeazat deasupra celor șapte coarde centrale care vor trezi corpul meu, când va începe partitura. Îmi pune picioarele pe genunchi. Sunt desfăcute de parcă ar vrea să pună acolo notele, e liniște, o liniște apăsătoare, nu mă atinge, eu abia mai respir, dar când credeam că o să pot să mă relaxez, tresar la auzul sunetelor care ies din cutia neagră, toate joase, le știu, sunt în stânga pe claviatură.

Pianul vibrează sub mine și pielea se strânge. Același lucru încerc să fac și cu picioarele, să le strâng, dar nu reușesc. Le așează din nou la locul lor, pe genunchi, sunt total dezarmată. E liniște, cu mișcări încete, îmi lasă săruturi reci peste tot. Am înțeles, băuse din paharul pe care-l pregătise cu Whisky și gheață, pe care-l avea pe pian. Mă sărută pe pulpe lăsând urme de băutură rece pe care apoi o recuperează cu limba. Simt că iau foc. A reluat, de data asta pe picioare, pe partea de sus. Încep să gem, aș vrea să mă împotrivesc, încerc să mă mișc dar le imobilizează. Le ține cu palmele nemișcate. Gata, s-a oprit. Îmi lasă picioarele pe claviatura rece a pianului, el este între ele sunt expusă, nu pot să fac nimic. Lasă o gură din licoare pe pântec, se scurge încet spre partea mea intimă, o simt, a ajuns, dar a ajuns și el ca să o recupereze. Cred că-mi pierd cunoștința. Mă lupt cu trupul meu, îmi place, nu vreau să mă eliberez. Spun cuvinte abia auzite de mine, încet, incitant, mă chinuiește, eu stau, sunt rătăcită, încălzită dar mai ales dornică. Plimbă palma pe piept delicat. Apasă ușor pe centru unde sunt senzorii ca o sonerie, te trezesc din vis, te cheamă să participi, doar că nu am voie să fac nimic.

Se petrec lucruri ciudate, mă lasă așa, s-a așezat, aud acordurile unei bucăți muzicale delicate, aproape în surdină, îl simt cum se leagănă încet la stânga și la dreapta. Toate aceste sunete le simt cum intră în mine, în minte, în corp și fac ce vor. Încep să mă agit, simt nevoia să colaborez, trupul meu a înțeles și acum vrea să guste din plăcerea lui cu cea a notelor care acum stăpânesc întreaga mea ființă. Le simt înăuntru, sunt excitante, așa ca și ușoarele vibrații care sunt sub mine. Acest imens instrument care îmi dă viață, mă excită la maxim, simt nevoia consumării momentului intim de plăcere dar în acel precis moment a apăsat pe o clapă care nu mă lasă, mă oprește, un, **la,** gros, răgușit. Eu mă împing spre el. Mă oprește și mă așează la loc. Mă mir că un șir de plăceri sunt stârnite de cordele unui pian. Sunt vise naive, pare un zbor retezat prea devreme. Mă las dusă în lumea tăcerii, simt mâinile cum se urcă delicat pe pulpele mele urmate de respirația incitantă, simt o adiere, mă încordez, trece de genunchi, nu se oprește, e tot mai sus, sper să nu leșin de plăcere, apoi simt buzele pe mijlocul meu care se mișcă ușor ca o adiere în timp ce continuă să cucerească reduta pe care a știut cu multă abilitate să o aibă fără nici o luptă sau putere de împotrivire. Eram roaba lui, se folosește de mine, mă chinuie, sau mai exact caută femeia din mine, femeia ascunsă pe care nici eu nu știu de unde să o iau. Nu pot să vorbesc, trebuia să respect tăcerea, asta îmi ceruse, să tac, să poată el să intre în mintea și trupul meu, să-l las fără să mă împotrivesc, cu supunere, sunt roaba lui și el e stăpânul meu. Sunt moale ca o melodie, îmi ridică brațele, simt că sunt una cu pianul de sub mine. Mă atinge pe brațe cu delicatețe, apoi când credeam că a terminat se lasă ușor pe locul lui și mângâie clapele pianului, în loc să continue ce începuse, așa în ciudă, să văd că el poate să facă ce vrea cu mine. Gata se oprește, de data asta picioarele le lasă apropiate, sprijinite pe bancheta pe care stătea el, maestrul dezastrului. Cu o mâna mângâia clapele cu cealaltă urmărește conturul sânului care se transformase în coardă. Încep să mă mișc, să mă unduiesc și să schimb poziția, mă întorc pe o parte și-mi trag picioarele, îndoi genunchii și-i prind cu brațele amestecate cu pletele care erau singurul meu acoperământ. Goală, ca la judecata de apoi, fără glas, sunt ca o flacără care cred că se va stinge și va distruge toate plăcutele momente trăite, și poate că va distruge toate planurile noastre de viitor, de profitori necinstiți care nu puteau fi un cuplu.

Sunt altfel, sunt femeie, mă bucur că nu am refuzat jocul, ba mai mult aș vrea să-l mai joc pe termen mai lung. Am fost provocată, de fapt nu eu, ci femeia care stătea pitită de frică să se facă văzută în toată splendoarea ei. Îmi curg lacrimi, șiroaie, ceasul începe să bată din nou.

Primul gong, rupe misterul, mă cheamă la realitate.

Următorul, mă doare, pare că-mi trage mantia plăcerilor și se învăluiește în ea, mă lasă goală.

Al treilea, adună clipele care m-au purtat prin lumea necunoscută.

Altul, simt teamă, simt cum încep să dispară emoțiile.

E cel de-al cincilea, încerc să mă mișc. Sunt abandonată, singură.

Mai e unul, al șaselea, vreau să acopăr timpul. Să se oprească, să mai lase ceva din tot ce a fost. Simt iar teamă, una care este mai evidentă mai clară, e separată de plăcere.

În sfârșit e ultimul, acum simt vântul care bântuie și amestecă tot ce am simțit, mai întâi o adiere, apoi rafale care curăță locurile atinse de el. Știe că am făcut-o instinctiv, și mai știe că este doar efectul de mare neiubire între noi, a fost doar un joc care a incitat corpul și mintea, programat.

Gata jocul s-a sfârșit. Se apropie de pian.

Privim ceasul care ne-a dat startul și finalul jocului măsurând timpul de care noi uitasem de noi.

-Cum a fost, Bianca?

Mă privește cu mare atenție. Îi dau o ultimă satisfație și-i răspund:

-Bine. Sunt epuizată, aproape rătăcită în jocul erotic.

Mă sărută cum nu o mai făcuse, acum când sunt foc și dorință, profit și las intimitatea mea să se deslănțuie când gurile noastre stau unite ca într-un sărut etern. Îl privesc uimită, cred că vrea să termine ce a început, e și el pornit. Mă ia în brațe și mă duce în dormitor. Mă întind, sunt flămândă de nevoi sexuale. Începe operațiunea, nu se oprește până când nu strig de plăcere, un strigăt de eliberare, de victorie. Sunt obosită rămân întinsă, satisfăcută, ațipesc. După nu știu cât timp îl aud pe Pascal, e din nou la pian, cântă o melodie ritmată, eu nu recunosc melodia dar nici nu mă interesează.

* * *

Aveam planificată o discuție cu el. Nu mă bagă în seamă, pare că așteaptă momentul de care se teme cel mai mult. Al întrebărilor la care va trebui să răspundă. Mă apropii de el, mă așez pe banchetă, caut o tonalitate care să se potrivească cu sunetele care veneau spre mine ca un îndemn, *acum, hai Bianca, întreabă-l.*

-Ți-am spus să mă înveți să iubesc oamenii, frumusețea zâmbetelor. M-ai trimis să mă lupt ca să-mi rezolv problema existențială. M-ai trimis prin cimitirele sufletelor pierdute pe care le-am ucis cu zâmbetele mele neînțelese de ei. Credeam că voi regăsi urmele viselor pierdute în lumea parizienilor, la piața norocului, unde ne cer preț de plată, tinerețea. Să dăm iluziile fericirii. Să mințim spunând că dăm iubire, odată cu sărutul nemuririi. Văd că ești diferit, eu așa te vreau, ca în jocul abia terminat, pregătește-te, o să mai vin.

Mă privește atent, zâmbește.

-Vezi tu Bianca, eu cred că destinul este luminat de steaua noastră, de locul nostru rezervat în univers dincolo de noi înșine. Viețile au cărări de vise, cuvinte de dragoste ce rătăcesc pe toate gurile muritorilor. Toate acestea sunt iluzii ale fericirii. Dar noi ne împrietenim cu timpul, care ne așteaptă până când am depășit limita, dincolo de noi, lipsiți de simțăminte. Suntem umbre în mișcare, cu gândul aiurea la trecut, dacă avem unul care să merite să ne mai gândim la el. Apoi vin ridurile timpului. Oboseala, deschidem ferestre spre cer, cerem fericire, sperăm să primim, nu știm ce ne va lovi. Că va intra vântul iluziei, cu răceala lui de la sfârșit de speranță, cu punte de săruturi între două existențe, iluziile vieții și ale amintirilor...

-De ce nu m-ai învîțat să iubesc tinerește, ca acum, ca să mă pot bucura, așa cum am făcut-o cu tine Pascal? De ce a trebuit să mă trimiți într-o lume mai greu de înțeles decât cea de unde vin? De ce nu m-ai învățat să lupt, eu, ca să am? De ce să vreau de la alții?

-Pentru că tu nu aveai Bianca, nici cea mai mică idee ce înseamnă lumea de afară. Suntem o mulțime nepăsătoare, periculoasă, înșelătoare care vrea, dar nu dă nimic. Trebuie mai întâi să începi să-i cunoști, să ai de-a face cu cei mai maturi ca să vezi ce ajung cei tineri pe care poate că-i vei iubi în viața ta. Nu sunt toți ca mine și nici ca Bazil. Acum dacă ai de gând să te apuci de treabă, să continui o să vezi cum suntem. O varietate umană infinită, fiecare cu viața și interesele lui. Să nu te sperii, să răzbați, să te lupți cu ei și mai ales să vrei să-i cunoști ca să poți să-i vezi cum sunt...

JULIEN, COLECȚIONARUL DE PENE

Apăream în cercurile pariziene în negru. Toți spuneau: e văduva bietului Bazil, săraca. Care săracă, acum nu mai sunt săracă. E drept că nu sunt nici chiar bogată, dar ceva ceva a mai rămas de la răposatul. Așa a început, eram foarte șic în negru, pare că interesul altora era din ce în ce mai mare, că se înscriau pe o listă de concurs la care ar fi vrut să participe, crezând că ei nu vor avea același sfârșit. Și așa am luat altul la rând...

Să nu crezi că eram singura femeie care pescuia bărbații bogați. Nuuuu. Eram mai multe, ne întreceam care era mai dibace să-l ia pe cel mai bogat și cu zile puține. Câte o dată ne întâlneam la mine acasă și ne povesteam cum a fost trista zi a celui ce s-a dus fericit. Margo ne povestește despre Julien, ultimul ei șoț, cu el avusese o experiență deosebită.

- Julien, ne spunea Margo cu un aer de ironie, era printre altele și un mare colecționar de pene. Le adusese de peste tot pe unde fusese și le ținea în albume speciale în care era scris, când, de unde, și ale cărei specii volatile erau. De la cele mai mici până la cele mai mari. Le colecționase într-o perioadă în care curiozitatea era considerată o sursă de confort și deconectare de la grijile cotidiene. Le lua pe fiecare și-mi explica de unde sunt, în ce parte a corpului cresc, care ajută la zbor. Penele codale pot fi mișcate în voie în toate direcțiile, îmi spunea, fie răsfirându-se ca un evantai, fie strângându-le. La unele specii rectricele sunt mici și moi...

Pe mine nu mă interesa. Așa mă ținea alături de el explicându-mi și arătându-mi, mie, colecția lui. Într-o zi mă gândeam că poate această nemaipomenită colecție ar putea să mă ajute să-l bucur, ne spune începând să râdă.

- După ce s-a căsătorit cu mine crezând că sunt interesată de toate penele lui, dar mai ales că tocmai eu aș putea continua a mări colecția, după numai două săptămâni când văzusem că nu se grăbește să plece, am început să-i folosesc colecția, ca să-l ajut.

-Cum să-l ajuți? întrebăm curioase.

Ne adunăm mai aproape. Ne privește cu ochi jucăuși, se vede că se pregătește să povestească ceva curios.

-Mai întâi, a început el cu penele. Era într-o duminică seara. Venisem de la o petrecere unde eu băusem cam mult, dar nu, nu eram beată, eram doar cherchelită. Pe drum îmi tot spunea, am o surpriză pentru tine, Margo. Și se băga în mine. Șoferul vedea prin oglindă, și mustăcea. Era mult mai tânăr și bun tare de făcut dragoste. Era cu ochii pe mine. Și uite așa am ajuns în imensa casă unde mirosea a vechi, a putred, a enigmă. Mă tot ducea în camera în care murise nevastă-sa. Pe perete, deasupra patului, un tablou cu o femeie goală pe o canapea, se vedea totul, poziția ei era incitantă. Avea o față foarte ciudată, el se lăuda că ea murise acolo, cine știe ce-i făcuse, vorbea în șoaptă, mă punea să mă uit la tablou, apoi la pat. Patul era mare, plin cu perne și așternuturi albe, îmbietoare, moi.

-Ce zici Margo, ți-ar place să vezi cum e patul?

Vocea era ispititoare și eu curioasă, dau să mă întind pe pat, dar el mă oprește.

-Nuuu, nu soțioara mea, nu așa, goalăăăă.

Mie nu-mi trebuia mult să mă dezbrac, eram în elementul meu, era lucrul pe care știam să-l fac cel mai bine. Mă întorc cu fața la el. Am început să mă dezbrac. El făcea același lucru. Ne priveam în ochi cu un rânjet care dovedea faptul că suntem curajoși. Se apropie, mă ia delicat de mână și îmi arată cum să mă întind, așa ca doamna din tablou, pusese pernele la picioarele patului ca să-l văd mai bine.

-Așteaptă-mă aici, puicuțo. Îmi spunea mereu, păsărică, vrăbioară, cintezoi, după ce îmi arătase colecțiile, am înțeles de ce.

Mă întind pe spate, mă uit la tablou.

Se întoarce repede, îmi cere să ridic mâinile, le ridic în timp ce el le leagă de pat cu un șiret gros din mătase cu a cărui ciucure lung mă mângâiase mai întâi, m-am întins pe tot patul. Îmi plăcea, apoi mă sărută pe pulpe și mă leagă și de picioare după ce trecuse și pe acolo cu ciucurii lungi de mătase. Senzația era nemaipomenită. Eu care stăteam cu el și nu reușise să facă aproape nimic în două săptămâni, încinsă, mă las dusă. Nu prea aveam încredere, nu puteam să mi-l imaginez un pervers. Lângă pat adusese o măsuță pe care erau câteva albume, cu pene. Mă întreb ce naiba vrea să facă. Vorbea continuu în șoaptă.

-Așaaaa, acum pe astaaa.

Era excitat la maxim. A luat una din pene și a început să o plimbe pe brațele mele care au început să se reanimeze. Pielea devenise un câmp excitat. Apoi le trece pe față, pe buze. Încep să mă încălzesc, ajunge la ureche. Simțeam că am urechi de elefant, auzeam cum respiră. Era ceva ciudat, deosebit, nu mai vorbea, se auzeau doar mici gemete de plăcere. Apoi schimbă pana cu una mai pufoasă și o trece peste pulpele legate care așteptau și ele să cunoască efectul acelor instrumente de tortură. A început să le plimbe mai întâi pe partea exterioară, apoi se apropie de cea interioară, unde corpul meu nu mai putea rezista de plăcere. Încep să mă mișc, să mă legăn, cu un fir de voce încep să-l încurajez, schimbă pana, simt una și mai moale, ceva cu puf de o delicatețe înfiorătoare. O plimbă ușor pe lângă locul în care el nu reușise să intre. Apoi o duce pe sâni. Pe locul unde fiul meu supsese laptele matern. Abia mă atinge, eram mirată că acel loc poate fi atât de senzual. Apoi simt cum toarnă șampanie, nu credeam că știe ce să facă. Se apleacă voluptos și soarbe gura de șampanie care începuse să mă excite, mă conectase la dorință. Într-o fracțiune de secundă mă gândesc la șoferul lui. El ar fi trebit să fie cu mine în pat, un bărbat care să termine ce a început Papașa. Dar când abia mă gândeam că e păcat de atâta muncă nefinalizată, surpriză, simt că duce operațiunea la bun sfârșit, e deasupra și face ce ar fi trebuit să facă în noaptea nunții. Nu mai vreau să mă gândesc la ce minune se întâmplase, mă agăț de el, începe lupta. Ce-o mai fi și asta, nu mă las până când nu termin, cad epuizată, el lângă mine, mă dezleagă. Oricum nu mai eram bună de nimic, pun mâna pe locul unde nu văzusem nimic la început, surpriză, obiectul mare și tare, încă. Mă ridic să văd, mă umflă râsul, mai întâi mai încet, apoi mai tare și mai tare până când începe și el să râdă.

-Ce credeai Margo? Nu te așteptai de la mine, nu-i așa?

Abia reușesc să-mi dau seama că avea un fel de ham cu un obiect în față care stătea ridicat. Mă întreb de unde naiba avea atâta forță să împingă la el. Mă las peste el, îl îmbrățișez, câștigase, a avut dreptate, m-a uimit, așa cum îmi spusese la ureche și eu nu credeam.

Noi toate mute, uimite, curioase de ce se întâmplase cu bietul Julien, cum de murise numai după trei luni?

-Și?

-Și gata. Asta e tot.

-Tot, tot? Și cum de s-a dus după trei luni?

-Păi făcea parte din planul meu ca să nu mă încurce prea mult. Ce a urmat? Am început să-l leg eu pe el și să-l supun la torturile cele mai groaznice de excitare cu propria lui colecție. Părea că este dublu satisfăcut. Odată, pentru că se simțea bine, apoi era fericit că efortul lui de a aduna o colecție așa de ciudată putea servi și la cea mai neașteptată plăcere.

Văzând că rezistă așa de bine, am început să nu le mai folosesc ca să-l excit, ci ca să-l fac să râdă. Îi descoperisem toate locurile sensibile. După ce-l legam treceam brutal la tortură. Îl gâdilam. Se gâdila sub brațe, la tălpi și culmea era după urechi. Alesesem pene speciale care-l făceau să râdă, râdeam și eu în speranța că-l ajut, că ne distrăm împreună, că mă bucur odată cu el. Și tot așa până într-o seară când a râs până când s-a sufocat, îi luasem perna de sub cap ca să-l ajut. Apoi l-am dezlegat, l-am așezat pe o parte în pat și am strâns colecția cu mare grijă, am dus-o la locul ei în biblioteca imensă. Am pus la draperii șnururile de mătase. Am plecat în camera mea. Dimineață am auzit-o pe Janet cum urlă.

-Monsieur, monsieur, reveillez-vouz!

Aleargă spre camera mea. Intră val-vârtej.

-Madame, madame, monsieur, je pense... și începe să plângă. Eu sar din pat urlând.

- Non ce n'est pas possibleeee.

- Asta-i tot. A trebuit să vând tot. Rămăsese casa, titlul nobiliar și un cont. Oricum, pot să mă laud că am fost soția lui, o experiență în plus, și mai am și o frumoasă sumă de bani pe care o avea pusă în Elveția de tatăl lui de care el nu știa, și asta doar pentru că bunul lui tată știa că o va termina la Cazino dacă știe de ea. Contul a fost deschis, o lăsase pe numele lui și pe cei pe care avea Julien să-i lase în testament. Așa că trăiesc numai din dobânzi. Mie îmi ajung. L-am dus cu mare pompă în cavoul de familie. Apoi ca și voi am început să mă foiesc printre ei în căutare de altul, doar că ăștia care au mai rămas nu mai au mare lucru. Parisul costă.

-Ce tot spui, Margo, știm cu toții că a murit într-un accident de automobil când se întorcea de la o aniversare cu încă doi prieteni și pe tine nu te luase.

- Ei, voiam să fie mai interesant finalul. Povestea cu penele, aia e adevărată, vă jur, în mare parte. Voi erați cu gurile căscate, mă mir că ați putut crede că l-am omorât eu. Sunt eu o femeie, dar nu am ajuns în halul ăsta de degradare. Și apoi ce farmec ar mai avea aceste întruniri dacă nu am înșira verzi și uscate? încheie râzând în hohote de fețele noastre stupefiate.

-Eu chiar crezusem, îi spun ridicându-mă să aduc altă sticlă de vin. În urma mea râdeau toate, de parcă numai eu crezusem poveștile ei. Cum de nu mi-am dat seama că și eu le povestisem, că-l sufocasem pe bietul Bazil care murise în drum spre spital, pot să jur că nu i-am făcut nimic, decât mă jucam cu el. Am mai băut câteva pahare cu vin râzând de cei ce ne considerau fete de treabă deși știau cine suntem.

-Scrie pe fețele noastre, trufatoare, în căutare de zestre și locuri în societatea pariziană din care nu mai rămăsese mare lucru.

-Ei nu, nu e așa, zise Corin, eu chiar am fost cu Maxime la.

-Bine, bine, ne povestești săptămâna viitoare, acum e târziu.

* * *

- Asta e, dragă Vlad.

- Eu, mă distram, eram rea, așa cum fusese și viața cu mine, rea. Apoi mă duceam la Pascal și făceam ce nu puteam face cu ei, bieții de ei.

Uite cum m-am apropiat din ce în ce mai mult de obiectivele mele meschine.

-Bine, dar ei au avut încredere în tine, Bianca.

-Cred mai degrabă că erau disperați. Eu și Pascal, jucam totul, știa că eu voi fi beneficiara agoniselii lor.

-Bianca, să nu mă înțlegi greșit, eu pledez în favoarea lor, au fost victimile tale.

-Domnule, acesta este efectul unei cauze, nu?

-Oare ei au înțeles jocul tău murdar?

-Cum să nu, și au stat, le-a plăcut, au făcut un pact cu mine, eu îi bucuram pe ultima sută de metri, și ei mureau fericiți. Asta e. Poate că altă dată dacă mai vrei intru în detalii. Tu habar nu ai cât de rău e să-mi amintesc, dar mă sperii la gândul că aș putea să uit, să nu-mi mai amintesc...

Five

Capitolul 5

Faptul că sunt la braț cu
Bazil prin Paris
este o profundă uimire,
mai ales că mă simt bine.

Poveștile Parisului

Din toate aceste sacrificii din partea mea, este o parte care m-a avantajat, cea a culturii. De exemplu Bazil frecventa cercuri elevate, culte, eu îi ascultam și învățam. Îmi amintesc că discutau despre povestea de dragoste a unui cuplu de care eu habar nu aveam, cuplul Sartre, Simone de Beauvoir a dominat peisajul cultural din Paris aproape trei decenii.

- Erau, El și restul lumii. Că a fost o vreme când se oprea toată lumea la fereastra cafenelei Flore ca să-i zărească măcar o clipă pe cei doi scriitori, scrisul devenise un ritual public și ei se expuneau cu mult curaj.

Ascultam toate discuțiile, erau foarte interesante. Bazil povestea atât de frumos, se vedea că este o persoană cultă, studiase la Londra, colindase prin toata Europa, în Rusia, China, America. Vorbea engleză și citise foarte mult. Eram în salon la cafea, era după-amiază.

-Mai povestește-mi te rog, despre ei, Bazil. Mă privește surprins. Știa că am facultate, văzuse că nu sunt o femeie cu care să nu poată să aibă o discuție importantă. Îmi zâmbește. Lasă ceașca pe farfurioară și-mi povestește.

- Draga mea, era un fel de spectacol comercial în serie, cu Moulin Rouge și Turnul Eiffel. Atunci când ei nu scriau, stăteau pe canapelele cafenelei făcând conversație cu alte personaje care făceau parte dintr-o curte existențialist-goșistă, de stânga, în jurul lor. Citisem romanul scris de Simone de Beauvoir, îmi spuse Bazil, *Les mandarins,* care fusese premiat de Academia Goncourt în 1954 - e prost. Și așa, astăzi e uitat pentru că e de necitit pentru contemporani.

-Cum așa? întreb curioasă. El continuă.

- Dar, îmi spunea, luându-mă de braț cu eleganță. Dar, repeta, știi ce premii literare pe lumea asta se dau pentru romane realmente bune?

-Nu.

Îi răspundeam sincer și interesată. Erau momentele cele mai frumoase pe care le trăiam alături de el. Atunci nu-l mai vedeam bătrân, eram bucuroasă că sunt lângă el, mă simțeam prețuită dacă discuta cu mine, o neștiutoare, o novice.

-Ar trebui să încerci să citești și tu Bianca, acele cărți premiate de diverse jurii literare – de la Nobel la Goncourt- ca să vezi ce mare decepție ai să ai.

-Cum să fiu decepționată?

-Așa bine, ce s-a întâmplat în 1954 a fost influența lor în redacții, în universități, în cafenelele pariziene draga mea. Ei făceau jocurile, erau tartorii vieții culturale pariziene, un fel de semizei în viață pe malurile Senei.

-Și Jean Paul Sartre?

Întreb curioasă.

-Unde s-au cunoscut?

-În liceu și au devenit un cuplu, asta în anii 30, atunci când erau tineri, și acei ani erau destul de tulburi. Au fost o grămadă de versiuni despre trecutul relației lor, că se despărțeau destul de frecvent, dar, mereu se împăcau, reveneau la matcă, și atunci își jurau iar, și iar iubire veșnică.

-S-au căsătorit?

-Nu, nu se căsătoresc, deși Sartre a cerut-o de multe ori de nevastă. Relația lor esra foarte ciudată.

-Poate că nu aveau încredere unul în altul.

-Vezi tu, legăturile erotice, Bianca, părerea lor despre fidelitate și astăzi contrariază. Amândoi aveau legături erotice în afara cuplului.

-Să cred că știau ce fac?

-Da, și când se revedeau își povesteau experiențele, se sfătuiesc. Alteori își povestesc infidelitățile în cărți.

-Ce i-a apropiat?

-Marile ambiții literare. Mai ales el, Sartre își dorește cu ardoare succesul, e sclavul gloriei. Viața lor a fost destul de ambiguă în Anii Ocupației - duceau o viață ambiguă în mediul boem-literar parizian.

-Interesant. Îmi place cum povestești, știi multe lucruri interesante și eu vreau să aflu cât mai mult despre ei și poate și despre alții.

-Sartre și-a făcut un dosar de rezistent, numai că exagera cam mult. Ca mulți alții s-a acomodat cu Ocupația. În 1940 a fost prizonier, dar după ce a fost eliberat, nu a mai fost deranjat de nemți. Scrisese câteva piese care au fost jucate la teatrele din Paris, (Muștele) de exemplu a fost jucată cu viza cenzurii germane. Când a fost premiera, sala a fost arhiplină de ofițerii germani care au aplaudat.

-A rămas la Paris?

-Da. S-a impus după război ca filosof existențialist și dramaturg.

-A avut succes?

-Nu. Azi textele lui sunt de necitit. Uneori mai sunt jucate câteva piese de ale lui, destul de rar.

-Trăia din scris?

-Nu, perioada 1944-48 au fost anii lui de glorie când fusese șef de școală. Atunci fusese foarte influent... Cu timpul s-a diminuat gloria lui. Lupta ca să rămână în prim plan, pentru asta a făcut tot felul de lucruri de neînțeles, astăzi.

-Adică?

-S-a declarat comunist, fidel Moscovei. Se pretindea Marxist.

-Cum adică? Ce însemna să fii Marxist?

-Draga mea, este foarte complicat să-ți explic. Foarte pe scurt îți spun doar că Marxismul, sau socialismul științific, este denumirea dată sistemului de idei elaborate inițial de Karl Marx și Frederich Engels. Și că ideile lor au format o bază teoretică pentru lupta clasei muncitoare pentru a dobândi o formă superioară de organizare a societății umane, socialismul.

- Să cred că el studiase?

-Ei, să zicem că da, dar este un material imens. El știa ce auzise când era în Rusia, mai citise dar nu era un cunoscător de valoare era mai mult un practicant care specula ideile Marxiste doar ca să iasă în evidență, deși nu putem contesta pornirile și acțiunile lui.

-Și ce făcea?

- În 1968 a împărțit manifeste în numele unui grup radical. Nu o să-ți vină să crezi. A făcut totul ca să poată fi arestat, ca apoi să pretindă, spre gloria lui, că este persecutat pentru ideile lui. În anii '70 a vizitat la închisoare teroriștii germani din banda lui Baader-Meinhof, numai ca să scrie presa despre el.

-Cum a rămas cu Simone de Beauvoir, a continuat relația lor?

-Da, cu despărțiri, împăcări. O adevărată comedie. Mai ales ea voia să dea impresia unui cuplu sudat care ar fi put să reziste încercărilor peste ani. Spunea că ei sunt de nedespărțit.

-Și așa a fost?

-Nu, dar pe măsură ce îmbătrâneau erau mai apropiați, odată ce pasiunea și apetitul sexual a scăzut. Intervenise plictiseala, nu mai prea aveau ce să-și povestească.

-Mai ieșeau împreună?

-Sigur, zilnic, împreună tot în bulevardul Saint Germain-des-Pres la una din cafenelele lor preferate pe care ei le făcuseră celebre, Flore și Deux Magots.

-Mai scriau?

-Da, tot la masa lor dintr-un colț. În vremurile de glorie se opreau turiști care voiau să-i vadă când scriau. Părea că stau în vitrină ca să-i vadă lumea.

După cum vezi, draga mea, azi au mai rămas doar cele două plăcuțe care indică acea masă-canapea din colț. Paul a murit orb, îngrijit de Simone în 1980, ea - șase ani mai târziu.

-Asta e una dintre celebrele povești de dragoste ale Parisului, Bianca. Povestea lor de dragoste face și astăzi deliciul unor cărți de amintiri și biografii, și a dosarelor de presă publicate la aniversări, dar și a multor bârfe, deși trecuse mult timp...

În căutarea lui Vlad

Faptul că îl cunoscusem pe Vlad, cred că nu a fost întâmplător. Viața mi la scos în cale doar ca să aflu că și el a fost traumatizat în urma divorțului. Traumatizată și eu dar în alt mod, unul ciudat, o traumă de care nu eram conștientă, crezând că dacă am ajuns scopul meu nu există traumă. Dar nu e așa. Abia după mult timp am simțit această lovitură pe care mi-o provocasem singură, neștiind că ce fac, nu e bine. Așa că după ce am rămas văduvă am jurat să nu mă mai căsătoresc niciodată. Dar, mintea nu mă lasă în pace, acum, de când Vlad e în India, și sentimentele mele pentru el încep să se contureze, să înțeleg ce nu am înțeles atunci, că-l iubesc. Aș fi vrut să pot să celebrez iubirea noastră, cu toate consecințele pe care dragostea, dacă ar fi și din partea lui, ar putea să ne complice existența, mai ales că eu aveam un trecut atât de, *fabulos*.

Fiecare gând la o posibilă căsătorie între noi se încheie cu un oftat, unul care pare că pune punct la visul meu irealizabil. Și acum aștept, aștept să-l văd la această întrunire de aniversare a Zilei Naționale a Franței. Aici sper să-l văd cu sau fără Janet. Prefer să fie singur. Sunt agitată. Prin fața mea trece ca prin minune un ospătar cu o tavă rotundă cu multe pahare cu șampanie, îmi iau două, era o cantitate mică, așa că la cât sunt de emoționată cred că aveam nevoie de o sticlă. Mă simt mai bine, se deschide ușa din dreapta, apare doamna Janet Dupont împreună cu niște demnitari ai ambasadei, cred. E singură, adică nu e cu Vlad. Mă liniștesc dar în același timp mă întristez, cred că am pierdut ultima ocazie unde l-aș fi putut întâlni. Dar nu a fost așa. Prin fața mea trece chiar Vlad, are la braț o doamnă, suplă, elegantă, distinsă. Simt că leșin. Mă înmoi și cad. Cineva mă prinde, nu știu cine, nu văd bine. Simt doar un miros pe care-l cunosc, brațe pe care le știu, mai fusesem prinsă de ele. Sunt disperată, gata, l-am pierdut, s-a însurat cu indianca elegantă cu care a venit. Dar dacă e și asta franțuzoaică? Cine știe de unde o cunoaște. Gata l-am pierdut. Leșin din nou.

Simt un miros puternic. Cineva încerca să mă trezească. Mă uit la cei de lângă mine. În dreapta mea era el, nu se uită la mine, discută ceva cu doamna cu care venise. Doamna mă privește curios, de parcă ar ști de mine. Simt mâna cuiva care îmi ia pulsul, un domn, cred ca e medic, din cauza lui, nu-l mai văd pe Vlad și doamna cu care era de braț. Îmi trag mâna din cea a medicului și mă ridic de parcă nu aș fi leșinat, mă uit disperată după el, dar nu mai e. Fac câțiva pași, medicul e după mine.

-Doamnă ar trebui să va așezați.

Eu nu mai aud nimic, mă învârt printre invitații care mă priveau curioși, îl caut, mai rămâne să-l strig, dar asta nu se poate. În fața mea un scaun tapițat, mă așez, aștept să prind putere, mă ridic și mă îndrept spre ieșire. Mă uit împrejur, nu e nimeni, mă urc în mașină și demarez cu toată viteza din acea parcare ce nu mi-a purtat noroc.

Mă trezesc după câteva ore, îmbrăcată întinsă pe burtă pe patul imens din dormitorul în care Vlad lăsase lucrurile lui, perna de sub mine e plină de rimel și udă de lacrimi, semn că plânsesem până când am adormit. Mă simt pierdută. Mă ridic, trag de fermoarul lung de la rochia elegantă de seară și o las să cadă la picioarele mele. Pășesc peste ea, iau o pungă și o bag înăuntru cu tot cu pantofii și lenjeria intimă, rămân goală. Astea le arunc, nu le dau nimănui că nu poartă noroc, nu vreau ca si altă femeie să fie nefericită. Fac un duș si mă arunc dezbrăcată sub așternuturile moi și frumos mirositoare. Așa pierdusem orice speranță. Îmi propun să mă întorc la Bruxelles unde aveam mereu de lucru, multe evenimente care dădeau subiecte de comentat și care au marcat anul 2015 în lume. Îmi pregătesc valiza, în timp ce fac o rezervare la avionul de poimâine după amiază. Vreau să plec cât mai repede, acolo sigur nu o să mai am cum să mă gândesc la dorințele mele absurde, nedefinite. Credeam că el e ca toți ceilalți, unul cu care eu pot să fac ce vreau.

Controlez pe computer evenimentele, o să am mult de lucru. Încerc să-mi fac planul de acțiune ca să știu exact ce am de făcut, în întreaga lume sunt multe evenimente importante începând cu atentatul pus la cale la redacția revistei pariziene Charlie Hebdo, criza migranților din Europa, eforturile de pace pentru Estul Ucrainei, multiplele atentate de la Paris din luna noiembrie. Multe dintre ele au dominat în acest 2015 pe plan mondial. Încep să mă gândesc ce trebuie să fac, să mă organizez.

Serată cu prietenii

Mai întâi o să-mi chem toți prietenii sa facem o serata de, *la revedere*, așa cum fac de câte ori plec dar și când mă întorc. Le trimit câte un mesaj să-i anunț că-i aștept în seara asta la mine. Abia aștept să ne vedem. Știu că iar au să înceapă cu critica dar nu-mi pasă. Dau telefon la restaurant și fac comanda pentru o serată între prieteni, vreau să se simtă bine și ei așa cum și eu mă simt acasă la ei. Încep să primesc confirmările, nu lipsește niciunul domnule. Ăștia toți vin ca să afle dacă l-am găsit pe Vlad la petrecerea de la consulat. Măi, nimic nu le scapă. Da și eu le povestesc tot ce fac, ce vreau, ce am pierdut, ce mai caut pe drumuri de demult. Gata mă duc să mă pregătesc să nu mă găsesescă răvășită și pe dinafară așa cum sunt și pe dinăuntru. Îmi propun să nu mă văicăresc, să-i vezi ce au să mai râdă de mine când o să le spun că am leșinat, când l-am văzut cu indianca. Mă îmbărbătez singură. Gata, iau o gură de Martini cu lămâie și gheață. Până la urmă nu e nimic rău dacă vorbesc cu ei, și eu știu multe pentru că asta facem când ne întâlnim, povestim despre noi și despre ce am combinat.

Îmi pun o pereche de blugi cu un tricou elegant, adică nu larg, dezmățat. Am prins părul în vârful capului, machiată discret, balerine în picioare. Este o întâlnire organizată la repezeală așa că nu e cazul să ne îmbrăcăm ca de sărbătoare.

Au trecut doar două ore și noi suntem încă la masă, mâncăm, bem, glumim, râdem, mai ales eu, pare că râd de necaz, da' asta e altă poveste. Mihaela care

are niște unghii lungi, frumos lăcuite e atentă să nu-i cadă, spre mulțumirea noastră, abia așteptăm accidente de natură estetică forțată. Dan ca să o necăjească o întreabă:

-Auzi Mihaela, ia spune-mi și mie cum faci când te speli, cu unghiile așa de mari?

-Uite așa bine, mă spală Mircea. Na, ca să știi și tu.

-Chiar așa? Ce te interesează pe tine cum se spală?

Ne uităm la Mircea ca la un erou.

-Ce-aveți mă, ce dacă am întrebat?

-Mai bine povestește-ne despre aventurile tale, Dane.

-Care aventuri?

-Ia povestește domnule, cine a fost fericita?

-Ceee? Cum să vă povestesc?

-Aaaaa, aici e treabă seriaosă. Ia spune Dane, pe cine ai mai mângâiat cu mîinile tale de artist?

Am început cu toți să râdem, suntem prieteni, doar suntem între noi, ne știm, ne-am cunoscut prin aeroporturi, pe la întruniri sau restaurante. Pe Dan îl știu de la școală, eram prieteni, eram mici dar da, odată m-a întrebat dacă vreau să fiu nevasta lui, când o să fiu mare. Nu ținuse cont că eu sunt săracă și amătâtă și el era dintr-o familie importantă. Ne-am împrietenit pentru că suntem aproape de 30 de ani, care cu doi trei ani mai mari sau mai mici. Trei sunt în cuplu, două sunt proaspete, unul în schimb e cel mai discutat, sunt prieteni și conviețuiesc de când erau în anul doi de facultate. Amândoi medici, el veterinar ea stomatolog, foarte simpatici și deschiși, și ei spun tot ce fac și prin ce au trecut, Monica și Barbu. Despre Adela și Nicușor, amândoi absolvenți proaspeți și calzi pe scena teatrului Național din București. Fantastici. Toate apucăturile noastre le găsesc prin materialele pe care le-au studiat pentru a deveni actori, nu există să nu ne asemuiască cu Coana Chirița când vorbim franceză, sau cu Hagi Tudose când nu ne aruncăm la cheltuieli de grup. Pe Vlad l-au poreclit Conu, cică el e cel mai copt și mai neinițiat în jocurile tinerilor de astăzi în care noi ne considerăm încă tineri. De, așa e. Hopa, s-a făcut liniște. Intuiesc ce se va întâmpla, am râs copios de toți prezenții, acum e rândul meu, au să mă facă praf. Aștept, vreau să văd cine are curaj să înceapă. Iau sticla și-mi pun vin în paharul din fața mea în care mai era, dar puțin ca să pot să mă apăr cu paharul la gură când încep să mă bombardeze cu întrebări. Iau o gură de vin și îi privesc. Dan își drege vocea și sparge gheața:

-Și Conu? Nu vine și el? Sau se crede superior unor tineri liberi în expresie ca noi. Preferă cercurile mai mature, ce mai, am înțeles.

-Ia mai taci Dane, ce-ți veni? Ce ai cu el? Ție nu ți-a plăcut de la început.

-Păi, de ce trebuie să-mi placă mie de Papașa? Mie îmi este ciudă că o face pe Bianca să sufere.

-Ei da, te-ai găsit tu să-l judeci, tu care ai părăsit jumate din fetele pe care le-ai curtat și le-ai lăsat la voia întâmplării.

-Da' tu de ce te bagi, Mirela? De unde știi tu ce am făcut eu?

-Hai Dane, las-o moartă că tu ne-ai povestit ce făceai.

-Ce făceam, Bogdane? Ce făceam?

-Of, iar începeți? Parcă era vorba de Vlad, de Papașa cum îi spuneți voi sau Conu.

- Ce vreți să știți, haideți, întrebați-mă acum, repede, că dacă-mi trece, nu mai aflați nimic. Trebuie să recunoașteți că ați venit pregătiți cu întrebările la care vreți răspuns. Hai, dați-i drumul ce mai așteptați? Mă ridic și mă duc spre Dan cel mai obraznic din grup. Tu ce vrei să știi, Dane?

-Vreau să știu dacă l-ai găsit pe Vlad.

-De ce te interesează?

-Pentru că vreau să mă înscriu pe lista pretendenților, tu știi că eu duc romantismul la nivel de artă. Pentru mine femeia este ca o culoare care mă lasă să o întind pe pânza mea, odată cu gândul de a o avea. Să-i dau formă și culoare și apoi să mă destrăbălez cu ea, să o posed, să o leg cu lanțul dorinței de mine pentru toată viața.

-Cineee, tuuu??? Mă faci să râd. Nu vezi că nu ai găsit-o încă? Îți mai amintești de Marcela care se tot ținea scai de tine? După părerea mea este una care nu este interesată să iubească un bărbat, să facă sex, ea urmărește doar să obțină ceva de la ei după.

-Spuneai că i-ai dăruit tabloul cu toamna. Deci, spuse Adela, nu a plecat cu mâna goală.

-Și ce legătură are Adela cu Bianca?

-De ce să râzi, eu ce nu am? Banii lui, prestanța sau poate că...vârsta?

-Uite, vezi că știi. Nu le ai pe toate la un loc, cred că nu le vei avea, nici când vei fi de vârsta lui. Nu te mai chinui, atunci o să fiu dezinteresată total de prezența ta.

-Să cred că acum mă vrei? Tânăr sunt, frumos sunt, bani am, nu ca Papașa, dar o să am la bătrânețe, mulți bani, o să vând toate tabloruile mele care atunci vor fi cotate ca adevărate opere de artă.

Se face liniște. Mihaela râde pe înfundate.

-Ceee, tablourile tale, de ce crezi că sunt așa de valoroase?

-Hai să fim serioși nu e cazul să ne luăm de el, îi iau apărarea. Tabloruile lui au fost la câteva expoziții internaționale. Am citit multe articole despre expozițiile la care a participat, numele lui Dan Bălănescu, scris cu litere mari, interviuri și aprecieri pozitive referitoare la lucrările lui în țară și chiar în străinătate. S-a făcut liniște, nimeni nu mai avea chef de ceartă, era târziu.

-Gata. Sunt obosită și mâine trebuie să plec.

Ne-am salutat, îmbrățișat și promis că ne vom revedea cât de curând posibil. Rămân surprinsă când îl văd pe Dan în fotoliu ca la el acasă.

-Da' tu ce faci aici?

-Vreau să te ajut să faci curat.

Am o cupă de șampanie în mână, nu apucasem să beau din ea. O duc la gură și o dau peste cap.

-Ce faci Bianca? Nu e cazul să exagerezi cu băutura.

-De ce? Îți este frică de mine? îl întreb în timp ce mă îndrept spre el, mă las în genunchi apucându-l de curea.

-Nu de tine Bianca îmi este frică, de mine. Sunt îndrăgostit de tine și asta o știi de mult timp. Dar nu am avut loc în viața ta. Acum că s-a terminat povestea cu Vlad, sper să vrei să fiu eu următorul bărbat din viața ta.

-Vrei răspunsul pe loc? Vrei să știi dacă m-am gândit vreodată la tine, Dane? Dacă te doresc? Mă ridic din fața lui, pare că-și permite prea mult să intre într-un subiect la care eu nu mă mai gândisem de mult. E drept că-mi place, că este foarte potrivit pentru mine dar nu știu dacă este chiar el omul din fața mea, cel pe care-l caut. Nu-mi dă timp, se apropie de mine și mă îmbrățișează atât de delicat încât abia îl simt. Pare ceva care se potrivește cu corpul meu. Nici nu am simțit când s-a apropiat, mă privește, în ochi văd dorință, pare că mă imploră să nu mă mișc ca să nu mă piardă.

Pe mine, femeia care nu poate să nu fie agresivă, care a fost sigură de farmecul ei și nu se lasă impresionată de gesturi tandre. Simt brațele lui care mă cuprind și mă apropie încet ca un vis. Rămân cu gura întredeschisă respir, sunt vie, distanța dintre noi pare infinită, aștept să le umezească cu un sărut pe care să scrie dorință. Gata le simt, sunt moi cu gust de miere, mă pierd, pare o călătorie printre gânduri, pare că prin mine trec fiorii ca izvoare de plăceri, și el mă sărută. Nu mai aștept cuvinte, nu mă mai zbat în nevoință, pe umeri brațele lui nu mă apasă în necuprins ca un mister. O armonie de plăceri mă cuprinde, îi văd privirea trecătoare ca la un geam al sufletului meu care se aprinde. Nu mă recunosc. Îmbrățișați și sărutându-ne, ne ducem spre locul unde am plâns de dor, de neputință de a cere iar, și iar dragoste. Amintirile par că mă strigă din urmă, nu mă lasă. Dar eu strâng din pumni și mă las dusă spre bine, cu el, un nou răsărit sau poate chiar un apus de voință. Să mă trezesc nu vreau, ne învârtim în timp ce ne sărutăm pe cap, pe frunte, pe unde poate că nimeni nu a ajuns cu săruturile. Sunt locuri goale sau locuri pe unde s-au uscat și s-au desprins de mine lăsându-mă dezgolită de dorință. Și el acum m-a găsit și mă îmbracă în patimă și uimire, nu ne putem desprinde din sărut și îmbrățișare.

-Ce făceai atunci când îmi era dor de tine?

-Te așteptam, acolo în suflet. Departe, nu știam că te vreau, nu eram sigură.

Dan îmi șterge gura cu dosul palmei de vorbele abia rostite, o trece ușor, o curăță și de sărut. Mă ia de mână și mă duce pe culoarul de la intrare.

-Îmbracă-te! Nu spun nimic, mă îmbrac, plecăm împreună într-o direcție pe care eu o știu, de demult când vizitasem casa și studioul lui de pictură. O casă imensă, ca un muzeu, cu amintiri și povești adevărate despre el și familia lui. Pare că zburăm spre țărmul fericirii. Mă simt ușoară, pare că nu mai port povara trecutului. Am ieșit din casa mea, unde adusesem și trecutul meu murdar, plin de suferință și neputință de când mă știu.

Mă trage după el, mă ține strâns, nu înțeleg de ce. Acceptasem să-l însoțesc. Ne oprim în fala unei uși pe care scrie, ATELIER. Scoate o cheie și descuie, acolo sunt lucrurile lui, cele mai importante, talentul și crâmpeie din viața lui. Bagă cheia din nou în buzunar de parcă îi este teamă să nu o piardă pe undeva prin atelier. Intrăm încet, ca într-un sanctuar. Lumini discrete lăsate aprinse pe câteva pânze dau o atmosferă deosebită. Încep să mă uit împrejur cu interes, lângă fereastră un pian cu coadă, negru. Pe pian un buchet mare cu flori proaspete. Alături o fotografie. Mă duce spre pian, pășește cu pioșenie cu teamă. Se apropie, sunt lipită de el, mă imobilizează, pare speriat. Nu spune nimic. Câmpul nostru vizual e redus la o singură posibilitate de a vedea doar ce avem în față. Repet, pianul, florile și fotografia. Mă prinde de umeri și mă duce încet în fața fotografiei.

-O vezi? O vezi, Bianca?

-Ce. Ce să văd?

Răspund abia audibil. Aproape că îmi este teamă de ce avea să-mi spună. Nu înțeleg de ce m-a adus la el acasă?

-Ea e femeia pe care credeam că o iubesc. Monica, femeia pe care am pierdut-o. Uită-te bine la mine, Bianca. Eu sunt un monstru cu chip de înger. Pun mâinile pe pian și fac un pas spre stânga, el rămâne pironit, pare că e o statuie. Mă întorc și-l întreb fără să-mi fie milă de el. Voiam să știu de ce? De ce voia să știu eu ce a fost cu viața lui. Cum de nu știu nimic cei din grupul nostru? Cum de nu le-a spus și lor. Și acum, de ce eu? De ce acum? De ce în seara asta când ar fi trebuit să facem dragoste? Sau poate că ei știau, doar eu nu.

-Te-a părăsit?

-Nu, am stat câteva luni împreună, acasă la ea, pusese monopol pe mine. Nu am ieșit din casă, aducea ea tot ce aveam nevoie și pe mine mă folosea în pat și la șevalet. Am dus o existență scurtă, simplă, aproape ca a unui artist ratat, mă îndreptam inconștient spre o inevitabilă decădere fizic, dar mai ales spiritual. Din dragostea pe care o simțeam pentru ea devenise o situație dezolantă, nu mai vedeam momentul realizării mele ca pictor și asta era cumplit, sufeream, devenise un coșmar. Crezusem că totul are un sens, că e bine așa cum hotărâse ea până în ziua în care m-am dezmeticit și am profitat de faptul că nu este și m-am întors acasă. Mă simt din nou în largul meu, nu știu ce să mai fac cu dragostea ei sufocantă, halucinantă, printre pahare cu băutură și sex până la epuizare.

Apoi a venit ea la mine și a rămas.

-Ei și?

-Am pierdut-o, Bianca. Am pierdut-o. Eu sunt vinovat, înțelegi?

-Nu. Nu mai înțeleg nimic. Ce vrei să spui? De ce m-ai adus aici Dane, ce e cu tine? Cine ești? Te știu de mulți ani, pare că ai două fețe, una pentru ieșit în lume și alta pentru atelier. Numai aici ai acest comportment? De ce? Cine e ea? De ce suferi dacă te-a lăsat?

Mă întorc spre el. Lumina îi luminează doar jumatate din față. Pare un monstru în profil. Sunt decepționată. A început să-mi fie frică de el. Privește fix, undeva unde eu nu văd nimic. Pare că nu mă aude. Începe să-și frece mâinile, e agitat, se întoarce cu spatele.

-Nu mă privi, Bianca.

Întind mâna spre el, voiam să-l apropii ca să-l ajut să se liniștească. Tresare. Urlă la mine.

-Nu, nu mă atinge Bianca, nu merit sunt un monstru. Te-am adus aici ca să te sacrific, ca să te iubesc aici în fața fotografiei, ca să pot să mă eliberez de ea. Poate că mă va lăsa în pace, Bianca. Ea mă urmărește, înțelegi. E mereu după mine. Eu fac doar ce vrea ea. Mi-a comandat să vin cu tine aici și asta am făcut. Așa face de câte ori vreau să fac dragoste cu o femeie, nu mă lasă. Vrea să fac aici, ca să mă vadă, să simtă și să audă în loc de urletul de plăcere să-l audă pe cel al disperării, al dorului de ea, crede că nici o femeie nu o poate înlocui.

-Eu am trecut prin multe, Dane, dar așa ceva e de neconceput. Cum să te urmărească? Unde te uitai fix mai înainte?

-Acolo. Ridică mâna și-mi arată după pian un scaun înalt la fel cu cele de la bar. Mă uit îngrozită, pare că se mișcă. Că cineva tocmai coborâse. Ai văzut? Ai văzut și tu Bianca? Acolo era, râdea la mine.

Simt cum mi se ridică părul în cap. Mă ia cu groază. Stafii? Umblasem prin multe locuri pe unde aș fi putut să le întâlnesc, dar niciodată nu am văzut nimic și nici persoane ca Dan care să trăiască sub teroarea unei prezențe nedefinite.

-Dane, de cine îți este teamă? Ce ai făcut, de crezi că acum ești urmărit de stafia unei femei? Poți să-mi spui?

Pare că e îngrozit.

-Ce spuneai, Bianca?

-Vrei să spui că nu ai auzit întrebarea mea?

Ochii lui sunt măriți, se uită la scaunul din fața pianului, apoi se apropie de mine îngrozit cu mâna care indică acel loc. Mă uit și eu dar nu văd nimic.

-Știi ceva, eu nu vreau să mai ascult toate poveștile tale aiurite, îi spun ca să se liniștească. Dar, în acel precis moment se aude o melodie cântată la pian. Mă uit îngrozită, nu văd pe nimeni, văd doar câteva clape care se mișcă ca și atunci când cineva ar cânta cu adevărat. Simt că leșin de frică. Eu care mă dădusem curajoasă. Ne îmbrățișăm și rămânem așa până când melodia se termina și aud și eu niște pași care pare că se îndepărtează de noi. E liniște desăvârșită. Ce-a fost asta Dane? El nu mai are glas. Se așează pe un scaun în fața șevaletului pe care e o ramă cu o pânză acoperită. E transpirat, scoate o batistă și se șterge pe față, pe gât și mâinile. Îmi face semn să mă apropii.

-Aici, aseară înainte să vin la tine la petrecere, am început să pictez un peisaj, voiam să fie pentru tine, dar nu am reușit să-l termin. Mai exact era doar fundalul și câteva detalii dintr-o imagine posibilă care îmi venise pe moment. Voiam să fim și noi printre copacii parcului prin care ne plimbam când eram colegi de școală.

-Ce legătură are pânza cu stafia?

-Are. Am mai pățit așa. Eu începeam să pictez și apoi găseam tabloul cu câteva etape spre finalizare mai avansate. Ca și cum ar fi știut cineva ce vreau și mă ajuta.

Simt că mi se ridică tensiunea când Dan apucă de pânza cu care era acoperit și trage. Automat închid ochii. Îl aud intrigat strigând la mine, la nu știu cine.

- Iar te-ai băgat în treburile mele? De ce? Cine ești? Ce vrei de la mine?

Deschid ochii, incredibil, era un tablou terminat, gata de pus în ramă. Era foarte frumos, un peisaj de toamnă în niște culori minunate și doi tineri din spate de mână, pierzându-se pe o alee.

-Știi ceva Dane, eu cred că tu suferi de ceva. Uiți ce faci și apoi crezi că sunt aiureli cu stafii care-ți termină tablourile.

-Nu ai dreptate, Bianca. Tu știi câte tablouri am, multe, imposibil pentru un pictor să facă atâtea tablouri în șase ani de când a terminat facultatea de unul singur. Nici un coleg de-al meu nu are așa o galerie ca a mea. Nu ți se pare curios?

-Ia stai bre, să ne lămurim. Tu când începeai să pictezi te gândeai la o temă, da?

-Sigur, așa e.

-Te apucai de ea și pictai până când? Se putea înțelege tema pe care o voiai imortaliza?

-Sigur că da. Stăteam aici până când eram mulțumit că reușisem să realizez cum va fi, ce va reprezenta.

-Când pictezi, simți ceva curios, sunete, pași, fantome sau alte minuni?

-Nu, nu cred, sunt foarte concentrat asupra a ceea ce trebuie să fac. Pentru mine pictura reprezintă întregul meu univers.

Six

Capitolul 6

Cu dragostea ar trebui
să fim mai
atenți decât cu restul.

Dan

-Dane, spune-mi te rog dacă întâmplările din viața ta sunt legate de pictură?Mă ia de mână, coborâm, ieșim complet din atmosfera atelierului. Mă las dusă, intrăm în dormitor, un pat mare cu multe perne albe cu margini de dantele și cu cearșafuri ce păreau ninse. Pereții sunt albi. Nici un tablou agățat de albul imaculat. Pe jos o mochetă fină, moale, tot albă. Ne scoatem pantofii, pașii sunt timizi, sunt impresionată de liniște. Nu mai văzusem așa un loc care să poată să aibă un efect imediat asupra mea. Ne îndreptăm spre pat, este înalt, mă așează pe margine, apoi îmi ridică picioarele. De pe fotoliul din fața ferestrei vine cu două cămăși albe, cu mânecă lungă, crețe la încheietura mâinii, cu dantelă albă, fină așa ca și la poale și la gât. Se dezbracă în fața mea cu o naturalețe extraordinară. Rămâne doar el, o pată de culoare umană, vie în tot albul dinprejurul nostru. Suntem ca într-o cameră de aștepare la Dumnezeu, așteptăm să ne cheme la judecată. Îl privesc, un trup tânăr, toți bărbațiipe pe care-i văzusem erau bătrâni. Are un corp superb. Se apropie, începe să mă dezbrace cu delicatețe. Sunt disponibilă, după frica pe care o trăisem alături de el, voiam să las destinul, sau hazardul sau chiar el timpul, să facă ce vrea cu mine. Toată viața m-am luptat cu el și a ieșit el învingător. Acum nu mai vreau să mă împotrivesc.

Simt cum îmi trage cămașa fină albă peste trupul care nu știa ce îl așteaptă. Se duce pe cealaltă parte a patului, se lungește. Între noi un spațiu imens, pot sta încă două persoane. E liniște, așteptăm să se întâmple ceva. Nu știu ce. Sunt îmbrățișată de mii de gânduri și dorințe. Închid ochii. Mă cuprinde o moliciune ca un somn greu ce vrea să mă cuprindă.

-Pare că ești dintr-un tablou Bianca, că te-am adus eu cu imaginația mea aici, în casa și în patul meu. Ești o femeie frumoasă. Vreau să fac un tablou cu tine, așa, cum ești acum, aici în fața mea.

-Da? Și cum sunt?

-Îmbrăcată în cămașă te văd ca învăluită în mister. Părul care ți s-a revărsat pe umeri e ca o flacără ce trezește dorințe. Chipul tău scăldat în lumina veiozei e palid. Mâna pe care o ții pe sânul tău, pare o provocare.

Tresar, îmi este frică. Vorbele le șoptește de teamă să nu se năruie liniștea peste noi.

-Ce înseamnă că să vrei să mă imortalizezi pe bucată de pânză. Ce cauți, ce vrei să fie momentul, sau uimirea ta de cum mă vezi?

Nu răspunde imediat pare că a plecat cine știe unde, ca să aducă răspunsul.

-Pentru mine pictura reprezintă întregul univers, fiecare întâmplare din viața mea este legată de picture, Bianca.

-Când ai înțeles că este ceva care te interesează?

-Primul meu contact cu arta a fost în casa părintească.

-De ce, picta cineva?

-Da, acolo îl vedeam pe tata pictând într-o mansardă în casa veche a bunicilor.

-Deci este un talent transmis din familie.

Conclud. Simt că-i este greu să-mi dezvăluie secretele de familie.

-A avut succes?

-El provine dintr-o familie de oameni simpli. Bunicul cizmar și bunica bucătăreasă la o cantină.

-Să cred că e primul care a simțit nevoia să se exprime prin pictură?

-S-a simțit atras de viața simplă. Iubea libertatea. Cred că așa a simțit și chemarea spre pictură. Îmi povestea că atunci când încă mai locuiau la țară îl impresiona mirosul de pâine caldă. Când s-au mutat la oraș a fost atras de atmosfera străzii. Poveștile vecinilor spuse cu sinceritate. Cele mai multe povești auzite de el, au fost cele despre stafiile Bucureștiului. Îl plăceau, mi le povestea pe toate. Sigur că mai punea și de la el câte ceva, le povestea de parcă ar fi trăit printre ele. Încheia spunându-mi: să nu te sperii că sunt doar povești, nu sunt adevărate sunt inventate de ei ca să aibă despre ce discuta. Mai târziu toate aceste amintiri și-au găsit locul în picturile sale. Are multe tablouri ciudate, cu niște figuri abia vizibile.

-Cam așa fac toți artiștii. Nu duc lipsă de subiecte. Tot ce văd consideră că sunt compoziții posibile pentru subiectele lor ca să le imortalizeze, Dane.

-Marea lui dorință a fost aceea de a mă învăța cum să mă inspir. Cum să las imaginația să lucreze. Și mai e ceva, el nu se consideră un pictor, ci un amator care trăiește în fața pânzelor care-l așteaptă să-și spună gândurile și talentul. El este cel care mi-a îndrumat pașii și gustul în arta picturii, Bianca.

-Acum mai pictează?

-Sigur că pictează.

-Cum este?

- Este un om vesel. Recunoaște că are multe vicii, dar că nu se va plictisi niciodată de viață, glumele lui tari, uneori exagerate le face de când se știe, mie, mamei și prietenilor.

-Personajele lui dau viață? Sunt din viața reală?

-Da, cu toate elementele ei caracteristice. Are un stil anume? L-a evaluat cineva?

-Cum să nu, arta lui este mai mult figurativă.

-Tu ești mai bun sau el este mai valoros?

-Suntem două generații diferite, Bianca. Pe când a studiat el eu nici nu eram născut. Am intrat direct în taina picturii crescând lângă el și crede-mă că nu e puțin. Știi că lui, cel mai mult îi place să picteze nuduri. Și mie la fel. Este fascinant Bianca. Oameni goi. Consideră că este o temă ca oricare alta, goliciunea, că aceștia sunt ca niște muze dătătoare de viață pe pânzele noastre.

Sunt ultimele cuvinte pe care le mai aud, am adormit. Simt cum mă învelește, încet să nu mă trezească. Mai aud niște pași ca prin vis care se îndepărtează. Mă întorc pe o parte și văd locul lui gol, nu mai era. Iau lanterna și plec în căutarea lui. Ajung în capul scărilor care duc la atelier, pe pereți e proiectată umbra mea, pare că sunt o nălucă, precum cea de care îi este frică lui. E în fața unei pânze, pare de ceară, lumina e difuză, liniște. Îi văd fața rotundă, o față de artist cu ochii concentrați și gura care pare că vorbește cu el. O față înăsprită din cauza concentrației peste care cad niște șuvițe de păr scăpate din coada prinsă la spate. Mă uit la pragul care ne desparte, pare un semn la care trebuie să mă opresc, sau dacă am curaj să trec dincolo și mă aude poate că se sperie. Este o scenă care mă incită. E cu picioarele goale și părul dezordonat, aproape răzleț. Lângă el mașa cu paleta de culori, și degetele lui aleargă nebunește ținând pensula delicat luând nesățios din toate acele pete de culoare de parcă ar fi vrut să nu mai lase și pentru alte tablouri. În atelier miroase a culoare, a el. Sunt impresionată, întorc capul dar el nu mă vede, continuă, acum râde.

-Te-am văzut, Bianca. Urcă scările, mă ia de mâini și le sărută. Vino cu mine Bianca. Mă duce într-o cameră mare unde sunt expuse câteva pânze de-ale lor.

-Uite Bianca, astea de aici sunt ale mele. Ca să înțelegi mai bine îți dau câteva detalii dacă te interesează. Bine?

-Chiar te rog Dane.

Totul e nou și imprevizibil cu el, o persoană ciudată pe care o lăsasem copil și-l regăsisem mare, crescut, matur, bărbat, artist. Mă uimește cu modul lui de a face totul așa cum vrea el și mai ales că reușește să mă angajeze și pe mine. Simt că-mi face plăcere. Îl ascult, nu mă recunosc, bărbatul ăsta are o mare influență asupra mea, trebuie să recunosc.

-Să știi că datorită marelui pictor Nicolae Grigorescu, nudul, a pătruns în pictura românească. Eu l-am studiat foarte mult. Este foarte greu să pictezi un tablou când ai o femeie goală în fața ta. Trebuie să simți adânc farmecul feminin, să simți acea căldură sufletească pe care o emană din trupul și fața ei, femeia care are curaj să stea goală în fața pictorului. Și eu să simt fluxul ei nervos care străbate ființa umană.

-Tu cum preferi femeile pe care le pictezi, ai preferințe sau nu?

-Draga mea, eu am o predilecţie pentru cele delicate, ca tine, încă neformate, zvelte și mlădioase care nu au ajuns încă la maturitate.

Mă lipesc de el. Îi place și continuă în timp ce trecem prin fața tablourilor cu femei goale în diferite poziții.

-Cum să faci să nu te emoționezi în fața lor? Cred că e destul de greu. E ca și pisica la oala cu smântână, dar nu poate mânca.

-Bianca, femeia trebuie pictată cu pasiune, ca atunci când vrei să faci dragoste cu ea, este un fel de dăruire din partea amândorora. Căldura trebuie transmisă în întreaga compoziție ca să fie reală, remarcabilă.

Îl opresc în fața unui tablou unde o femeie este pictată din spate.

-De ce din spate, era urâtă?

-Nu, acest gen de pictură din spatele modelului pune în valoare linia delicată a formelor. Curbura gâtului, întreaga unduire a corpului, păstrează armonia cromatică și etalarea cu finețea formelor într-o prezentare poetică. Îmbină ambianța peisajului, lumină plină de lirism și îndemn la visare. A fost folosită mult de Renoir.

-Vrei să-mi faci și mie unul?

Mă minunez ce spun, nu mai am timp să repar că deja dorința mea ascunsă s-a prezentat fără să-mi ceară permisiunea. Nu este intrigat, nici măcar nu face nimic deosebit auzind cererea mea spontană.

-Vezi tu Bianca, pictura este o ramură a artelor plastice care reprezintă o posibilă realitate. Deci pictura este o lucrare artistică. În literatură, o descriere sugestivă a caracterelor unor persoane, a unor scene din viața reală, sau din natură. Stârnesc receptorul emotional, draga mea. Ea, pictura este cea mai fascinantă aventură a fenomenului artistic universal.

-Vrei să spui că eu...

Nu mă lasă să termin ideea că intervine cu multă delicatețe, de parcă s-ar teme că mă umilește, că nu ar vrea să spună sau că eu nu sunt la înălțimea dorințelor lui artistice, sau că încă nu a sosit momentul potrivit. Poate că ar vrea mai întâi să mă cunoască să pot să-i dau tot de ce are nevoie. Să fie sigur că merit sau că nu pierde timpul doar din obligație.

-Când în față ai o femeie pe care nu o cunoști, mintea artistului, o caută, și-o imaginează și o pictează așa cum ar vrea el să fie. Atunci o creează, o compune ca un muzician care pornește de la o partitură și ajunge să scrie un concert. Arta de a picta nu m-a dezamăgit nicicând pentru că este în concordanță cu emoțiile pe care le trăiesc, îmi dă energie și sigur de aici puterea de a merge mai departe. Pictura este ca un prieten care neîntrebat îți dă sfaturi, te face să uiți de lumea de afară.

-Dane, de ce nu ai un jurnal al sentimentelor tale trăite prin filtrul picturii? Cred că ar fi interesant.

-Draga mea Bianca, fiecare tablou exprimă cel puțin un gând, o emoție, o stare, o poveste și cred că nu sunt cuvinte care să poată să pună în evidență ce înseamnă pentru un artist un tablou. Unul care să poată să definească o perioadă din viață. Este ca o dovadă a trecerii timpului. Sunt momente în care mă pierd ca apoi să mă regăsesc. Este o căutare continuă. Păstrez valorile dobândite pe parcurs, chiar de pe acum, când încă mai sunt un tânăr artist.

Mă privește, cred că vrea să știe ce cred eu despre secretele lui de artist, trăirile și gândurile lui în fața pânzei albe care așteaptă să-l vadă ce mai are de scos din mintea și sufletul lui. Nu prea știu ce să-i spun. Poate că ar trebui doar să știe că mă impresionează.

-Vezi tu Dane, realitatea ta artistică, căci despre asta vorbim, îmi dă un sentiment de mândrie că sunt cu tine. Parcă și recunoștință văzând că tu îmi dai din gândurile tale.

Mă îndrept spre fotoliul îmbrăcat în alb. Nu știu dacă atunci când pleacă modelul e pregătit pentru unul nou. Sigur rămâne neputincios și singur. Are nevoie să se refacă, să se regăsească. Mă așez, el stă pe divanul pe care au stat femeile lui. Femei pe care nu le-a avut niciodată. Femei care poate că l-au dorit. Sau așteptau să se termine timpul pentru care erau plătite. Mare păcat să nu poți ști nimic sigur, căutând răspunsuri la întrebări care ar fi mai bine să nu le știm.

-De asta e bine să ne concentrăm pe partea esențială a vieții, Bianca. Altfel rupem din timpul nostru și dorințe neâmplinite. Rămânem flămânzi și alergăm spre noi ocazii care să ne emoționeze. Creația este soră cu originalitatea, cu stilul artistului, asta trebuie să-l intereseze pe artist, numai datorită artei se învață să fii diferit, unic, să poți să exprimi ceea ce ai tu înăuntru.

-Lucrările tale mi se par ca o terapie a sufletului și le-aș asocia cu persoana ta, pare că înțeleg cum ai trăit emoția creării operelor pe care le-ai creat în mintea ta, Dane, le-ai dat formă și culoare, lumină și întuneric, viață și moarte.

Se ridică, se apropie, îmi sărută mâna, mă privește. E una nouă, a unui nou personaj care pare din altă lume, acum înțeleg de ce suntem în albele cămăși, imaculate care au dezlănțuit dorința de destăinuire. Oare sunt prima femeie cu care a făcut-o. Efectul creațiilor lui artistice au avut efect asupra mea, simt cum mi s-au lipit de inimă, le-am primit, s-au amestecat cu mine, cu interiorul meu, cu mintea mea goală de artă, cu dorința de înțelege sufletul unui artist. S-a produs un schimb de energie care nu va putea fi înlocuit, am primit energia necesară ca să revin la viață, la cea actuală. E liniște. Așteptăm să ne crească aripi de vis și să ne ducă în altă parte, odată cu emoțiile care ne înconjoară ca o melodie suavă, delicată, ca o poezie de dragoste. E ca un miraj. Închid ochii, zburăm împreună. Se apropie.

-Vino cu mine, vreau să-ți arăt ceva, Bianca.

Îl urmez fără să pun întrebări. Se oprește în fața unui tablou acoperit cu pânză albă, șifonată, care-l acoperă bine de parcă îi este frică să nu iasă cineva de acolo. Fața lui e umbrită, este preocupat, pare că ar vrea să se răzgândească. Se mai uită odată la mine, vrea să știe dacă poate să aibă încredere în mine. Simt dușumeaua rece sub picioare, simt mâna lui care se desprinde de a mea, pare că m-a lăsat pe o barcă în mijlocul mării. Ridică tabloul, îl pune pe un scaun, și trage de pânza boțită fără să o privească. Este ciudat cum se comportă. Am înțeles că îi este greu să-l vadă. Mă uit curioasă. Mă emoționez în fața chipului unei femei care are o privire aproape de una reală. Cred că ăsta e motivul pentru care nu o privește.

-Cine e, Dane? De ce nu te uiți la ea? Ce ți-a făcut? De ce ai pictat-o?

Vine în spatele meu. Își pune brațele pe umerii mei. Avea nevoie de sprijin, am înțeles, apoi lasă capul pe umărul meu și-mi cuprinde mijlocul cu o delicatețe plină de dorință. Poate că îi lipseau îmbrățișările femeii din fața noastră. Îl întreb din nou.

-Cine e doamna din tablou?

După o pauză considerabilă, îmi răspunde printre suspine, mama. Mi se strânge pielea, nu știu ce să fac. Nu știu de ce e așa de trist. Îi acopăr mâinile cu ale mele și mă întorc cu fața spre el. Multe lacrimi îi curg, de parcă nu le mai plânsese niciodată pentru ea.

-Bianca, este cea mai mare emoție să pictezi persoana care ți-a dat viață, a fost toată viața alături de tine, să te crească și sprijine. Nu am cum să o privesc nici să rămân indiferent în fața ei, este ca un dar făcut de Creator, care mi-a dăruit-o mie, o mamă care mi-a dat putere să merg înainte. O văd, e într-un univers de stele creat de o mare de lumini, ca să o văd mai bine, acolo sus, Bianca. Ea mi-a dat toată dragostea. În viață ne este destinat să se întâmple și neprevăzutul, și unde? Acolo unde noi credem că totul e stabil și de neschimbat.

-Vezi tu, Dane, orice schimbare care vine pe neașteptate ne determină să re-evaluăm tot ce noi credem că e adevărat și de neînlocuit.

-Ai dreptate, dar pot să-l întreb: Doamne, spune cu ce am greșit, ce nu am făcut, de ce a trebuit să înțeleg cât am iubit-o, când a plecat din viața mea?

-De multe ori credem că vom fi nemuritori, mai ales ei, cei care ne-au dat viață. Tu măcar o poți plânge pe mama ta, dar eu ce să mai spun, că nici măcar nu am putut să o iubesc? Ceva a murit în mine, este adevărat, ceva nu știam că e dragostea mea neînțeleasă, pentru o mamă. Acum mi-o imaginez ca o lumină care călătorește liberă și fericită peste mări și oceane în căutare de dragoste, că aici pe pământ nu a fost iubită.

O acoperă din nou. Îi iau mâna și-l ajut să o mângâie peste pânza boțită. Se lasă cu greu, dar odată atinsă nu-i mai este teamă. Apuc de capătul de jos și încep să trag sub privirea lui îngrozită. În fața noastră apare din nou chipul mamei lui care-l privește cu duioșie. Încet, încet tabloul rămâne descoperit, ne uităm cu mâinile strânse puternic de teamă să nu ne tragă la ea, acolo în lumea în care e acum, sus. Facem un pas înapoi. O privim cu interes, apoi din ce în ce mai duios, primim din privirea ei căldură, gata nu ne mai e teamă. Dan se desprinde din mâna mea, face un pas înainte și o mângâie pe obraz. MAMĂ. Pusese atâta voință de demult să-i mai fi spus mamă. Se așează în genunchi și o întreabă printre lacrimi: De ce mamă, de ce ai plecat?

Mă aplec, mă las dusă și eu, printre lacrimi văd chipul unei femei, pare că e al mamei mele, pentru prima oară am simțit nevoia să o chem și eu mamă, mai întâi în gând, apoi cu glas stins. Dan nu spune nimic, a înțeles că s-a trezit și în mine ceva de care eu nu știam că am. Mă ridic, îl trag aproape, mă lipesc de el cu toată dorința de a-l săruta. Ne sărutăm. Mă desprind din brațele lui și-i spun:

- Dane, vreau să am un copil de la tine. Se înmoaie, se lasă în jos ținându-se de mine, e ca un îndrăgostit căzut la picioarele iubitei lui. Își scote inelul de pe degetul mic și-l pune pe degetul meu inelar de la mâna stângă. Rămân nemișcată. Vreau să imortalizez momentul acesta cu tot cu el, bărbatul de lângă mine. Cred că este și el doar unul ca mulți alții care au impresia că eu, Bianca, o să-i ofer o noapte de sex. Ridic privirea și iar îl întreb pe Dumnezeu ce să fac? Răspunsul lui vine prin îmbrățișarea lui Dan, bărbatul care m-a găsit distrusă după Vlad, și care m-a lipit din bucățele ce au mai rămas din mine, o femeie care nu a știu că în viață se poate trăi frumos, sincer și cu frica lui Dumnezeu...

Îmi vine în minte Vlad, dar sufletul nu mai e răscolit, pare că se îndepărtează de mine, de ființa mea care-l voia. Prezența lui Dan a făcut această minune. Cred că am înlocuit pe cineva care nu mai era dispus să se lupte cu mine, femeia feroce care culmea, se manifestase așa numai cu el. Am înțeles că m-am eliberat de toată energia negativă, dorința de a da afară tot ce îmi umbrise trecutul. Unul pe care eu nu-l știam, intrasem, trăisem alături de oameni străini, am luat ce am avut de luat și gata. Acum, așa ca prin minune pare că e o lume care se tot îndepărtează de mine, pare că am alt corp și altă minte, poate că am crescut acum, printre și în fața unor tablouri care sunt frânturi de viață, care mă reprezintă și pe mine, goală, fără ajutor, fără să găsesc un punct de sprijin, fără să pot să mă analizez.

Eu și Dan

-Vreau să-ți văd trupul, vreau să te imortalizez pe pânza dorințelor mele, de demult Bianca, cu pasiune, hrănindu-mă cu seva creației, să-mi pot defini întreaga existență, în fața ta, goală, să pot combina culorile și să mă apuc de pictat. Vreau să străbat formele corpului tău, să visez, și, ca orice visător să-ți spun povestea mea. Pentru asta am nevoie de tine Bianca, nu o oră, nu o zi, o viață ca să am timp să-ți dau dragostea mea.

Îl mângâi pe obrazul crispat, cel al artistului gata să fie și el obiectul misiunii mele pentru care am hotărât să fac orice. Sufletul meu umbrit este luminat de o rază de speranță, îmi lipesc fața de pieptul lui, mă agăț de el cu disperare. Răsuflă în tăcere de ușurare, mă trage mai aproape, se ține de mine de parcă această îmbrățișare ar fi singura ocazie care îi poate salva viața. Are dreptate, pe a lui și pe a mea. Ar mai fi doar frica de trecut, să nu ne deruteze. Poate că cel mai bine e să-l refuzăm deși ispita confesiunii este insistentă. Așa credem că odată dezvăluită vom fi mai curați pentru a începe o relație nouă. El bărbatul care m-a copleșit cu pasiunea, intensitatea sentimenteleor, a povestit de momentele lui întunecate cu Monica, de timpul în care sufletul său fusese sfârșit de neștiință și nepricepere.

Voiam să plec, era singura mea posibilitate să reușesc a supraviețui, dar, îmi este aproape imposibil să stau departe de el. Împărtășim momente deosebit de senzuale, de neîmplinire, de nefinalizare, de dorințe de dăruire pe care le lăsăm fără bucuria de a o face, asta ne incită la maxim, trăim din ce în ce mai greu momentele în care nu suntem împreună. Planul meu este dureros, vreau să aflu adevărul despre el și familia acestui bărbat a cărui înfățișare se schimbă odată cu dorința de a strecura câte ceva din viețile lor umbrite, ca și a mea. Una pe care el nu o știa în detaliu. Înfățișarea mea nu trădează nimic. Am învățat să mă prezint pe scena vieții cu toate măștile necesare ascunderii adevărul sau detaliile referitoare la trecut. O să mă arunc în brațele lui, o doresc, visez la momentul în care o să facem dragoste, eu în brațele lui, bărbatul enigmă care mă va învălui în tenebrele misterioase ale trecutului și mă va aduce readuce de acolo de unde fusesem în misiune. El este deosebit de toți alții, de bărbații cu care am avut de a face. Prezența lui mă tulbură, încăpățânat, trăiește în altă lumea lui, are un efect ciudat asupra mea, îmi este imposibil să-i rezist.

-Eu am să-ți admir tabloul și tu o să mă iubești și o să inventezi povești de viață cu noi doi.

-Da, eu am să înmoi pensula în sufletul și mintea ta Bianca și o să-ți pictez întreaga ta viață. Vrei? Asta e taina frumosului.

Vreau să nu uit această seară lungă, foarte lungă, aproape de un bărbat care s-a apropiat de mine cu pași nesiguri și care nu a vrut nimic, nimic din ce eu am crezut că vrea. Intrase în sufletul meu, l-a luat în mână și l-a încălzit, era de gheață, dar a insistat și până la urmă când avea mâinile înghețate, l-a găsit chircit, aproape fără dorință. A putut să sufle căldură, dorință și răbdare ca să-i redea viață. Una nouă, nu cea legată de trecut, ci una pentru prezent. Alta pentru viitor, atunci când mi-a pus inelul pe deget fără să spună de ce. Fără să ceară nimic. Aștepta răspunsul meu, dar nu-l voia atunci, ca să nu mă sperii, să fug din nou în lumea mea. După cei care m-au lăsat în urma pașilor vieții, ca pe ceva care nu le mai trebuie.

Și Dan a venit ca să mă vadă, ca să-mi arate că mă vrea de atunci, de demult când știa doar că mă iubește. O dragoste timidă care a prins formă în timp. Mă duce în atelier, suntem doar noi și stafia. Se așează la pian și cântă. Cântă ceva ce eu nu mai auzisem. Poate că nici el nu știa că o știe, melodia dragostei, imnul iubirii absolute, regăsite. Iar simt că se ridică prin piele ceva ce vine dinăuntrul meu, pare că vrea să iasă, ca apoi să facă loc cuvintelror, iar simt o altă plăcere, una care mă trimite spre el. Este o piesă muzicală dedicată mie de bărbatul care nu prin cuvinte, ci prin fapte spune că mă iubește. Pare că mai lipsesc versurile unei poezii. De la primul acord îmi imaginez o câmpie imensă și noi doi alergând, bucurându-ne de libertate, de soare și de lumina care ne ghidează spre fericire.

Câteva cuvinte vin dinspre el, le așează pe note și le trimite spre mine, mă concentrez ca să le înțeleg. M-ai lăsat fără glas de când te-am văzut, de atunci port povara iubirii fără drept de parolă. Sperând la momentul pe care am reușit astăzi să-l găsesc și să fiu cu tine, Bianca, Bianca, draga mea.

-Ce simt? Că ceva moare și altceva renaște. Simt din nou gustul dragostei. Mă apropii și-l îmbrățișez, nu încetează să-și plimbe degetele pe clapele pianului, pare că este legat de el, că-l ajută să spună ceva ce nu a mai spus, despre dragoste, despre cum va fi dragostea noastră infinită, așternută la picioarele noastre ca un covor de vise și bucurii, care va sparge barierele timpului și va creea o punte între sufletele noastre înstrăinate din copilărie.

S-a făcut târziu, chiar foarte târziu, ne ducem în dormitor, ne întindem în pat, ne îmbrățișăm și adormim așa până dimineață. Camera era plină de lumină, Dan era și el somnoros. Intrăm în baie, ne spălăm și coborâm în bucătărie să mâncăm ceva. Eu trebuia să plec peste șase ore la aeroport noroc că aveam valiza făcută. Mâncăm ce găsim pe masă.

-Dane, te rog să mă duci acasă să mai aranjez pe acolo, să las casa curată.

-Se uită curios, de parcă ar fi vrut să nu mai plec de la el niciodată.

-Chiar vrei să pleci?

-Sigur am biletul și mai am și niște întâlniri planificate de servici, sunt multe evenimente care au avut loc și cred că trebuie să-mi reiau și viața profesională. Am avut o vacanță lungă, dificilă.

-Nu poți să mai amâni plecarea, te rog?

-Este foarte dificil, și nu văd motivul. De ce aș face-o?

Se încruntă și se uită curios la mine.

-Cum de ce? Pe mine cum mă lași? Tu chiar nu ai înțeles nimic în această lungă noapte? Nu ai simțit nimic? Nu crezi că ai nevoie de mine? Eu ce să fac fără tine, Bianca?

A reușit să-mi pună la îndoială decizia de a pleca.

A pus atâtea întrebări la care nu aveam răspuns. Odată cu dimineața, părea că a dispărut mirajul nopții, credeam că a ajuns atât, că nu e nevoie de mai mult.

Părea trist, era ca un Cupidon care trimisese toate săgețile spre mine și că multe dintre ele nu au ajuns ținta.

-Tu vrei să spui că prezența mea ar trebui să fie de lungă durată, că ai nevoie de mine sau că mă iubești?

-Da.

Răspunde ca un copil care se bucură crezând că va primi jucăria preferată înapoi.

-Facem așa, eu plec astăzi, îmi rezolv treburile și revin cât de curând posibil. De acord?

-Hai să te duc acasă, Bianca. Poate că noaptea asta nu a fost la fel de importantă ca și pentru mine. Eu am așteptat-o, înțelegi, am așteptat-o de ani de zile, visam la ea, nu știam ce să fac ca să pot să-ți spun că te iubesc, de atunci de demult, de când erai o copilă, a nimănui și-ți aduceam de mâncare pe ascuns de ai mei. Acolo era toată dragostea, acolo erau visurile mele de adolescent, acolo erau visele mele, acolo erai tu.

-Ce știi tu, Dane, prin ce am trecut eu. Așa pe dinafară pare totul frumos, simplu, da' numai eu și sufletul meu știe prin ce am trecut. Am fost părăsită de oameni care credeam că vor fi cu mine toată viața. Care nu au fost ai mei. Pe unii i-am iubit fără să știu dacă meritau sau nu. Sau poate că îi iubeam numai eu. Am rămas fără părinți dar asta nu după ce au murit, ci dinainte, de când mă născusem, nu aveau nevoie de mine, nu le aduceam bucurii numai necazuri și încurcături. Eu nu le aprțineam și nici ei mie, așa s-au dus fără să-i cunosc deși erau, fără să-i iubesc, nu știam ce-i dragostea de ei, de părinți. Nu le-am cerut promisiuni ca să mă însoțească până la capătul drumului, i-am lăsat pe ei să aleagă alți oameni pe care să-i însoțească, și asta pentru că eu nu aveam dreptul să le impun prezența mea.

Așa că m-au părăsit și abadonat fără să mă anunțe. Au făcut-o cu răutate și asta a fost greu să înțeleg și mai ales să suport. După cum vezi, eu sunt independentă de ei, nu știu să trăiesc fără să mă gândesc la ei și să le cer să mă facă să înțeleg, de ce așa? Viața mea a fost un zbucium continuu, zbucium de iubire și disperare. Pare perfectă Dane dar nu e așa. Simt cum se va prăbuși ca un castel de nisip.

Credeam că sunt puternică, dar nu era așa, credeam că sunt plină de viață, dar nu avem putere să iau hotărâri care mă priveau, eram în mâna lui Pascal, un bărbat dificil ca și dragostea pe care o simțisem pentru el în pragul adolescenței care ne-a unit în planurile murdare. Am ajuns cu el și la jocuri erotice, Dane, lăsasem orice limită deoparte, îl lăsam să-mi explice și să facă cu mine lecții de sex cu scene explicite, uneori violente.

Dan mă ascultă uimit. Ne așezăm pe fotoliile din living-room aproape inconștient. Obosisem, nu mai puteam să stau în picioare. Voiam să-i spun și lui cine sunt, ca să știe înainte să se angajeze într-o relație cu mine, femeia care accepta scenele erotice pronunțate, unde latura fizică era dureroasă, nu exista latura emoțională ca între doi îndrăgostiți.

-Bianca, dacă-ți este greu, lasă pentru altă data, te rog.

Mă uit la el, e atât de tânăr și de frumos, a revenit în viața mea ca să mă recicleze și eu trebuie să-i spun. Las privirea în jos și continui:

-Ca să scap de mizerie și de mama, am acceptat propunerea lui Pascal. Am profitat de pe urma unor căsătorii cu bărbați bătrâni. E drept că erau bogați dar au acoperit necesitățile mele economice. Credeam că ar fi posibil să se înfiripe sentimentul unei iubiri. Una altfel de cât cele normale. Eu dădusem de bine, mă ducea peste tot, prin marile restaurante, muzee, expoziții, pe urmele poveștilor unor personaje care au făcut subiectul multor discuții pariziene. Persoane celebre care au trăit așa cum au știut să dozeze timpul pentru lucru și cel pentru dragoste, fără obligații, liberi. Cu Bazil am fost prinși într-o dragoste care putea fi catalogată printre cele mai ciudate, unice, noi care nu aveam nimic în comun decât interesul. La început era o dragoste imaginară, eram amândoi dornici de a iubi, nu mai făceam caz de diferența de vârstă. Asta am scris cu lux de amănunte în câteva sute de pagini pe care le consider intime, periculoase dacă ar fi să le fac publice. Știe Vlad. Pascal, care organizase totul, și tu Dane.

Tăcerea e apăsătoare. Dan se duce spre bucătărie. Pașii lui se auzeau ciudat în timp ce înaintau pe dalele holului, părea însoțit de cineva. Rămăsesem tăcută, derutată, mută. Îl așteptam ca să pot continua povestea mea. Nu reușesc să mă mișc. Parcă-mi este frig, că o boare rece trecuse pe lângă mine. Mă îmbrățișez cu brațele, încep să-mi frec mâinile. Simt ceva ciudat. Mă cutremur, pare că a trecut. A durat puțin, foarte puțin atât cât poate cineva să se piardă după o poveste ciudată, cu un bărbat despre care credeam că știu tot și nu știam nimic. Încep să cred că se petrec lucruri ciudate în casa lui.

Pare un mister, și totuși mă atrage, obscuritatea gândurilor, fața transfigurată când își fixează privirea într-un anumit loc. Pare dus, rupt de prezent, ca apoi să revină la normal. Nu am mai trăit asemenea stări de teamă dar mai ales de voință să-l cunosc, să aflu cine e el, de ce se comportă așa? Pare că aud voci în bucătărie, a lui e clară, cealaltă nu. Mă strecor pe holul cu dale care nu mai au rezonanță ca înainte, ajung, ușa e larg deschisă, îl văd rezemat de masă, vorbește, dă din mâini, este agitat, privește spre dulapul cu farfurii. Spune cuiva pe care eu nu-l văd, ai înțeles, lasă-mă în pace. E momentul cel mai potrivit să-mi spună cu cine vorbește, e încruntat. Intru. Rămâne surprins. Încrucișează brațele peste piept ca o barieră între el și cineva care nu se vede. Expresia feței este rece ca și tonul.

-De când ești aici?

Întrebare la care așteaptă răspunsul privind în jos, nu mă poate privi. Ridică mâna dreaptă spre mine cu arătătorul îndreptat ca un pistol.

-De când?

Nu mă grăbesc să-i răspund. Nu cred că e important de când. Este vizibil nervos, pare că am intrat în viața lui fără să bat la ușă. Sunt surprinsă, nu-l recunosc, este ca atunci când spunea că a văzut stafia nu știu cui.

-De când spuneai cuiva să te lase în pace. Cine e? Unde e? Eu de ce nu o văd? Poate că ți se pare, hai să mergem la un cabinet de psihiatrie Dane, este o problemă gravă, poate fi doar creația propriei tale imaginații. Tu ești un artist și voi trăiți din chipuri construite de voi, aduse de cine știe unde, până când vă desăvârșiți opera, apoi le abandonați. Poate că una te-a impresionat sau te-ai legat de ea inconștient, a rămas în mintea ta și nu poți să scapi de ea. Este doar o invenție a minții tale. Nu e reală.

-Nu e realăăăă? Cum să nu fie Bianca dacă era aici până când ai venit tu.

E furios și prefer să tac, să accept varianta lui. El o vede, eu nu. Mă apropii de el, îl mângâi pe obraz, îi face plăcere, apoi pe frunte, e transpirat, o transpirație rece precum cea care îmi acoperise și mie fruntea. Broboane mici ca picăturile de rouă. Schimbă subiectul.

-Tu ai revenit în viața mea într-un moment extrem de complicat, Bianca al existenței mele. Asta ar putea schimba propriile noastre destine. Eu sunt dispus să fac orice în numele dragostei. Acum mă confrunt cu voința oarbă a destinului care mă pune la grele încercări. Trebuie să câștig această luptă, ești importantă pentru mine, tu a cărei copilărie s-a-ncheiat la o vârstă fragedă, tu vei schimba viața mea. Acum suntem singuri în fața dragostei. Eu un căutător în viața cu subînțelesuri adânci, enigmatice. Lasă-mă să pot să te iau cu mine, să ne unim destinele. O să apelăm la fluxul memoriei ca să putem povesti cine suntem acum.

-Mie să-mi spui cu cine vorbeai. Cu cine te lupți, care e infernul, care sunt propriile tale angoase, vedenii. E cineva manipulator de destin, a devenit stăpânul tău?

Tace, are un moment de ezitare. Poate izbucni febril sau să se închidă în el, să vină cu vorbe nestăvilite cu multe semnificații marcate de etapele existenței lui. Adolescența și maturitatea au fost perioade de formare a artistului dar și a spiritului rebel. Experiențele sociale, viața efectivă, zbuciumată, meschinăria vieții, prietenii, toate au influențat asupra formării lui asumate în diversitatea lui. Schimbă subiectul.

-Ai vrea să te ocupi tu de...

-Uite ce Dane, am mai discutat, eu nu vreau să mă amestec în afacerile voastre de familie, în galeriile voastre, asta este treaba voastră pentru că creează mult stres și responsabilitate. O fi o plăcere, dar una care se plătește scump, acolo este oglindită personalitatea voastră artistică, a ta și a tatălui tău. Dacă am înțeles bine, ați hotărât să expuneți împreună, vrei ca și talentul lui să poată fi apreciat și valorizat.

-Știi ceva Bianca, repet întrebarea, de ce nu te-ai ocupi tu de expozițiile voastre? Ești inteligentă, ai formată o cultură prin câte muzee și galerii de artă ai colindat prin toată Europa. Și apoi am văzut la tine și foarte multe albume cu pictorii clasici și contemporani. Am văzut și unul de la New York de la Muzeul de Artă Modernă, nu-i așa?

-Hei, hei, stai așa, Galeria voastră de artă necesită un specialist, doar așa poate fi o afacere de mare succes. Sau poate că ar trebui să vorbiți cu un consultatnt de artă ca să puteți lucra cu persoane de profesie, interesați, cum ar fi poate chiar Monica, fosta ta profesoară?

-Cineeee? Monicaaa? De ce ea?

Se apropie nervos de mine. Rămân surprinsă de cât de mult poate să-l deranjeze numele ei. Din câte știu, Monica fusese profesoara lui preferată cu care a luat lecții atât de pictură cât și de viață. O iubea la nebunie, era o dragoste la care credea că nu o să ajungă niciodată. Ea fiind mai mare se juca cu el. Era un fel de instrument pentru a-și satisface ea plăcerile ei artistice, când îl apropia când îl îndepărta. Era un joc care a stârnit în el toate furiile tinereții. Mă gândesc să tac, să văd el ce spune. Ce știu eu sunt vagi zvonuri și presupuneri de la cunoștințele noastre comune.

-Habar nu ai tu Bianca, cine a fost Monica pentru mine, ce a făcut și cum s-a dus. La încept ne propusesem să nu amestecăm plăcerile cu pozițiile noastre, eu de student și ea de maestră indiferent cât de atrăgătoare erau momentele în care eram aproape, oriunde, nu am fi vrut să lăsăm ca relația noastră să se transforme în ceva serios. La început iubirea pentru ea o țineam ascunsă, apoi când am simțit și din partea ei o chemare mă gândeam că poate destinul ar trebui să clădească o nouă lume pe care eu să o așez la picioarele fericirii, picioarele ei obosite de atâta căutare în zadar într-o viață, până la cei 48 de ani ai ei, avea vîrsta mamei mele. Apropierea noastră părea că ne-a unit pe malul lovit de uraganul iubirii, luat pentru scurt timp, și timpul pe care nu am mai putut să-l vindem în piața părăsită de cumpărători interesați să vrea iluziile altora. Am simțit cum îmi atinge sufletul iubirii pe care o țineam ascunsă, ne trezisem în fața unor trepte care păreau greu de urcat așa că am ales să ne aruncăm în prăpastia despărțirii, ca apoi să reintrăm îmbrăcați în hainele cuvântului iubire, care să ne apere de noi. Și totul a devenit ploaie de amintiri care s-au cernut peste sufeletele noastre pe care le-am pierdut la jocul nenorocului, și apoi în iluziile morții.

Am construit ziduri din voințe împreună cu destinele noastre pentru a putea da focul sacru al dorinței pe care cineva a pus-o în mințile noastre. Eu un tânăr crud și ea o iederă urcată până la mine ca să se poată agăța și ridica pe mine, ca să mă poată iubi cu patima femeii neiubite. Și eu care o așteptam de dinainte de a ști ce înseamnă universul iubirii și aspirațiile unei lumi pe care nu o știam, trebuia să găsesc cum să mă dezleg din strângerile fierbinți ale sărutului pe ale căror aripi credeam că zbor spre zilele nemuririi. Da, ea nemurirea în care nu mai pot să cred, pe care mi-a dat-o un destin al nimănui, din timpul despărțirii care ne-a întunecat mințile ca și pașii nefăcuți ai viitorului, fără să mai fie viață fără amintire, legați. Eu aici și ea acolo, luată de tenebrele morții, trecută prin zidul dorințelor împlinite cu mine, lumea mea în care am primit-o și am pus-o să se vadă în privirile mele, tânără și dorită de mine, un căutător de plăceri adolescentine, fără lecție învățată, așa cum a vrut destinul la vârsta tristeții cu remușcări rupte în dimineți de sufocare de dragoste, a deșertăciunilor care aveau că cadă pe paginile calendarelor odată cu vârsta schimbându-se mereu, vârsta tinereții, a tristeții, până când am adormit la sânul ei, femeia care m-a primit și iubit.

Aș fi vrut să fie prezentul nostru fără să se termine vreodată, pentru eternitate, sperând că vom putea trăi într-o îmbrățișare a împlirii dorințelor fără de sfârșit.

Dar a venit și ziua în care destinul a vrut să mă pună la probă, cea în care eu ca un monstru nu am făcut nimic.

O aveam în fața mea, înecată cu o bucată de carne, se uita la mine cu ochii în lacrimi, mă implora să o ajut dar eu nu mă mișcam, pierzania ei nu mă impresiona, nu mai era frumoasă femeia care mă învățase să fac dragoste și care-mi pusese pensula în mână pentru prima dată la ora ei. Auzeam cuvinte pe care ea sigur nu le mai putea spune, cuvinte de despărțire, risipește-mi sufletul după moarte, scoate-l din locul iubirii din tine ca să pot să plec acolo unde nimeni nu știe cu adevărat unde e și nici cum.

Până când nu a mai putut să spună nimic. Eu împietrit așteptam să treacă clipa eternă spre moarte, nu mai aveam nevoie de ea. Se lasă pe spate pe speteaza scaunului, mâinile au căzut pe lângă corpul lipsit de viață, și eu, eu în fața ei, martorul trecerii în venicie, până când nu a mai avut glas, nu mai putea spune nimic, poate că odată cu plecarea, ar fi vrut să-mi mai spună că ar mai fi vrut să fie cu mine, și că ea, nu mă va lăsa nici după. Nu putea să spună lumii cum a murit, cu ce îi mai rămăsese, iluzia vieții fericite cu mine.

În acele momente de chin am avut o viziune personală asupra morții și a vieții. Vedeam moartea prezentă într-un mod creativ, dezlănțuită și cu neputință de cuprins cu vorbe sau într-un tablou pe care ar fi trebuit să le transform, să pot să văd elementele fantastice, să pot să interpretez vederi ale minții care să poată crea momentul trecerii de la viață la moarte precis cu zvârcolirea, neliniștea și lucidul.

-Tu ai rămas conectat cu ea, cu acel moment al trecerii în la cele veșnice, Dane. Trebuie să faci ceva să se liniștească. Este într-o lume a necunoscutului de noi, acolo unde noi avem o viziune particulară asupra morții și a vieții de apoi. Tu o vezi dezlănțuită, nu ai putere să o înțelegi. Nu ai cum să vezi elementele fantastice ale minții ei, nu poți să înțelegi cum au fost generate și au influențat dorința prezenței cu tine și după neființă, suntem departe de a înțelege.

- Ai dreptate, nici acum nu mă lasă Bianca, mă urmărește, de multe ori o văd pe scaunul unde murise. Vine în atelierul unde îi făcusem un tablou, un nud, e o iluzie de cum aș fi vrut să fie, atunci o vedeam cu adevărat, întinsă pe aceiași canapea unde au fost și modelele tinere. Dar ea, acolo, goală era așa de imposibil de crezut că eu mă bucuram de trupul său, care nu mai avea forme precise, și pielea era opacă, îi vedeam toate ridurile și mai ales burta lăsată peste partea intimă. Picioarele butucănoase și grosolane cu degetele scurte cu unghiile mici și striate. Mâna pe care își sprijinea capul avea pielea atârnată și creață. Zâmbetul ei era înfiorător în bătaia razelor de soare din atelier. Și eu stăteam în fața pânzei și din recunoștință am pictat-o așa cum e, nu am lăsat-o să-l vădă niciodată.

Vino cu mine să-l vezi. Mă ia de mână, mă ține strâns de parcă ar fi știut că nu vreau să-l văd. Intrăm pe un hol lung, strâmt. Pe ambele părți sunt uși care nu știu unde duc. Ne oprim în fața uneia bej. Celelalte erau albe. Deschide. Aprinde lumina. O cameră plină cu tabloruri acoperite, lăsate pe niște capre din lemn unul după altul așa cum sunt cărțile în bibliotecă. Deschide un caiet unde erau notate pânzele după ani și după titlu. Se oprește cu degetul la nuduri. Pare că uitase locul unde-l ascunsese. Se apropie de locul cu pricina și începe să-l caute după număr, erau toate acoperite. Se oprește.

-Vrei să vii să mă ajuți, Bianca?

-Sigur. Mă duc lângă el.

-Tu ține-le pe astea ca eu să pot să-l trag. Așa am făcut. Îl ia și se duce cu el lângă un șevalet. Îl așează cu grijă.

-Hai vino te rog. Mă apropii. Dan scoate pânza cu care era acoperit. O pânză albă. O lasă să cadă în timp ce ochii lui rămân speriați în fața tabloului. Face câtiva pași înapoi. Cu voce stinsă îmi spune: Uite și tu cum e? Vezi?

-Ce să văd, o femeie pe canapea, culcată pe o parte cu capul sprijinit pe mână. Ce trebuie să văd?

-Bianca, era goală, și acum e îmbrăcată, e îmbrăcată așa cum o văd eu prin casă. Înțelegi?

-Ce vrei să spui că tu ai adus tabloul cu ani în urmă aici, că o pictasei goală și că acum e îmbrăcatăăăă??? Uite ce Dane, eu cred că tu ai chef de joacă, nu pot să cred în toate poveștile tale cu stafii și cu lucruri întâmplate aici, în casa voastră fără ca tu să știi. Hai gata. Hai să ieșim.

- Bianca, e adevărat. Tot ce-ți spun e adevărat. Când am început să lucrez, aveam o viziune diferită între minte și realitate. Elementul central, inconștientul, invadat de amintirile unei femei goale, venea de undeva de departe. Ea deși era la vărsta maturității, o femeie cu calități deosebite, în dragostea față de liberate. Nu fusese căsătorită niciodată. Mândria, frumusețea ofilită dar mai ales viclenia, erau stampate pe chipul său. Părea o femeie cu puteri nemărginite asupra bărbaților. Mă îngrozesc...

Capitolul 7

Legătura cu trecutul
trebuie să ne
preocupe
în prezent?

Monica

-Este ea, Monica, crede-mă! Uită-te și tu ce ochi are. Eu nu i-am făcut așa, erau altfel cu o privire incitantă, plină de dragoste, și acum uită-te și tu, par adevărați, vor să mă întrebe, de ce? Să știi că pentru noi artiștii, femeile sunt ca niște capcane, pot fi vii sau trecute în neființă, pot fi adevărate sau proiecții ale minții celui care le caută ca să le dea viață sau moarte. Mintea pătrunde dincolo de ce vede artistul, meseria noastră nu e lipsită de riscuri Bianca, noi ținem la nebunia noastră creativă.

Mă apropii cu oarecare frică. Are dreptate. Pare că ochii ei mă pătrund, că au să și clipească. O acopăr.

-Hai Dane să ieșim de aici că simt și eu prezențe ciudate pe lângă mine.

Este doar povestea unei iubiri, sau a unei tragedii.

În acel precis moment am avut strania senzațe că cineva mi-a atins mâna. Mă uit în dreapta și o văd, adică văd o femeie cu o privire pierdută ca și forma ei abia conturată. Semăna cu cea din tablou. Prima reacție a fost să fug spre ușă, dar Dan mă ține de mână și e cu privirea ațintită în aceeași direcție. Am vrut să spun ceva dar nu am reușit. Îmi este teamă că sunt nebună, acum cred ce-mi spusese Dan. Mă privește întrebător. Eu am gura încleștată de frică.

Îl apuc de mâneca hainei și-l trag afară din cameră după mine. Pare că moartea Monicăi l-a slăbit mental. Se crede vinovat. Poate că nici nu putea să facă nimic și se învinovățește tot din cauza halucinațiilor, a unor situații create de el, ca să sufere, că trăiește cu ea și acum, că este chiar lângă el cel ce nu vrea să se despartă de ea nici chiar acum după moarte. Sau poate că este posibil ca ea să fi murit altfel, că poate chiar el a omorât-o. Nu înțeleg cum de mi s-a părut că o văd și eu. Poate că numai atmosfera ciudată din depozit a influențat vedenia mea. Gata, am hotărât, vreau să aflu misterul acestei posibile crime.

-Dane, gata, sunt de acord să mă ocup eu de toate afacerile familiei deși știu cât de dificilă e lumea comerțului cu obiecte de artă. Sper să nu trebuiască să încalc principiile mele în acțiunea promisă doar de dragul tău. Vezi că eu sunt o femeie modernă, am visat la o carieră de succes și o am, dar, acum caut și o iubire adevărată Dane, cine știe poate că se adeverește. Eu m-am descurcat cu forțele mele așa cum am putut, îmi plac banii, recunosc, dar nu-mi mai place să stau printre persoane bogate și influente deși la început, când eram la Paris eram fascinată de viața pe care o duceam. Apoi, cu timpul am înțeles că nu este decât o iluzie un compromis. A trebuit să-mi schimb religia ca să mă pot căsători cu Bazil. Am trecut la catolici. Nu știu și nu pot să cred că este ceva rău, avem același Dumnezeu...

Cina în familia lui Dan

Nu știu de ce, dar nu am nici o presimțire referitoare la cum va fi serata în familia lui Dan. Îmi pare rău, eu nu o să pot invita, nu mai am pe nimeni. Dan face parte dintr-o familie de artiști, am hotărât să mă îmbrac elegant, sobru.

Mă întreb cum de nu am făcut dragoste niciodată. E curios. Ne dorim, ne sărutăm dar nu ajungem mai departe. Aud mașina în fața casei. Nu ies, aștept să intre el. Descuie, are cheile casei pentru că vine aici când sunt plecată prin lume în căutare de noutăți de senzațional . Rolul meu de Observator Internațional este să aflu, să scormonesc prin viețile altora si mai ales sa adun informații despre evenimente.

Se oprește în prag uimit. Apoi vine spre mine cu brațele deschise pentru o îmbrățișare, pare surprins, mă privește cu admirație, surprins.

-Wauuu, ce elegantă ești Bianca.

-Te surprinde? îl întreb în timp ce mă apropii atât de mult încât să pot să-l dau gata și cu mirosul parfumului, discret, incitant, pregătită să intru în scenă.

Nu sunt îmbrăcată în negru, nu. Am o rochie din Paris, mulată, foarte elegantă de culoarea vișinei coapte, aproape de maximă maturitate, ca și mine. Un lanț lung din aur cu zale mari pe care-l pusesem ca să dea lumină, să strălucească. Pantofii, auriu mat cum e și poșeta plic pe care o țin sub braț gata să ies cu el. Voiam să-l sărut dar pălăria de culoarea rochiei cu borul larg, pare că nu e de acord. Dar nu mă las, îi ridic borul din față și-l invit la un sărut, ca multe altele la fel de senzuale.

Mă gândesc că așa voi intra în familia care ascunde multe secrete. Am să caut să înțeleg cât se poate de discret, cum de sunt așa de bogați. Oricum trebuie să mă întorc la Bruxel zilele astea. Trebuie să mă concentrez pe momentul prezent. Dan mă incită, mă uimește cu povetile cu stafii și destăinuiri pe care nu le duce până la capăt, începe să povestească și apoi se oprește, de parcă s-ar teme de mine. Îl vreau pe el cu toate secretele lui și cele de familie.

Mă uimește, Dan se comportă ca un bărbat care nu este interesat să ia angajamente pe termen lung, și asta pentru că familia lui are o avere considerabilă. Eu însă nu uit că sunt fiica unei femei odioase care m-a refuzat de la naștere și că nu am familie. Că am învățat să sufăr de mică. Nu mă interesează partea materială. Am și eu o situație finaciară considerabilă, sunt independentă și dezinteresată.

Dan, este irezistibil, a fost suficientă o singură întâlnire după mulți ani, acasă la mine, era o cină între prieteni. Se zvonise că ar fi furat un tablou al tatălui său dintr-o expoziție. Era suspectul numărul unu, de tatăl lui. Oare care sunt secretele lor din trecut? O să redeschidă subiecte vechi, sau poate că au să recunoască, să accepte că între ei este o rivalitate care a depășit limita sincerității?

Dorința de a fi cu Dan

Au trecut trei săptămâni de când ne-am apucat serios de treabă. Nu, nu am mai plecat. Vreau ca viața mea să ia o altă cale. Ba mai mult, vreau ca Dan să fie aproape de mine. Prezența lui e din ce în ce mai necesară existenței mele. Am post fix în viața lui de când a pus inelul pe degetul meu. Pare că vrea să mă atenționeze că sunt importantă, așa ca și tablourile din galeriile naționale și internaționale de artă pe care le are expuse. Mă simt bine în prezența lui. Am fost invitată să iau masa cu ei în familie.

Familia lui despre care nu știu mare lucru. Vag îmi amintesc chipul tatălui care de tânăr era gras și imposibil de ajuns în apropierea lui, mi-l amintesc cu ceafa grasă cu forța unuia care mănâncă numai grătare, un corp de muncitor îmbrăcat elegant. Era catalogat ca fiind unul care umblă cu nasul pe sus, că norocul l-a ajutat cu ani în urmă, și că deodată a devenit important. Nimeni nu știe cum și nici care a fost evenimentul. Îmi povestise Dan despre bunicul lui Niculae Bălănescu care se mutase în capitală, undeva în centru. Se căsătorise cu fiica unui bijutier, Marina, singura fată la părinți. Nu se căsătorise deși avea 26 de ani pentru că nu găsise pe nimeni care să vrea o nevastă șchioapă. Avea un picior mai scurt, da nu prea mult, trebuia să fii atent ca să-ți dai seama. Așa că s-a însurat bunicu' cu ea, era mai tânără decât el. Era blândă, tăcută, ștearsă. A trăit în umbra lui. Locuiau pe o stradă mohorâtă la fel ca și viețile lor, cu case vechi și fațade umede și neîngrijite. Bunicu pierduse două degete la gaterul pe lângă care se jucase când era copil.

Așa că se potriveau el ciung și ea șchioapă. Devenise bogat, a cumpărat o casă mare în centru. Avea viața bine planificată. Joia era ziua lor conjugală. Umbla peste tot, cumpăra tot felul de lucruri pe care el le credea de valoare. Statuete, obiecte casnice, pânze vechi. Era un om ciudat, spunea tata. Se ducea pe la târguri de unde lua obiecte care-i plăceau lui. În ultima perioadă a vieții cumpăra mobilier, piese tot așa pe care alții le vindeau, le lua el și le ducea acasă la el unde abia aveai loc să te miști. După ce au murit bunicii, tatăl meu a luat tot ce era acolo. Se spune că într-o noptieră era un seif și unde găsise ceva care era foarte valoros și că mai găsise sub saltea o grămadă de bani, unii de aur alții de argint, monede vechi și noi. Și așa a început și el să se documenteze și să se dedice artei și femeilor. Se pare că a moștenit și o colecție impresionantă și foarte ciudată pentru acele timpuri când bunicu' le cumpărase de la un jucător înrăit de jocuri de noroc. Îi dăduse un sul cu niște pânze pictate pe care spusese că le are de la un mare artist francez cu care învățase el să picteze când era tânăr.

- Le-am căutat în toată casa Bianca, crede-mă, dar nu le-am găsit. Nu știu dacă le-a vândut tata ca să scape de ele neavând certețea că nu sunt furate și pe care luase o grămadă de bani cu care a cumpărat casa în care suntem acum, pe cea a bunicului a vândut-o, nu era pe gustul lui...

Serata în familia lui Dan

Este un bărbat misterios, fascinant dar mai ales atrăgător. În ochii lui se citește o ușoară umbră de tristețe, cred că e din cauza pierderii femeii iubită în felul lui, la vârsta când încă nu știa cum e să fii îndrăgostit, cazi pradă emoțiilor și gesturilor care te cheamă, nu te lasă, te urmăresc și obsedează, crezi că totul se oprește în fața celei pe care vrei să o iubești, o dorești, ești disperat și neliniștit să o revezi până când înțelegi că nu e ea cea ideală. O femeie de o anumită vârstă este tristă pentru că trăiește cu regretul trecutului, uneori refuză să să înțeleagă prezentul, sau e luată prin surprindere și nu e pregătită sufletește.

E curios cum de ne-am reîntâlnit într-un moment mai puțin așteptat, la mine acasă, nici nu speram să vină, nu cred că soarta a hotărât să fim împreună pentru totdeauna, dar accept destinul, suntem tineri și conștienți că vrem să trăim, să visăm și iubim, poate chiar să rămânem împreună chiar dacă vom avea de înfruntat obstacole. Mirosul lui de bărbat tânăr mă tulbură...

Ieșim râzând, bucuroși și mulțumiți de noi. Dan îmi deschide portiera și cu un gest elegant mă invită să mă așez. Așteaptă să fac operațiunea completă, apoi închide portiera fără să o trântească. În mașină este un miros de tort cu vanilie, de flori de el, bărbatul care simt că mă va cuceri și iubi și eu asta aștept. Pregătise el totul așa cum am stabilit înainte. E în stânga mea, conduce relaxat, îl privesc, are haine de firmă, tăcerea durează, lăsăm gândurile noastre să se caute și să se găsească. Pare că suntem într-un oraș unde visele vin să se împlinească, nu să moară. Poate că ne vindecăm de fricile și regretele pentru faptele noastre pe care vrem să le transformăm acum în fapte.

Intrăm, se aud voci, multe. Deodată mă cuprinde frica. Dacă o să mă recunoască, el, tatăl lui Dan? Trag aer în piept, ce-o fi o fi. Mă descurc eu, am avut persoane grele în fața mea și nu m-am pierdut. Așez elegant brațul meu pe cel al lui Dan și gata, suntem în imensa sufrageie. Se face liniște. Persoanele de la masă se întorc mirate spre noi.

-Bună seara. Se aud multe voci amestecate care vin spre noi pe diferite tonalități. Cert este că erau oribile. De oameni trecuți de o anumită vârstă. Sunt curioasă ce legătură au aceste persoane cu familia lor. Ne oprim. Dan începe prezentările.

-Bianca, aceasta este familia mea. Doamnelor, ea este Bianca, prietena mea. Domnilor sunt însoțit de doamna Bianca Ionescu Poatiers observator al scenei politice Europene și Internaționale. Bărbații se ridică și vin spre noi pentru a se prezenta. Doamnele nu se deranjează, aruncă zâmbete care par săgeți otrăvite. Toate sunt vestejite și machiate prost. Deocamdată numai asta se vede. Dan mă ia de mână și ne ducem spre locul unde tatăl lui așteaptă să fiu prezentată. Nu se ridică, observ că are un picior umflat și că are și un baston elegant sprijinit de masă.

- Tată, Bianca Ionescu, doamna de care ți-am vorbit.

-Mă bucur să vă cunosc, doamnă.

Nu întind mâna, știu că nu e politicos, dar o întinde el. O ia pe a mea, o duce aproape de gură, apoi o lasă încet fără să o fi sărutat. Gestul ăsta mă impresionează pentru că un tată nu prea face așa cu fetele aduse acasă de băieții lor. Nici un compliment, nici măcar din politețe. Primul nostru contact este distant. Pare că amintirile noastre vin din trecut, de când eu eram o amărâtă și el se distanțase mult de viața modestă pe care o dusese. Cred că noi căutăm prin amintirile trecutului pentru a putea facilita acest prim contact. Cert este că nu putea fi vorba despre precizarea unei relații comune de cartier, și nici că ne întâlnisem prin călătoriile noastre. Așa că nu vom avea cum să pornim o discuție plăcută. În cel mai rău caz, ar putea să facă o aluzie la situația lor financiară, ca să se laude, asta ar fi de prost gust pentru că acum, am și eu o importantă poziție în lista celor care au conturi prin băncile europene și nu numai, ne ascundem banii și mai ales ne ascundem de cei care ar putea să ne dea lovitura.

-Luați loc, doamnă.

Mă invită privind spre locul din dreapta lui. Apoi continuă:

-Doamnă, fiți bine venită în casa noastră. Am înțeles de la fiul meu că ați mai fost aici. Dar cum vedeți, spațiul este destul de mare, ne este greu să ne întâlnim chiar noi, membrii familiei. Dan trage scaunul și mă invită să iau loc, apoi se așează alături de mine. Eu nu vreau să afișez o politețe exagerată și nici o atitudine servilă. Tatăl lui Dan încearcă să spună câteva cuvinte amabile. Este greu să începi o conversație, cine știe poate că vom putea depăși cel mai dificil moment numai atunci când descoperi vreo relație de interes comun. Cine știe, poate despre bursă, sau artă, poate chiar muzică. Sunt o mulțime de concerte în perioada asta. Mă gândesc cum aș putea ușura acest prim contact cu o persoana care ar putea să se opună relației noastre de prietenie. Mă gândesc cu groază la faptul că ar putea să-și amintească de mine, de familia mea de atunci, și asta va îngreuna acest prim contact. Să nu cumva să facă precizări asupra condiției noastre familiare, să nu facă aluzii la acea perioadă. Din fericire se întoarce la doamna care stă pe scaunul din stânga lui și o prezintă.

-Dânsa, este doamna mea, Clara.

Îmi zâmbește vag, mă privește cu ochii mici care par niște mărgele. Pare o persoană care a fost conștient izolată ca să se dedice pentru artă sau alt proces creativ similar.

-Cum vă simțiți doamnă în noua atmosferă a capitalei? Am înțeles de la Dan că ați locuit la Paris, Bruxelles. Credeți că este o balanță între lucrurile venite din exterior și contactul cu noi?

-Vedeți, doamna Clara, nevoia de a simți pulsul lumii exterioare și contactul cu ceilalți este o sursă bogată de informații, dar rămâne doar problema timpului care este mereu programat în funcție de cât ne permite.

-Să cred că rezultatul succesului dumneavoastră își are originile în lumea dumneavostră interioară, dar că în același timp ați simțit nevoia și de contactul cu noi, cei din afară?

-Aveți la baza formării experiența copilăriei, doamna Ionescu?

Întrebarea a căzut ca un trăznet. Tatăl lui Dan se uită întrebător. Îl privesc cu mult calm, nu vreau să-l provoc dar nici să mă ascund, era inutil, știa cine sunt.

-Da, nu pot să uit, și nici nu vreau. Acea experiență m-a format ca ziarist și ca om, într-o atmosferă total neprielnică dezvoltării personale, dar, am reușit să fac pași spre o lume care mă aștepta cu alte cereri, sacrificii și muncă pentru a reuși să ajung la formarea unei persoane diferite, cea care este acum în fața dumneavoastră.

Se făcu liniște. Momentul este respectat de toți. Este știut că pentru a putea separa faptele reale de o eventuală ficțiune ar fi doar o datoria etică.

-Ați avut momente de mediație cu scopul de a recunoaște exclusiv adevărul despre dumneavoastră?

-Adevărul personal cu toate perioadele mai complicate de multe ori ambivalente, mi-a transmis sentimentul că sunt supusă unei duble obligații domnule. Aceea de a spune adevărul oricât de dureros ar fi, și aceea de a nu-l simplifica și asta pentru că adevărul nu este niciodată simplu. După cum vedeți, acum, aici în timpul petrecerii elegante, trebuie să-mi joc bine rolul în perioada prezentului, nu mă consider un erou modern, ci sunt ca o furtună după altă furtună și asta numai pentru că am trăit într-un timp personal greșit al destinului.

-Trebuie să recunosc doamnă că timbrul dumneavoastră captivant al vocii dumneavoastră meditative și cu o lucidă notă de melancolie voită ne-a redus pe toți la tăcere, vă ascultăm cu mare interes.

-Este o obligație morală domnule, e ca atunci când mărturisești și trebuie să te angajezi într-o discuție extrem de dificilă, aceea de a-ți aduce aminte, pe care încerc să o duc cu bine la sfârșit. Aș putea spune că acum pot să vă vorbesc despre ce înseamnă să trăiești. Dacă doriți, o pot face liber și în nume personal fără să fie nevoie să evit cât de implicată am fost de destin sau de neștiință, sau chiar lipsă de experiență. Dar nu cred că nu este locul potrivit și nici nu vă interesează povestea vieții mele, a mea, o femeie neavizată de capcanele vieții.

Dan se uită uimit la mine, tatăl lui se ridică cu greu în picioare sprijinindu-se de colțul mesei. Are paharul în mână.

-Propun să bem pentru noua noastră viitoare membră a familiei, doamna Bianca Ionescu.

Ne-am ridicat cu toții și am ciocnit atât cât s-a putut cu cei mai apropiați. Doamna din fața mea, adica mama vitregă a lui Dan a venit alături de mine și m-a îmbrățișat. Am simțit sinceritate și plăcere. Am îmbrățișat-o și eu cu mare eleganță...

Vizita neașteptată

Cineva care trecuse pe sub fereastra mea de la dormitor, alerg la fereastră dar nu văd pe nimeni. Îmi pun halatul și ies prin sufragerie în spatele casei în grădină, nimic, mă mai învârt, nu se mai întâmplase niciodată ca cineva să treacă pe acolo, era închis. Mă duc spre poarta din spate, ciudat, e deschisă. O fi grădinarul îmi spun, mă întorc, în fața ușii de la intrare cineva mă ajunge din spate, mă prinde și-mi acoperă gura ca să nu se audă dacă strig. Mă întorc spre el eliberându-mă, lăsându-i doar halatul, rămân goală, alerg înăuntru, nu reușesc să închid ușa, intru în dormitor, el după mine, doar că acolo se oprește, se întorce cu spatele, așteaptă să mă îmbrac. Îmi pun un alt halat pe mine și mă duc la el gata să-l pocnesc. Suntem față-n față.

-Cine naiba ești, ce vrei de la mine? Cum de ai intrat? Tu știi cine sunt eu? Tipul se învârte în jurul meu privindu-mă cu răutate. Eu nu știu ce să fac.

-Încetișor doamnă, pot să vă spun doamnă? Doamna Poatie? Ironia era evidentă. Cine naiba o fi ăsta și ce vrea de la mine, de unde știe unde locuiesc și cine sunt?

-Ce vrei de la mine? Mă cunoști? Cine ești? Îmi râde în față.

-Cine sunt? Sunt Paul Poatie, doamnă. Mă uit cu atenție la el, pare că l-am văzut, figura lui mi se pare cunoscută. Am înțeles, seamănă cu Bazil, când era tânăr, avea o fotografie mare pe servanta din dormitor. Mă uitam mereu la poză ca să pot să rezist situațiilor intime dezgustătoare pe care le voia la o vârstă imposibil de realizat.

-Ești fiul lui Bazil?

-Nu chiar doamnă, sunt nepotul lui Bazil, cum îi spuneți dumneavoastră.

-Nu știam că are un nepot. Arată-mi documentele. Ai o legitimație? Unde ai locuit de ce nu ai venit la înmormântare, a scris și în ”Le Monde” data când va fi dus în cimitirul familiei Poatiers.

-Da, am toate documentele necesare pentru a mă identifica. Dar mai am ceva foarte important, ceva care cu siguranță îmi va aduce un mare câștig.

-Ce vrei să spui? Ce câștig? Despre ce e vorba?

-Vă propun să vă schimbați și să veniți să stăm de vorbă ca două persoane civilizate.

-Bine, așteaptați aici.

Intru în dormitor și-mi trag repede blugii și-mi pun o bluză roz care era la îndemână. Îmi trec mâna prin păr ca să-i dau o formă și intru. În bucătărie la masă era el cu o cafea și niște fursecuri pe care le găsise pe un platou rămase de la musafiri. Pare că e la el acasă. Mă potolesc, nu puteam să fac nimic în fața unui bărbat atât de puternic. Mă calmez, încerc să instaurez o atmosferă de respect. Trag scaunul și mă așez în fața lui.

-O cafea, doamnă?

Automat răspund.

-Da, mulțumesc!

Mă mir cum de sunt atât de calmă, mă tot gândesc ce naiba are el așa de valoros și eu nu știu. Toarnă cafeaua în ceașca pregătită din fața mea.

-Deci este vorba despre ceva, un document care, așa cum spuneți ar putea fi compromițător și care este în posesia dumneavoastră și că este vorba despre mine. Da?

-Chiar așa. Mă privește cu interes. Deci dumneavoastră ați fost soția bietului meu unchi, Bazil? Ca să fiu sincer îl invidiez. Pot să știu cum de ați acceptat o căsătorie cu o persoană care ar fi putut să vă fie bunic?

-Nu sunt obligată să răspund și nici nu vreau, și asta doar pentru respectul pe care-l am față de bietul Bazil.

Pare că nu se aștepta să nu-i răspund. Se agită. Bea ultima gură de cafea, pune pe masă diplomatul cu care a venit, îl deschide și scoate cele trei caiete în care eu scrisesem toată viața mea, cu lux de amănunte. Cele mai compromițătoare erau gândurile față de cei printre care trăiam la Paris. Sincere, dureros de sincere văzuți de mine o femeie care habar nu avea cum este viața și nici de ce ei sunt așa? Scenele erotice cu Bazil pe care voiam să-l bucur, era un fel de dragoste, îmi imaginam că e tânărul din fotografie, din tinerețe. De acolo se poate înțelege foarte bine că am contribuit la finalul trist, poate inconștient, sau poate voit, nici eu nu mă recunoșteam când eram cu el. Dacă ar vrea cineva să știe ce simțeam, aș putea spune cu toată sinceritatea că-l iubeam. Dar, nu știu dacă era dragoste de femeie, de fiică, de amantă. Eram confuză, știu doar că mă simțeam bine cu el și în jocurile noastre erotice nu mai aveam bariere. Asta da că poate să mă acuze un bun avocat de moartea lui, și că eu am contribuit premeditat. Mă înroșesc de furie și de rușine că cineva ar fi putut citi acest jurnal intim compromițător, șocant din viața mea. Acum îmi amintesc că în graba plecării din casă după ce o vândusem, uitasem de el. Era într-un sertar din biroul soțului meu, ascuns bine ca el să nu poată să dea peste el. Casa o vândusem prin intermediul unei agenții, cumpărătorul? Chiar el, nepotul lui. Cine ar fi crezut că e posibil așa ceva?

Mă ridic și mă apropii de el, îndrept mâna mea delicată spre fața lui uimită, o trec delicat, abia perceptibil pe obraz, ușor, cu o atingere nevinovată. El o ia și o duce la gură. O sărută tandru în palmă. Pare că a înțeles că sunt gata să mă culc cu el, să-i dau ceva în schimb. După puțin timp se apropie și mă îmbrățișează. Cred că a funcționat pasul pe care l-am făcut, a înțeles că trebuie să recurg la măsuri disperate pentru a le avea toate acele pagini incriminatoare. Singura soluție e să accept să mă vând lui. Iar. Acum când credeam că gata, nu o să mai trebuiască să o fac. Speram să le primesc după ce el se va bucura de mine. Îl privesc cu interes. Un francez pur sânge, de rasă, înalt, frumos, cu ochii albaștri ca ai lui Bazil. Cu cât îl privesc mai mult cu atât îl confund cu bietul Bazil, pare că a venit de acolo cu alt corp ca să nu mă lase în pace.

Cum să mă culc cu el, acum, când sunt îndrăgostită de bărbatul care mă copleșește cu pasiunea și intensitatea sentimentelor, dar care încă mă ține departe de el, de patul lui, de împlinirea totală. Pare că sufletul lui încă nu e vindecat că mai are secrete întunecate. Poate că dacă l-aș părăsi pe Dan, acum, ar fi singurul mod de a supraviețui în pace. Numai la gândul ăsta înțeleg că îmi este aproape imposibil să stau departe de el.

Și acum Bazil care sub altă formă s-a întors în viața mea ca să plătesc pentru tot ce mi-a dat. Pare că e el, hotărât să-mi amintească de momentele senzuale pe care le-am trăit noi în mare secret. Poate că ar trebui să aflu mai multe despre acest bărbat care pare că este hotărât să mă aibă. Dar nu știu dacă se mulțumește cu atât. Trebuie să aflu mai multe despre el. Nu trădează nimic decât dorința de a mă poseda, atât, a hotărât să mă ducă în dormitor.

Închid ochii, sunt în brațele lui care fără nici un efort m-au ridicat, și eu nu știu de ce am pus brațele după gâtul lui puternic. Miroase a iasomie, pare că a cosit și că a venit la mine să se bucure după o zi de muncă toridă. Mă așează încet de parcă îi este teamă să nu mă trezesc și să-l refuz. Dar nu, eu nu fac nimic, sunt încordată, eu nu am făcut dragoste cu nici un bărbat, ei m-au posedat fiecare așa cum a știut.

Acum mă aștept la același tratament. Sunt curioasă, vreau să înțeleg de ce corpul și mintea sunt dorință. Eu o luptătoare, acum nu vreau să fac nimic, eram pregătită de Dan, el asta făcea, părea că mă pregătește ca să mă aibă la pensie, că atunci ar fi știut mai mult cum să facă dragoste.

Sunt ușor încordată, simt mâinile lui delicate cum îmi scot bluza și pantalonii, pare că alunec din ele ca un pește. Nu respiră, deschid un ochi puțin, este așa de frumos, mă privește în timp ce-și scoate cămașa fină și o lasă să cadă lăsând un fâșâit fin mătăsos. Se așează lângă pat în genunchi, îmi ridică brațul, apropie buzele de pielea mea care se cutremură este surprinsă, nepregătită, mă așteptam să treacă la acțiune, dar nu, nu o face. Ia sărutul și-l duce dintr-o bucată până pe coapsa care era nesărutată de mult, se oprește. Apoi iară și iară și cu alte săruturi trase, duse unde voia el să mă acopere cu plăcere, să mă îmbrace în haina femeii care vrea să se dăruiască, nu se mai luptă. Vreau să-l fac fericit. Oare ce caută? De ce a venit până aici? O fi singur? Poate că a sărăcit și acum disperat vrea să mă șantajeze, sau numai să mă aibă. Gata am înțeles, a venit ca să mă cunoască pentru că el citise tot ce scrisesem eu, sigur e incitat și mai ales excitat, vrea să vadă dacă sunt așa cum era scris acolo. Voia să ia ceva de la mine sau voia să ducă la final ce nu putea face unchiul lui?

Aștept mișcarea următoare. Simt degetul care urmărește linia corpului de sub braț până pe pulpa piciorului, se oprește la gleznă, apoi îl ridică puțin ca să-l sărute. Simt un fior și mâna care nu-l lasă, mai lasă o dată un sărut și apoi se oprește cu mâna direct sub sânii care erau prezenți. Respiram ca o căprioară prinsă în plasa unui vânător. Este fantastic, mă uimește voluptatea cu care o face. Sărută sânii de data asta simt că respiră agitat, apoi se apropie de mine de față, simt buzele peste ale mele care abia așteptau să fie sărutate ca să văd dacă sărutul lui Dan e cel care mă uimește sau mai sunt și altele care sunt diferite.

Trupurile noastre goale sunt în mișcare continuă, ne rostogolim, ne sărutăm pe unde apucăm de parcă ne-am cunoaște, de parcă acum ne-am regăsit și ne bucurăm de acest moment intens erotic. Îi simt gura aproape de locul unde copilul învață să-l găsească și să sugă din laptele mamei. Pare că e și el flămând, doar că el știe că acolo va găsi doar plăcere, simt buzele cum se rotesc pe rozeta care crește, se trezește la viață, mă trage după ea în fiorul plăcerii. Aceeași soartă și cu celălalt sân, mă cutremur, simt din nou furnicăturile care vor trece din nou prin ființa mea, atinge simțuri amorțite într-un corp tânăr, readuse la viață de el care din dușman se transformase în dorință, e plin de mine, mă cunoștea doar prin interior, cotrobăise prin caietele mele, a venit pregătit să mă aibă, să se bucure de mine, acum am înțeles. Îmi pun brațele sub cap, semn că cedez, că-l las pe el să văd ce a învățat din tot ce scrisesem. Mă las dusă de val, nimic nu mai contează, mă las pe mâna lui să mă iubească. Recunosc anumite acțiuni descrise de mine în cele mai mici detalii referitor la ce vreau să fac și să simt atunci când sunt în brațele unui bărbat. A învățat lecția bine, pare că are caietul deschis, că citește și face ce e scris de mine. Dar nu, el a învățat bine lecția, știe ce-mi place și vrea să fie la înălțime.

Dorința lui este controlată, nu se repede, mă pregătește așa cum povesteam eu cu lux de amănunte, excitant ce făceam cu Bazil. Oare cum îl cheamă mă întreb? Constat că nu o să știu să-i strig numele atunci când va trebui să mă dezlănțui asupra lui, să-l scot din minți.

Ridic capul și-l invit la un sărut, îl prind și-l trag spre mine delicat, ăsta este secretul, să nu-l sperii. Voiam să-l posed cu un sărut deosebit, mă apropii, simt ceva cald care se plimbă pe buzele mele care ard, ceva umed, plăcut, ca o mângâiere, apoi simt cum își face loc printre ele, mă invită delicat să-l las, atingerile-i lungi transmit dorință, ne căutăm trupurile și ne încolăcim picioarele, am încredere în el sper să-mi bucure corpul, iubirea este o artă și eu vreau să contribui la aceste momente pe care cred că nu le voi uita. Sau poate că o să alerg după el. Cine știe, poate că numai pentru faptul că avut curaj să-mi treacă pragul și-a semnat actul de legătură pe viață a viitorului nostru în comun, poate că el este cel ce-mi va schimba cursul vieții. Recunosc că setea mea de aventură este incontrolabilă.

Mă fascinează în aceeași măsură datorită stării mele emoționale, acum sunt în stare să cred chiar că va fi ceva serios între noi. Că se va înfiripa o poveste de dragoste care se poate naște pe loc. Eu care am dus o viață misterioasă pentru unii, cunoscută pentru alții și acum fără să fi negociat m-am aruncat în brațele lui. Nu am putut să-mi stăpânesc propria voință și el nu a umblat cu vicleșug ca să mă prostească. A trecut direct la acțiune. Orice atingere mă emoționează, aduce un tremur de vânt de vară. Nu mai văzusem niciodată un bărbat ca ăsta, și nici nu credeam că vom avea o atracție atât de carnală. Poate că o să trebuiască să-i uit treptat numele și să ne vedem de viețile noastre. Dar atracția este așa de puternică, simplă, inexplicabilă. Poate că am intuit dar mă prefăceam că nu înțeleg. Fiecare dintre mișcările noastre repetate de multe ori par noi, că le simțim pentru întâia oară cu o direcție precisă. Aștept să mă atingă din nou, să mă cufund în ochii lui. Fac totul pentru el ca să-mi dea plăcerile pe care le scrisesem dar nu avusesem parte de ele. Erau doar dorințele mele de femeie neîmplinită. Mă simt la ușa paradisului, oare mi-am împlinit destinul? Oare toată galanteria lui nu este decât un plus al fanteziei mele?

-Je t"ador, Bianca, ești tu, ești precum cea pe care am cunoscut-o când am găsit înscrierile tale, cu vise neîmplinite și dorințe lăsate uitării. O Bianca, mon amour.

Nu mai pot să-i răspund, vorbele lui s-au imprimat pe creier. Iar mă mângâie, privindu-mă neîncetat. Glasul continuă să sune senzual, complice și apropiat, de parcă sufletele noastre se așteptau de la începutul scrierilor mele, par scrise pentru el. Scrisesm despre un el cu maniere elegante, unul care să emane rafinament și bărbăție.

E aproape de ureche îmi strecoară vorbe, odată cu mângâierile voluptoase. Îmi amestecă gândurile, mă mângâie delicat, fără să se grăbească, eu îl las, un amestec de teamă și plăcere mă împiedică să fac vreo mișcare. Îmi pune degetul pe buza superioară, urmărește conturul, gingaș. Un fior îmi străbate trupul, mi-am înfipt degetele în mușchii spatelui. Dar el nu se oprește, sărută fiecare loc, dintr-o parte în alta, fără să se grăbească, încet. Eram gata să cred că mă scufund în ceva pufos, moale. Dar nu-mi pasă, simt mâna care mă dorește și iar sunt gata să mă arunc în brațele lui...

Eight

Capitolul 8

Cum să faci
să nu te pierzi
în brațele lui,
să te ferești
de consecințe?

Paul

Au trecut câteva zile. Asta făceam, dragoste, ne duceam goi în bucătărie și mâncam ce găseam la repezeală, și iar alergam în patul care nu apuca să se răcească. Nu răspundeam la telefoane, nu mă gândeam la nimic, îl aveam pe el, îl văd din ce în ce mai apetisant, mai jucăuș și mai iubăreț. Pare că nu a mai avut o femeie în viața lui. Fiecare dimineață era diferită, doar eu eram obsedată de aceeași întrebare, oare mai pleacă? Sigur că e absurdă, încă nu știu cum îl cheamă, și totuși îmi este teamă că nu am să pot să-l uit. A venit și dimineața când m-am trezit fără el. Patul părea o vale imensă, aridă și plină cu bruieni.

Alerg prin casă, îl caut dar nu am un nume cu care să-l strig, atunci am început să plâng, am ajuns în sufragerie, pe masă un bilet pus într-un plic elegant.

Uită, uită tot, sau așteaptă-mă. Nu te întreba până când. Atât, așteaptă-mă. Paul Poatiers.

Mirosea a el. Încep să caut disperată prin casă jurnalul intim compromițător. Speram că-l găsesc. Dar oricum nu-mi mai păsa nu cred că ar fi în stare să se mai folosească de el ca să mă șantajeze, așa cum spusese la venirea lui la mine. Direct la țintă, sigur că va pleca cu o frumoasă sumă de bani. Dar poate că a plecat mai mulțumit. Poate că nici nu are nevoie de banii mei. Iau biletul și-l sărut, mă învârt cu el prin casă, încep să-i spun numele, Camil, la început încet, apoi din ce în ce mai tare până când încep să strig, CAMIIIIL. Părea că e preludiul nopților și zilelor de dragoste. Părea că acum știu cui îi datorez faptul că m-am regăsit, pe mine femeia din caietele mele secrete.

Sunt fericită dar inconștient încep să caut prin casă caietele cu pricina. Nu puteam să cred că nu le-a lăsat, poate că le-a ascuns pe undeva ca să mă bucur mai mult atunci când le voi găsi. Pe măsură ce căutam și nu le găseam în mine se naște dorința de răzbunare. Încep să mă cert cu el.

Ai profitat de mine, îi spun de parcă ar auzi. Ei nu, nu e așa. Recunosc că eu l-am incitat crezând că ajunge ca plată. Și-a luat cu vârf și îndesat. De ce oare nu le-a lăsat? Dar dacă se mai întoarce?

După două zile de la plecarea lui am început să răspund la telefon. Primul a fost cel de la Dan. Nu i-am spus că nu am plecat. Nu voiam să știe că sunt încă acasă și că aștept pe cineva care nu știu când, dar mai ales, dacă mai vine...

Reîntoarcerea lui Paul

După numai o săptămână de la prima vizită sunt agitată, umblu prin casă. Nu-mi mai vine să mă țin de promisiunea făcută lui Dan, să mă mai ocup de expoziție. Prezența lui nu mi se mai părea atât de importantă, în fond nu-l cunosc, nu făcusem dragoste cu el.

Lipsa lui Paul o simțeam din ce în ce mai mult. De dimineață, de seară și chiar ziua. Îmi aminteam cu mare plăcere unde stătuse și băuse cafeaua. Părea că plutesc, că sunt mereu în compania lui. Lăsase urme peste tot mai ales în mintea mea și asta mă bucura nespus. Da, sunt fericită. Nu am mai avut nici un fel de contact cu el. Nu am mai auzit nimic și mai ales nu mă mai interesa dacă el va face public scrierile mele și că mă distruge în fața unei societăți care se va grăbi să mă judece și să dea sentința. Mă așez pe marginea scaunului unde stătuse el, pun mâna la frunte, simt o energie fantastică, dor de viață. Îmi vine în minte să-l caut. Da. Să-l caut. În acel precis moment sună cineva. Mă ridic, pășesc ferm spre ușă cu vorbe pregătite ca să mă scuz că nu mă simt bine și că vreau să stau singură acasă. Sigur Dan va înțelege.

Dar nu, nu era Dan, era el Paul, cu un braț de trandafiri roșii, agitat și cu diplomatul sub braț. Am vrut să-i spun câteva vorbe de bun venit, dar nu am reușit, nu le-am putut rosti. M-am apropiat de el, și-a eliberat o mână cu care m-a apucat de ceafă și m-a sărutat, un sărut intens, cărnos și prelung, trupul intrând imediat în vibrație, gata eram a lui. După ce am reușit să mă calmez, am realizat că el nu avea cum să-mi schimbe trecutul, poate că prezentul, cert este că eu nu pot nega sentimentele pe care le am pentru el. Este total diferit, în vervă, fericit, radiant și nerbdător să închid eu ușa de la intrare după el.

-Încui-o te rog, Bianca, îmi spune, în timp ce se acomodează. Se simțea bine, nu se mai oprește. Pune diplomatul pe masă. Gata îmi spun, acum îmi dă documentele. Frica, emoțiile și teama că le lasă și pleacă pentru totdeauna mă înspăimântă. Mă apropii de el și nu-l las să-l deschidă. Mâna îmi tremură. El este surprins. Mă privește curios. Începe să râdă, mă apucă de mijloc, mă sărută și mă învârte prin casă. Iar mă duce lângă diplomat. Mă așează lângă el, într-o mână le ține pe ale mele și cu cealaltă ridică încet capacul. Închid ochii, nu vreau să mai văd opera mea.

-Ouvre les yeux, ma chere! Deschide, diplomatul era gol nu mai avea jurnal meu intim compromițător, dar în mână avea o cutie din care străluceau niște diamante pe o brațară de o frumusețe rară.

-Oooo, mon Dieu, ce n'est pas possible! Mă agăț de gâtul lui și încep să sar de bucurie. Abia reușește să mă potolească. Mă îndrept cu nesaț spre gura lui, îl sărut așa cum nu cred că am mai sărutat un bărbat vreodată. Emoționată din cap și până în picioare. Pe măsură ce nu mă puteam dezlipi de el simt cum mă înmoi de emoție, mă las în brațele lui, intuise că o să cad. Mă prinde, mă așează pe divan. Mă mângâie. Eu vedeam mai mulți bărbați, încet, încet reușesc să-mi revin. El lângă mine îmi mângâia mâna și o săruta. Îmi vine să plâng. Sunt devastată emoțional. Nu știu ce să fac cu atâta bucurie și mulțumire, dar mai ales cu el.

Sună telefonul insistent. El se ridică și spre surprinderea mea îl aduce și mi-l pune în mână. Se așează din nou lângă mine. Eu răspund.

-Alooo. Alooo. Cineva sunase, abia se auzea o voce.

-Doamnă, doamna Bianca, veniți repede că domnul Dan e încuiat în camera lui și nu vrea să deschidă. Această informație m-a tulburat.

-Vin imediat. Îi explic lui Paul că trebuie să plec urgent și că mă voi întoarce repede. Îmi iau cheile de la mașină, poșeta, îl sărut în grabă și plec. Ajung într-un suflet, doamna care se ocupa de casă era singură, a deschis și a rămas în capul scărilor în timp ce eu alergam sus. Nu știu ce naiba căutam, ce să-i spun, că-i acord o nouă șansă, că pe talerul balanței acum e și Paul? Bat nervoasă.

-Deschide Dane. A deschis. E dezbrăcat pe jumătate, împrejur sticle goale de băuturi. E tras la față și abia mai stă în picioare.

-Tu ce cauți aici?

- Sunt foarte îngrijorată. Începe să râdă disprețuitor.

-Îngrijorată??? De ce? Ce-ți pasă ție de mine? Cine ești tu Biancaaa? Hîc! Ce credeai că nu o să aflu cine ești? Cade pe pat și adoarme.

Înseamnă că nu-mi este indiferent. Ce naiba vrea să știe, de ce? Nu mă întrebase nimic despre mine tot ce-i spusesem era atât cât trebuie să știe. Puțin.

Sunt în încurcătură. Sufăr pentru el, pentru că se legase de mine, mai exact amândoi aveam nevoie de noi, de ce simțeam, doar că nu era așa o situație clară, era doar un început de ceva, ceva neclar. Și cum Paul apăruse în viața mea așa ca o furtună, acum nu știu ce să fac cu Dan. Nu suspecta ce se întâmplă cu mine, i se pare anormal, ceva care depășește simpla presupunere provocată de o anumită situație vizibilă a comportamentului meu. Eram agitată, nu putea să dezlege misterul, când ne întâlneam pentru lucru plecam când voiam, eram neatentă și plecam când voiam eu. Ce-l supăra cel mai mult, râsul pe care nu mi-l puteam stăpâni când îmi aminteam de Paul care era foarte simpatic și glumeț. Credeam că am să reușesc să pot ține în echilibru o viață dublă, cu Paul în secret și cu Dan, pe cea cotidiană. Dar, simt cum balanța se înclină, trage forte spre Paul, talerul cu Dan se ridică.

După ce o să plece Paul o să mă arunc în gol, o să o rup cu unul dintre ei. Încă nu știu cu care, cu cel ce mi-a readus trecutul în prezent sau cu cel ce este dispus să-mi ofere o viață liniștită, de familie. Îl aud cum îmi spusese:

- *Nu te va iubi niciodată așa cum te iubesc eu, Bianca.*

Cade cu capul din nou în pernă. Atunci aș fi vrut să rămân acolo la el pentru o secundă ca să nu-i plâng absența când voi rămâne iar singură. Regret situația noastră, pare prea scurtă și prea tristă, sunt vinovată dacă voi distruge proiectul nostru de viitor plin de vise, și acum de iluzii pierdute. Nu cred că voi putea vărsa vreo lacrimă și nici nu o să mă cert dacă nu o să mă mai întorc la Dan, măcar mi-am lăsat trecutul la el. Acum încerc să am o nouă viață, o doresc luminoasă și în prezent nu concep altă fericire decât aceea de a fi strânsă din nou în brațele lui Paul.

* * *

Între timp venise tatăl lui cu un medic aflând că a descuiat. Mă salutase foarte rece și distant și medicul și tatăl lui. Nu fac caz. Îmi iau geanta și dau să plec. Dan rămâne cu ochii triști spre mine și cu o mână pe care abia o mai ținea ridicată în semn de salut. Cobor scările grăbită spre casă. Eram tristă din cauza lui Dan, dar pe măsură ce mă apropiam de casă eram din ce în ce mai departe de chipul distrus a lui Dan și mai nerăbdătoare să ajung din nou în brațele lui Paul...

Acasă cu Paul

Paul nu făcuse nici o destăinuire, *era*, atât, nu făceam planuri de viitor, probabil că nu avea să mai vină vreodată. Poate că o să mă părăsească pentru alta. Trec pe lângă o biserică, se aud clopotele, cred că începe liturghia. Trag mașina în parcare. Cobor hotărâtă să intru. Abia aștept să-l întreb pe Tatăl ceresc ce e cu mine și ce trebuie să fac, eu o femeie între doi bărbați. Deschid ușa larg. Un covor roșu era întins de la intrare până la altar. Pe ambele părți oameni în picioare. În fața altarului preotul, vorbea enoriașilor. Lumânările aprinse, corul și vocea preotului m-au pironit pe loc. Am făcut un pas. Ușa s-a închis în spatele meu. Am îngenuncheat acolo. Nu mai fusesm niciodată într-o biserică. Părea că sunt din piatră. O măicuță s-a apropiat de mine și m-a ajutat să mă ridic.

-Hai vino, asta e casa Domnului.

-Nu, nu pot măicuță, eu sunt păcătoasă, nu pot să intru.

-Dacă vrei poți să vii altă dată să vorbești cu sfinția sa, preotul. Nu o să știe nimeni ce vorbești cu el, dacă ai păcate o să facă slujbe de iertare. Nu uita să te întorci.

Aproape că mă trag din mâna măicuței și ies. Alerg la mașină. Încep să plâng. Oare de ce nu m-a lăsat să intru în casa lui? Plângând am înțeles că el mi-a trimis un mesaj. Voia să rezolv mai întâi problema cu bărbații din viața mea și apoi să vin la el și să-i spun ce am făcut. Mă liniștesc și mă duc acasă.

Sunt curioasă ce face. Poate că doarme, e obosit după drum. Chiar așa, oare de unde vine? Unde locuiește? O fi căsătorit? Cu ce se ocupă? Habar nu am cine e, dar asta nu mă înspăimântă, pare că m-am agățat cu amândouă mâinile de șansa miraculoasă pe care o primisem complet neașteptat, promițându-mi că voi merge până la capăt cu această poveste, chiar dacă prețul va fi scump.

Aflasem că Paul are 35 de ani, un trecut mai mult pe drumuri cu forța lui de seducție așa de mare că puține femei au rezistat farmecului și curajului de a le curta fără să le promită nimic.

Simt atracție, îndoială, dar mai ales îmi este frică. Pare că mă scufund într-un abis plin de miracol. Suntem amândoi cu gurile însetate, cu buzele la aceeași cupă cu pasiune, plutim câteva degete deasupra pământului. Cred că sunt pregătită chiar dacă se vor revărsa mări, să dărâme ce am construit, să mă întindă la picioarele lui, tot cred că noi doi o să le facem față împreună.

Trebuie să înțeleg dacă Paul nu cumva pentru că știe tot despre mine, o să mă trateze ca pe o femeie ușoară. Dacă o să înceapă să-mi vorbească urât? Sper să nu considere că a face dragoste înseamnă doar a face numai un singur lucru, sex, să nu-l ia în considerație doar ca pe un raport strict necesar. Eu cel puțin am acționat dezinvolt, ca într-un cuplu armonios, ca și când am fi fost doi îndrăgostiți care se cunosc foarte bine unul pe altul. Ei aici e problema.

Deci el, să zicem că mă cunoaște din *jurnalul meu intim* și că eu îl asemuiesc și chiar cred că seamănă foarte bine cu Bazil. O fi oare posibil să se construiască o relație de la distanță? Pot fi oare gesturile noastre pline de afecțiune o comunicare fulgerătoare sau chiar o pasiune extatică? Săruturile, îmbrățișările pasionale și mângâierile au fost reale, ca într-un cuplu real, parte dintr-un moment intim în care ne-am exprimat afecțiunea și adorația?

După cum scrisesem în jurnal, știu cel puțin să nu confund erotismul cu sexul. Erotismul se referă doar la aspectul emoțional, spiritual și fizic ale sexului. Îmi amitesc că întâlnirea noastră, dăruirea sexuală a fost jucată cinstit în doi și în egală măsură. Când fusesem la Paris citisem mult despre arta de a iubi. În fapt, acum cu Paul am mai descoperit ceva, că trebuie să fie o dorință reciprocă, să se desfășoare în deplină încredere ca să contribuie la fericirea noastră. Scrisesem și despre un cod al încrederii, ce trebuie să știe o femeie, cum să se folosească de siguranța pe care trebuie să o aibă, să caute să descifreze atracția fizică studiind arta și știința care se ocupă de corpul uman.

Am reușit în sfârșit, să trăiesc și intens erotic, să fiu romantică deși nu am schimbat limbajul meu în unul de damă care-și vinde plăcerile în piață. Numai în brațele lui mă simt așa cum vrea femeia din mine, o necunoscută care a căutat, nu a găsit, dar a scris de cum ar fi vrut să fie bărbatul care să o satisfacă, pe care să-l iubească.

Noi doi, dorințe clocotitoare, scenele noastre de dragoste reale ne surprind. Intru în dormitor. Doarme ca un copil mulțumit și fără griji. Câteva șuvițe îmbârligate îi stau pe față, pare că se ascunde după ele. Mă dezbrac și mă lungesc încet lângă el. Nu se mișcă. Stă la pândă. Îl îmbrățișez și pun capul pe pieptul lui. Gânduri rele îmi străbat mintea chiar acum, dacă va pleca să știu ce vrea de la mine, dacă-mi va cere doar să avem o relație secretă în Paris, dacă e căsătorit? Două lacrimi imense se scurg și ajung pe pieptul lui. Nu se mișcă. Pare că nu le simte. Apoi le adună cu două degete și le pune pe buzele lui și pe ale mele să simțim aroma, gustul. Mă îmbrățișează și ne punem într-o mișcare ce ne scoate din nefericire, ne iubim la maximă putere, hotărâți. Adulmecăm mirosul pielei, unul altuia și parfumul de flori de câmp revărsat peste noi. Mă așterne peste el ca o mantie a dorinței, se acoperă cu mine, gustăm din gustul blestemat al iubirii, ne mușcăm buzele, gemem, mirosim a vară cu toate aromele ei, o vară iubită, pentru că suntem. Mă las peste el, acum sunt eu cea care conduce jocul erotic al iubirii, mă ridic, îl privesc amenințător, apoi îl strâng la piept, îl simt, retrăiesc bucuria împlinirii îmbrățișării lui prezente. Suntem sclavii mișcării cu alt gust decât cel dintâi. Mă oprește din mișcările mele ritmice, voluptoase, nu îmi este milă de el, de gemetele lui, fac ce vreau cu el. Mă oprește, se uită la mine și mă ajută să cad la pieptul lui ca să mă adune din ce a mai rămas din mine. Văd ochii în umbrele înserării ce cad peste sânii mei, se măresc, îi prinde în mâinile făcute cupe pentru locul plăcerii.

-Da Bianca, iubește-mă încet, vindecă-mă mai întâi de dorință, apoi de vis. Sunt cuvinte împletite cu gemetele plăcerii.

-Ia-mă întreagă, vreau să fiu din nou a ta, du-mă cu tine în lumea ta de vise și dorințe, prin locuri pe unde nu am mai fost, ia-mă de aici. Suntem nesățioși. Pielea lui fină este ispititor de plăcută. Iar gemem, efectul atingerii care este foarte excitantă aproape că este imposibil de a suporta plăcerea care devine dureroasă sau la capătul umanului. Mă uit din nou la el, știu că e dușmanul meu, da, e travestit în amant, sau e chiar Bazil ascuns în corpul lui, a revenit ca să mă termine de iubit. Oare ce mai vrea de la mine, ce să-i dau în schimb ca să rămână? Vreau eu doar să-l pedepsesc? Să-i arăt cine sunt și asta doar pentru că nu mai am altă soluție? M-am aruncat disperată din nou în brațele lui ca să nu ajngem la tribunal, să nu renunț la dreptul de a avea jurnalul meu intim, renunțând astfel la dreptul posesiunii acestuia, pentru că este al meu, este de valoare, am dat în schimb corpul meu, propriul meu corp. Iar mă chinuiesc gândurile.

Dar el este cel mai bun bărbat din câți am cunoscut, a venit hotărât să-mi ia ce mi-a mai rămas, o demnitate, spălată recent, reciclată. Doar privirea aprinsă din ochii săi mă cheamă la realitate, nu mă mai pot gândi să nu stau în brațele lui. Este un bărbat viril și fermecător și eu nu o să refuz dreptul la fericire. Vreau ca inimile noastre să se zbată nebunește, să ne tulbure și să ne dorim mai mult. Dar dacă destinul l-a adus la ușa mea? Nu credeam că soarta o să-mi rezerve asemenea nebănuite surprize, cu care să mă provoace continuu, dar care m-a ajutat să devin o femeie inteligentă, puternică. Am fost nevoită să mă feresc de avansurile multor bărbați în procesul meu de purificare. Înainte îi alegeam pentru a-i cunoaște ca să înțeleg dacă nu cumva jumătatea mea e printre ei. Și acum sunt din nou într-o situație aproape incredibilă. Ca să mă edific mă lipesc de el, simt degetele care se plimbă pe spinarea mea unde sunt toți senzorii, atenți la fiecare atingere. Suntem dezbrăcați, suntem curajoși, îmi vine să-i strig numele, Paaaaul, fără să mă jenez așa doresc eu să dau glas dorințelor mele nesățioase de el. Dar întrebarea lui mă surprinde.

-Este adevărat că ai avut probleme la facultate, Bianca?

Sar ca arsă. Îmi amintesc că era scris chiar de mine cu lux de amănunte în însemnările mele.

-Da, așa e.

-Chiar așa, ai avut o relație cu profesoara ta, cu îndrumătoarea de proiect? Ai obținut notă mare la examen și mai ales bursă?

-Sigur că da, trebuia să o fac, nu mă lăsa în pace, mă ataca pe unde mă vedea. M-a invitat la ea acasă.

-Da' tu ești les...., o mai făcusei și cu alte fete?

-Nu, nici vorbă, habar nu aveam cum poate fi o relație între două femei.

-Și cum a fost? Așa cum ai scris tu? Chiar așa?

-Da. Am fost la ea acasă, am intrat cu oarecare curiozitate, nu știam cum va fi. Era pregătită. Avea șampanie, fursecuri și mai ales pregătise decorul. Locuia într-o vilă elegantă. Interiorul foarte cu gust și bine aranjat. M-a invitat să iau loc, am servit șampanie, am discutat despre școală, despre mine, voia să știe dacă eram virgină. Când a aflat că nu, părea dezamăgită. Mă pusese să-i povestesc cum a fost când am făcut-o pentru prima oară cu Pascal. Părea scârbită sau că ar fi vrut să-mi explice cum că nu a fost o ocazie care să merite amintită. Se ridică, se duce pe un culoar lung, după puțin timp se întoarce cu un capot din mătase scurt. Mă invită să îmi scot taiorul. Mă ridic și-l las să cadă. Ea mă așteaptă rezemată de perete lângă ușa de la dormitor. Mă îndrept spre ea emoționată, neștiind ce va urma. Când am ajuns în dreptul ei m-a oprit, eram față-n față, mi-a descheiat bluza. A tras de cordonul capotului fin din mătase verde, eram amândouă aproape, mă prinde de ceafă și se apropie cu buzele-i frumoase spre gura mea. Eram blocată, nu aveam cum să mă mișc, mă ținea strâns. În timp ce mă săruta îi simțeam mișcările încete excitante cu sânii pe care-i mișca încet pe ai mei. Și așa am simțit cum centrii mei nervoși ai creierului care sunt conectați direct la zona sensibilă, se excitau, și ea mă stimula. Mă prind de ea. Se oprește și ne ducem în dormitor. Ne dezbrăcăm imediat, ne mângâiem. Intrasem în sfera dorinței de nou. Am început jocul stimulării mameloanelor, simțeam cum crește dorința de a merge mai departe. Oxitacina creștea o dată cu jocul nostru, ne sărutam și ne stimulam sân pe sân, buton pe buton. Apoi le sărutam pe rând ca să fie stimulate fără să fie lubrefiate și întărite, ele se transformau din prieteni în dușmani, provocau o sensibilitate negativă. Acum jocul începe serios, mâinile noastre nu se sfiau să umble și să caute locul cel mai vulnerabil, buricele degetelor se mișcau ușor, circular, așa ca și pe sâni, știind că sfârcurile aduc orgasmul, ne-am avântat cu toată forța ca să ne simțim bine. Ne-am jucat incredibil de obraznic și am ajuns la orgasm, amândouă, odată. Am început cu orgasmul excitației sânilor și am terminat ca într-un adevărat act sexual cu un bărbat. Este incredibil. A fost prima mea experiență.

Paul nu spune nimic. Pare că se jenează că a întrebat deși știa mai amănunțit din manuscis, sau poate că se gândea, cum două femei pot face să se simtă bine.

-Pentru că nu am mai răspuns invitațiilor ei, am ajuns la comisia de etică a universității, punându-ne în pericol carierele noastre pe altarul dragostei. Pare incredibil. Pare imposibil să plătești atât de scump. Poate că un bărbat nu ar fi făcut-o. Am fost întrebată dacă a fost o relație consensuală sau doar un joc al curiozității. Rectorul a vrut să fiu audiată de el separat. Apoi a făcut în așa fel încât să nu avem de suferit să ratăm carierele noastre. Tinerețea este ca o școală înaltă Paul, e cea dintâi facultate unde învățăm cum să facem să adunăm bunuri pe care oricum le vom lăsa în urmă pe toate.

Simt îmbrățișarea lui caldă, mă ține la pieptul lui ca pe o femeie dragă lui. Mă bate gândul să-l întreb cine e?

-Tu cum de ai ajuns la ușa mea, Paul? Chiar voiai să-ți dau o mare sumă de bani în locul jurnalului intim compromițător? Apropous, unde e? Credeam că o să mi-l dai înainte să pleci.

-Cum unde e? Ți l-am lăsat pe masa, lângă ceașca de cafea pregătită pentru tine, Bianca. Ne ridicăm amândoi din pat de parcă mergeam la raport. Simt cum se ridică tensiunea. El cauta pantalonii eu halatul, plecăm înfuriați în bucătătie. Se apropie de colțul din dreapta și furios urlă la mine.

-Uite aici Bianca, aici ți l-am lăsat. Pe locul ăsta și cafeaua era alături. Cine mai are cheiele casei tale Bianca? E posibil să-l fi luat cineva? Se plimbă agitat prin casă.

-Da, femeia care face curat.

-Și mai cine, Bianca?

-Dan, da are și el cheia de aici de când eram plecată la Bruxelles și el, venea pe aici.

-Dan? Cine naiba mai e și ăsta? Ești cuplată cu el, aveți o relație? De ce nu mi-ai spus, Bianca, nu mă mai băgam în viața ta.

-Aaaa, nu, ce făceai luai banii și plecai? Până la urmă, cine ești? Ce cauți în viața mea? Ai intrat ca o furtună. Nu știu cine ești, ce vrei, dacă ai o familie, copii?

-Lasă-mă pe mine. Crezi că bărbatul ăsta, Dan ar fi putut să intre și să-l fi luat? Tu când te-ai trezit? Eu am plecat la 6 dimineață la aeroport.

-Eu m-am sculat pe la 10 și ceva, eram obosită. Am venit în bucătărie am băut cafeaua după ce am citit biletul de la tine. Stai puțin. Ieri când am plecat val-vârtej am fost la el. Mă chemase camerista spunându-mi că se încuiase în camera lui și nu voia să deschidă nimănui. L-am găsit beat mort, dar nu am văzut jurnalul intim, e drept că nu am făcut caz, nu puteam să-mi imaginez că el l-a luat și că l-a citit, și că s-a îmbătat. Sigur nu se aștepta ca eu să fi avut așa o viață dezmățată, compromițătoare la Paris.

-Și acum ce faci? Vorbește cu el să ți-l restituie, ce crezi că ar putea face cu el?

-Nu știu, nu mai înțeleg nimic Paul, nimic, înțelegi? O să merg mâine să-l iau, nu cred că nu o să vrea să mi-l dea.

Suntem îmbrățișați, sunt cu capul pe pieptul lui, ridic privirea spre el, simt nevoia să-i spun că eu l-am adus din alte lumi în care l-am creat.

- Poate că tu ai venit așa din întâmplare, Paul. Ajunsese ca privirile noastre să se întâlnească, și am înțeles că eu te-am iubit când nu știam de tine, și te-am găsit acum, când credeam că speranța a murit. Eu am iubit bărbatul din mintea mea noaptea, și ziua trădam, vindeam dragoste cu lacrimi ce curgeau, ca o femeie nebună, sperând că într-o zi te voi găsi. Eu te iubeam de când era prea devreme, de când am început să scriu, și erai cu mine, pășeam în lumi străine, habar nu aveam că viața are atâtea stratageme. Și nici că ieri, putea fi un astăzi sau un mâine. Cu litere am construit cuvinte, le-am adunat și am luat act de vinovăția de a dori, de a visa de a vrea să am ceva imposibil. Și iată că acum stau cu imposibilul în față, ai venit în casa mea. Spune și tu Paul dacă ăsta nu e un dar de la Dumnezeu? Mă privește cu drag. Pare că suntem mulțumiți că nu mai avem jurnalul intim compromițător așa cum spusese el când a venit prima oară și pentru care ar fi vrut mulți bani.

-Îmi vine să râd Bianca, ce idiot sunt. Cum de mi-a venit așa o idee? Poate că citindu-l am început să te iubesc, pe tine, femeia necunoscută, femeia care era în mine, ascunsă pe undeva și aștepta momentul potrivit ca să mă cheme, să mă întind la picioarele ei și să-i dau dragoste, multă dragoste. Și știi de ce, Bianca? Pentru că nici eu nu am știut ce-i dragostea până când nu am luat cea mai minunată lecție de viață de la tine. Am citit ce ai scris tu acolo în timp ce eram singur, mă închideam în birou și citeam, și reciteam și credeam că te cunosc. Ca să scap de tine l-am pus într-o mapă cu fermoar și l-am ascuns.

Ei, din acel moment eram și mai atras de el. Părea că mă strigă. Conturul tău s-a-nfiripat în mine, erau doar niște umbre din care eu trebuia să te caut să te găsesc, să te fac iubita mea, să încep călătoria mea ca să te descopăr. A fost simplu, am pus numele tău pe computer și gata, am avut toate informațiile.

-Paul, spune-mi despre tine, despre viața ta. Cum de nu știa Bazil nimic despre tine? Unde erai?

-Povestea mea începe de când mă știu, de mic, cu o mamă frumoasă și un tată care mă ridica în brațe și mă așeza pe scaunul dintre ei în avion, sau în mașină, sau în taxiurile cu care se deplasau foarte des. Asta era viața lor, o călătorie fie prin locuri fascinante, fie prin locuri liniștite unde părea că vor să se descopere să înțeleagă cine sunt, de ce sunt împreună și eu ce caut cu ei. De multe ori credeam că nu au nevoie de mine, că prezența mea îi incomoda teribil, că eu aș fi venit pe lume fără ca ei să mă vrea. Și așa am stat departe de ei sufletește. Tata era mereu în conflict cu unchiul Bazil, nu au mai vorbit ani de zile și când am crescut și am întrebat cine e Bazil a spus că nu mai e, că a murit și că fusese fratele lui. Niște proprietăți care i-au despărțit pentru totdeauna. Doi frați care nu au știu că altele sunt valorile umane. Cu minți și suflete înnegurate de dorința de a avea.

După ce am terminat facultatea veneam acasă în vacanță, mama era din ce în ce mai nesatisfăcută de cum era viața ei. Știi ceva, Bianca? Eu nici nu cred că ea știa cum ar fi vrut să fie. Trăia de la o zi la alta, nu se manifesta în nici un fel. Nu avea nici un fel de pasiuni nici atracție spre artă. Ce putea să facă cel mai bine era faptul că oriunde era, cel mai bine știa cum susțină conversație. Dragă, avea un talent extraordinar. Știi foarte bine că orice adunare într-un cerc sau în jurul unei mese este plictisitoare. Da' tu știi care este remediul, Bianca?

-Da, conversația Paul. Doar că nu se poate pătrunde dintr-o dată într-o conversație. Trebuie să se aștepte ocazia ca să poată să-și desfășoare pe deplin puterea de seducție, cred.

-Draga mea, mama avea toate cunoștințele aplicării, *la carte du tandresse*. Avea tact, era discretă, știa să atragă atenția, însuflețea prezenții cu plăcutele ei conversații care erau mereu la locul lor și mai ales interesante. Nu știu cum făcea, dar nu era posibil să nu o asculți, era foarte sigură de ea, cuvintele ei o mulțumeau mai întâi pe ea și apoi audiența. Majoritatea erau tăcuți, de frică să nu greșească sau să o întrerupă. Foloseau anumite cuvinte cum ar fi, aveți dreptate, frumoasă doamnă, sau, corect.

-Arta conversației nu se învață ca niște formule chimice, trebuie să înveți întradevăr, se învață ca o limbă străină, Paul.

-Când erau petreceri la noi acasă, mama știa să-și grupeze musafirii, Bianca.

-Cum adică să-i grupeze?

-Uite așa bine. Îi grupa după criteriile ei. Ea înainte să facă invitațiile făcea o listă cu cei pe care voia să-i invite. Apoi se orienta după profesii, după hobby-uri. Știa că dacă sunt doctori vor aborda subiecte de interes profesional, dacă erau profesori vorbeau de meseria lor. Nu invita niciodată o familie de ingineri sau oameni de afaceri ca să nu se simtă izolați. Nu sunt interesați să asculte subiecte medicale și nici cancanurile din spital sau jocurile de cărți.

-Și cum făcea cu ceilalți?

-Ei vezi Bianca, aici intervenea ea, mama mea, când avea invitați cu profesii diferite. Ea reușea dragă, să-i antreneze în discuții agreabile, accesibile tuturor, era așa cum să-ți spun, ca o regizoare. Punea în discuție lucruri noi de interes general. Era informată. E drept că se mai făceau și gafe. Dacă era invitat un medic atunci marea majoritate îl înnebuneau cu întrebări referitoare la starea sănătății lor. Dar ea, știa să-i tempereze și să-i determine să-l lase în pace pe bietul om să se mai și înfrupte din bunătățile de pe masă. Îmi amintesc că eram acasă la ei și că au dat o petrecere cu ocazia venirii mele.

Atunci am cunoscut-o pe cea care a devenit soția mea, Carmen. Era și ea aproape de terminarea studiilor. Fusese invitată toată familia ca să ne cunoaștem, se vedea intenția mamei de a aranja această vizită.

Subțire, înaltă, blondă cu ochii verzi cu pielea albă și fină. Ce mai, părea dintr-o poveste. Sigur că am început să-i fac curte spre bucuria familiilor noastre. Chiar mă grăbeam ca nu cumva să-i facă curte fratele meu mai mare cu patru ani care era un expert în a cuceri femeile. Făcea parte dintr-o familie bună, tatăl ei era avocat și mama ei scria poezii, avea câteva volume publicate. Nu erau de mare succes și de multe ori explica ce greu e să scrii și ce neplăcut e să vezi că sunt puțini cei ce apreciază versul. *Nu mai e dragă, lumea romantică așa cum era pe vreamea noastră,* așa încheia discursul ei ca apoi să schimbe subiectul la cine știe ce articol de scandal. Fratele meu era un fel de bancher, era al naibii de șiret niciodată nu oferea un plasament pentru bani, unul bun, numai pentru că te cunoscuse la noi în casă.

Mătușa ei era o bolnavă eternă. Deși era rotofeie și roșie în obraji se plângea de toate bolile. Se aștepta să aibă și un diagnostic acolo pe loc. Era absurdă și obsedată. Mai rămânea ca la insistențele ei doctorul să-i spună, *dacă doriți să vă consult, vă rog să vă dezbrăcați.* Ea ar fi renunțat, sigur că totul era pus pe seama unei glume...

Despre Carmen, fosta soție a lui Paul

Carmen era ciudată, fragilă și speriată de viață, de tot ce se putea întâmpla cu ea. După mult timp îmi povestise cum că mama ei, ca să o determine să nu se expună pericolelor vieții care o pândesc la tot pasul, îi spunea tot felul de povești cu fete care erau seduse și abandonate, oribile. Orice atingere a unui bărbat era aproape imposibilă. Până într-o zi când am prins-o de mână și am tras-o în brațele mele. I-am aplicat un sărut direct pe gură, de nu mai știa ce-i cu ea. De atunci nu am mai avut probleme. Cu altă ocazie, când am fost noi într-o vizită la ei, părea că ceva o împiedică să se lase în voia afecțiunii. Știam că maică-sa era cu ochii pe noi și că nu ne puteam simți bine acasă, acolo și nici nu știam dacă ea ar fi fost de acord ca eu să mă însor cu fata ei, fără să știe exact ce intenții am, cu ce mă ocup și mai ales dacă eu sunt capabil să-i întrețin fata. Ar fi vrut ca ea să nu muncească. Era teribilă. O femeie nu trebuie să lucreze, trebuie să fie întreținută de bărbatul ei, ne spunea. Carmen nu se simțea în largul ei din acest punct de vedere. Nu era foarte sigură de mine, de afecțiunile mele față de fiică-sa.

Era departe de a avea încredere în afecțiunea mea pentru Carmen. Ba mai mult, cu cât stăteam mai mult împreună cu atât și eu mai nesigur de sentimentele mele, unori chiar ciudate. Carmen credea că e vorba doar de o prietenie din partea mea, deși o mozoleam pe unde o găseam singură. Nu știu cum am făcut că sentimentele ei nu erau nici pe departe o apropiere, părea frigidă, rece, asta remarcasem, eram sigur. Mai rămânea să-mi spună că mă comportam ca un bădăran, că o inoportunez. Fiind sigur că mama ei era cea care o deruta, profit de primul prilej să-mi înfrunt viitoarea soacră. Căci despre asta vorbesc. Era planificat de familii și de noi să ne căsătorim. Așa că profit de momentul în care sunt față-n față numai cu viitoarea soacră și o înfrunt, îi vorbesc clar și deschis despre ce perspective vom avea ca familiști.

Pe de altă parte, mama îmi spunea că ea vede clar cum că ea, e inocența întruchipată, dar mai spunea, Carmen este o femeie tânără care încearcă să te ademenească. Sigur că nu o credeam. Parcă o aud:

-Ascultă-mă pe mine, Paul. O să vezi că am dreptate, mironosițele astea nu prea sunt de încredere. Dar eu îi dau un răspuns disprețuitor și plec din fața ei, hotărât, indiferent de greutățile ce va trebui să le depășesc, să duc misiunea până la capăt. Abia așteptam să plecăm ca să nu mai fim supuși unor asemenea insinuări...

-Paul, mă cheamă Carmen cu un glas dulce ca mierea. Își dă ochii peste cap și-mi spune că ar vrea să iasă la aer.

Când ne întoarcem găsim o scrisoare pe masa din hol. Era pentru ea. De la un bărbat. A luat-o și a dispărut. Am respectat dorința ei. Când a revenit avea ochii roșii semn că plânsese. Nu o întreb nimic așateptam să-mi spună ea ceva. Și mi-a spus.

- Oh Paul, sunt așa de obosită, ne vedem mâine. Eu o salut și plec fără să fac caz de scrisoare și mai ales că mă expediase așa de repede.

Aveam să aflu mult prea târziu de la cine era, chiar de la acel domn care se bucurase de ea în primul an de facultate. Era scrisă într-un adevărat spirit al unui ajutor prietenesc. El a înțeles atunci că ea avea nevoie de o deschidere atunci spre viață, o asigurase că dacă situația îi este pe plac avea să se ocupe de ea și o lăsa să judece singură situația. Scrisoarea era scrisă într-un stil prietenesc încât ea aproape că nu ar fi putut să-l refuze în cazul în care nu s-ar fi încurcat cu mine. Comportamentul lui rece o făcuse să sufere atunci, era insensibil și reușise să-i transmită și ei aceiași atitudine. A avut nevoie de timp ca să înțeleagă ce-i spuse atunci când o invită acasă sub pretextul unor manuale necesare studiului în chirurgie.

Se duse într-o seară de toamnă când frunzele îi cădeau la picioare. Păreau vorbe care ar fi vrut să o împiedice să pună piciorul în casa profesorului, neînsurat, de 42 de ani, cu ochii ca de sticlă, lucioși. Luase această hotărâre cu câteva ore în urmă, când din întâmplare auzise două colege care-și povesteau cum au făcut ele dragoste pentru prima oară și ce bine fusese, cu niște colegi.

Trezise curiozitatea în ea. Neavând nici un coleg care să se ofere, acceptă invitația hârciogului de birou. Nu se vedea pe niciunde decât în facultate, bibliotecă și câteodată în parc.

- Poate că ieșea la agățat femei ca mine, Paul. Eram atât de inocentă, de neștiutoare dar mai ales dornică să gust și eu din emoțiile dăruirii unui bărbat. Mă gândeam că e medic, profesor și că știe cum să servească o domnișoară la primul ei contact cu un bărbat. Nu consideram deloc o nenorocire, era ceva ce doream. Credeam că e o binecuvântare că e cineva care să o facă cu mine decât să aștept în nefericirea timpului. Speram să fie mai puțin dureros decât aș fi putut suferi, atâta timp cât vizitam acel loc neprimitor unde un asemenea bărbat ofilit devenise stăpânul meu, o dată cu acceptarea propunerii lui, și el care s-a grăbit să-mi arate cine e. Sigur că nu puteam cunoaște lumea în viteza cu care se scurgeau zilele între facultate, familie și el. Putusem doar să aproximez dar nu aveam detalii relevante. Experiența mea ajună la limită, ce se întâmpla între mine și el dovedea riscul extrem într-un interval de trei ani de studiu când refuz să mai fiu obiectul lui de folosință.

Trecusem semnul voluptos al primejdiei prin care am cunoscut lumea, cu puțin noroc te-am cunoscut pe tine, Paul. Îmi doream să ne iubim pe un pat făcut din frunze care să foșnească sub noi. Să ne lepădăm de ele la plecare și ne îmbrăcăm în hainele noastre de tineri. Ale mele colorate cu minciuni, jucând rolul fecioarei, și tu care să mă faci să cred că ești la prima experiență, uitând câți ani avem. Așa că am făcut un pact cu noi, am lăsat să se aștearnă timpul între noi ca să creștem ca apoi să o luăm de la capăt ca doi neștiutori de trecuturile noastre, de ce ne umbrește mințile și sufletele.

Mă uitam la ea cu câtă modestie reușește să îmbine momentele trecute reale cu cele prezente și cât sunt de relevante în puterea ei de a porni de la simplicitate la măreț.

-Când eram mica, mă simțeam urâtă goală pe dinăuntru dar mai ales tristă. Dar copilul de ieri nu mai e, ăsta a fost meritul lui că m-a eliberat de copilăria mea tristă, și că acum sunt responsabilă, depinde numai de mine ca să nu mă mai simt goală, nesigură, speriată, dar mai ales urâtă, decolorată și firavă. Până la urmă mă gândeam că niciodată nu e târziu pentru o viață fericită.

Mi-am propus să mă lupt pentru evadarea dintr-o lume în care mă simțeam singură, am ajuns să învăț, asta m-a făcut să cunosc universul uman, să am curaj să visez, să-mi lărgesc orizontul și să mă apropii de ceea ce astăzi sunt eu. După câțiva ani am învățat să fiu o femeie care are grijă de ea, să mă trezesc din visare. Așa că am înțeles că și lucrurile rele au ceva bun.

-Și acum vin și-ți spun că-mi este imposibil fără tine, Paul.

Am simțit cum se rupe ceva în interior, ceva ca un perete care se prăbușește sub greutatea unei poveri a neștiinței și necunoașterii în momentul în care am văzut intrarea ei monumentală în sufletul meu ce fusese ferecat ca o ușă uriașă de mulți metri înălțime. Din fericire fusese larg deschisă și din adâncul ei se auzeau cuvinte așezate pe sunetul unei melodii desprinsă din ea. Se apropiase cu sfială și teamă, zâmbetul ei încrustat într-un fel greu de imaginat, meșteșugit cu delicatețe amestecată cu tristețe și speranță care păreau că se schimbă după niște reguli greu de intuit.

Întreaga ființă emana misterul unor timpuri trecute care legaseră doar pietre greu de dus, ca păcatele lumii, mistere ce nu pot fi înțelese de la distanță de ea. Atunci am atins cu vârful degetelor suprafața fină, mătăsoasă a feței din care fusese realizată și am distins ecoul tulburător al ființei ei care fusese luată pentru a face loc unei diafane revărsări de priviri cu o lumină care pare că venea dinspre candelabrele stelelor agățate în înaltul cerului unde zeci de stele ardeau nemișcate în lumină. Și liniștea timpului care venea domol din infinit la nesfârșit. Am vrut să-i spun câteva cuvinte, dar prezența ei copleșitoare sentimentului meu fricos mă opri, rămân privind altarul descoperit unde mi se părea că văd scris destinul nostru cu multe culori de curcubeu ce păreau reflectate prin vitralii spre orizontul nesfârșit al nemărginirii. Nu mai era nimeni, eram doar noi și muzica venită de undeva de sus, unde pare că e cineva care atingea niște trepte ale vieții care erau cu tonalități muzicale, pare un instrument ceresc, imens străvechi ascuns celor ce nu iartă.

Și atunci ne-am lămurit mai bine decât cu alte ocazii cât de deșarte sunt ambițiile noastre în încercarea de a judeca și domina pe cei de lângă noi, și cât de aprigi suntem să-i judecăm, dorință de a ignora chiar și pe Creatorul tuturor lucrurilor.

Așa am zărit cum toate ambițiile mele ridicate prin suferință se prăbușeau pe rând, înecându-mi privirea în ceață, pentru ca apoi să rămân în fața ei, pământean care trebuie să rămână în picioare pentru a o avea, așa ca o catedrală a timpului prezent. În fața ei se plecau cu bunăvoință viitorul și trecutul ce treceau pe dinainte, și un vânt care a spulberat tot ce era efemer din calea ei.

Am simțit gândurile care ne eliberau de toate grijile și temerile posibile pentru a ne abandona ulterior pe deplin încrederii ce ne îmbrăca în haina timpului și spațiului în care ne aflam. Am privit-o pe ea, vedeam clar cu bucurie cum se profila tot mai lămurit în fața noastră prezența continuă a Marelui Creator, care stătuse ascuns de noi cei care niciodată nu l-am dorit și nici măcar nu l-am cunoscut.

Povestește frumos, și eu cred...

Nine

Capitolul 9

Să ai curaj să ții un jurnal,
să-ți pui sufletul și
mintea în cuvinte,
Doamne ce nebunie.

Jurnalul intim

Suntem în dormitor, e seară. Stau sprijinită pe pieptul lui Paul. Începe să-mi povestească ceva despre el. Nu pot să nu cred tot ce spune.

Eram amândoi, de mână. Carmen îmi mărturisește că ea ar fi vrut să facă Psihologia, pe ea o facscina universul amalgamat al minții umane. Dar taică-său era medic, din famlilie de medici de când se știu a convins-o că e mai bine să aleagă medicina, după el asigura carieră interesantă ca să lucreze în spital.

-Cum te simți printre ei, Carmen? Acum când ai propriile-ți păreri?

-Ca să fiu sinceră, odată ce rostești jurământul lui Hipocrate nu te lasă sufletul, mândria și dorința să faci tot ce-ți stă în putință să ajuți oamenii, cei pe care nici măcar nu-i cunoști, dar le citești în ochi dorința de a trăi. Dorințe care sigur sunt pentru a reuși să mai poată realiza vreo dorință. Și eu, neputincioasă ca un sfânt, dar mișcată de poziția mea responsabilă din acel moment sunt ca un zeu care trebuie să hotărască soarta acestora. La fiecare victorie te simți mai mare, mai puternic, simți că ai crescut. La fiecare pierdere te simți vinovat, suferi, e o suferință pe care nu o vede nimeni, pentru că noi nu putem să ne arătăm adevărata fața suferindă în fața celor ce speră neîncetat să facem minuni. Dar suntem și noi oameni, avem niște limite, de cele mai multe ori sunt ei, că nu mai pot duce povara bolilor, ei și corpurile lor care cedează.

E tristă. Tace. Ca să transfer din durerea ei sufletească îi povestesc despre cum am hotărât eu să mă formez profesional.

-Eu am hotărât să mă fac diplomat, Carmen. Nu ți se pare interesant? Mă privește zâmbind.

-Ba da, ești unul care știe cum să facă bani călătorind, cunoscând oameni interesanți, diverse culturi, bravo Paul. Poți să-mi spui cum va fi viața noastră? Tu într-o parte și eu în alta?

-O să vii cu mine aici, la Londra dacă voi reuși să am un post fix de diplomat.

-Da, chiar așa, ce căutăm noi doi aici de mână, de ce te-ai oprit în fața Muzeului Victoria și Albert?

-Draga mea, acest muzeu găzduiește cea mai mare colecție de arte din lume.

-Și Parisul are muzee, de ce aici? Nu înțeleg, Paul? De ce Tamisa și nu Sena? De ce Muzeul Victoria și nu Louvre?

-Pui atâtea întrebări. Uite și răspunsul. O iau în brațe și îi mărturisesc că am deja post de diplomat în Londra, că vom locui singuri și că vom fi fericiți. La ideea de a fi singuri se bucură și ea.

-Și o să facem ce vrem? Fără ai mei și ai tăi printre noi cu sfaturi și obseravții?

-Da, chiar așa, draga mea. O să avem timp, singuri de capul nostru.

-Și cu serviciul cum o să fie? Eu am un post fix în spital, crezi că o să găsesc și aici unul? Mă privește ștrengărește, știe că va avea unul și aici, dar vrea confirmarea mea. Mă trage spre intrarea în muzeu, intrăm. Suntem uimiți de câte sculpturi găzduiește acest muzeu, sculpturi europene, apoi ceramică, mobilier, obiecte din metal minunate, materiale textile din perioada medievală și până în zilele noastre. Lucrările din perioada renașterii italiene și sculpturile baroce sunt unele dintre cele mai bune din afara Italiei. Printre punctele de atracție principale se numără schițe ale faimoaselor picturi Madona cu Pruncul de Leonardo da Vinci, Înmormântarea, de Michelangelo, Venus și Maria, a lui Sandro Botticelli, Floarea–Soarelui de Vincent van Gogh și Iazul cu Nuferi, de Monet.

Suntem afară după cinci ore de stat în muzeu. Suntem fascinați și bucuroși de cât am putut să ne oferim sufletelor, ochiului și minții. Pare că dragostea noastră prindea formă, că fusesem îndrăgostiți pe ascuns, sau că nu puteam să ne exteriorizăm în fața părinților și cunoștințelor noastre acasă. Acum avem o frumoasă relație, pare diversă. Negarea prezenței familiilor ne dă o stare de binecuvântată libertate și liniște, suntem singuri. M-am întors, și din acel moment voiam să fiu numai cu ea, femeia de sticlă, rece, transparentă fizic și imposibil de intrat înăuntrul minții ei. Se ferește de mine de sentimente, nimic nu o mișcă. Dar eu nu eram nepoliticos, ba chiar mai mult, eram hotărât să reușesc să o cunosc cu adevărat pe femeia pe care o țin de mână strâns de parcă ar fi vrut să se arunce undeva unde să nu o mai găsesc, tocmai eu care o vreau cu adevărat. Pare că ea ar fi ars de mult flacăra unei iubiri secrete din adolescență, și că relația noastră o să se sfârșească în curând. Dintr-o data, Carmen care se lăsase iubită de profesorul ei, a simțit nevoia să mi se destăinuiască, să reia povestea cu el, bărbatul din umbră al vieții ei, despre care nu a mai vorbit cu nimeni, simțea nevoia să-mi spună mie ca să se elibereze de el care o obseda, venea spre ea ca o nălucă.

-De multe ori îl visez, îmi amintește despre oribila seară în care am intrat ca o sfântă inocentă în casa lui, având încredere și am ieșit ca o femeie de stradă, umilită și lipsită de darul fecioriei într-un mod oribil, Paul.

-Nu te-am întrebat de ce Carmen, nu voiam să te rănesc sau să-ți amintesc. Vezi tu, în viață facem multe greșeli. Doar că din acestea rămânem cu o lecție. E drept că e nu e modul cel mai plăcut să tot învățăm, toată viața.

-Îl visez uneori. Totul îmi reapare în fața ochilor ca atunci. Era o cameră mare cu divane și fotolii peste care erau cearceafuri albe, imaculate. Era un decor rece, pregătit special pentru a mă primi. Mă cheamă la el.

-Hai, domnișoară, nu-ți fie teamă, acum, aici vei trece în altă categorie, de la fecioare la doamne. Vocea lui era invitantă, calmă dar impunătoare. Nu puteam să nu mă supun acțiunilor lui. Se apropie, mă ia de mână și mă invită pe patul învelit și el în alb, părea locul unui sacrificiu pentru un zeu, nu unul pentru a face dragoste. Se așează în fața mea și se dezbracă, rămâne gol. Îmi spune să o fac și eu.

-Hai, ce mai aștepți? Știi de ce ai venit aici?

-Da. Îi răspund cu un fir de glas. Încep să mă dezbrac, privirea lui nu e impresionată pe măsură ce-mi dezgolesc trupul. Se uită, atât. Când am scos ultima piesă ce-mi acoperea partea intimă, simt că iau foc, aștept nerăbdătoare să facă ce trebuia să facă, să scap de obsesie, eram gata.

-Întinde-te pe pat. Mă întind. Îl aud foindu-se prin cameră. Îndoaie picioarele și vino spre marginea patului. Mă conformez. Desfă-le, îmi poruncește. Mai mult, și mai mult. Așa, acum nu te mișca, ai înțeles? Să nu te miști. Închid ochii. Simt degetele lui înmănușate, își fac loc, țin depărtate părțile care protejează ținta lui. Simt că se excită, respiră sacadat.

-Așaaa, bine, bine domnișoară. În acel precis moment simt o durere incredibilă, ca o tăietură și culmea simt și cum aruncă un bisturiu în tăvița cu scule chirurgicale. Simt că se prelinge o dâră de sânge cald pe locul unde cred că tăiase ca să poată să intre fără efort, animalic. Ceea ce și face, mă posedează într-un fel animalic, dur și dureros. Îi simt doar brațele păroase care mă tot trăgeau de pulpe ca să poată el să-și facă treaba mai comod. Deschid ochii să-l văd pe cel căruia îi dăruisem fecioria și care nu a prețuit. E ca un animal, cu părul răvășit, ochii ieșiți din orbite, năpustit peste mine și organul lui imens care nu se mai oprea. Durerea se mărea pe măsură ce el se bucura de trupul meu tânăr și firav, părea că nu se mai termină, dar, în sfârșit scoate un urlet și se lasă peste mine gâfâind ca un porc. Da, era un porc. Un profitor de ființe inocente. Luasem o lecție dură de la viață.

-Gata, acum ești doamnă. Ce faci nu-mi mulțumești? Aștepta mulțumiri?

Fusesem victima unui bărbat amoral. Încep să mă îmbrac, lângă pat pe o măsuță văd tava cu bisturiul. Nu greșisem, operase pe viu animalul. Aveam atâta ură, eram atât de dezamăgită că-mi venea să i-l pun la gât. Dar namila parcă intuise, o ia și dispare cu ea. O duce la dezinfectat cine știe câte amărâte ca mine vor mai gusta din durerea neîmplinirii.

Plângea, era cu capul pe pieptul meu. Ne-am căsătorit. Nu am fost fericiți. Nici o apropiere sau efort din partea mea nu au dat rezultate. Nu voia să facă dragoste cu mine și când ceda, era distrată, nu o interesa. Așa am pierdut afectul și mai ales obosisem să mă tot lupt în pat cu o femeie care era interesată numai pentru profesie și studiu. În fapt, nu puteam spune că e o căsătorie adevărată, era o relație cu o femeie bună pe care o îndrăgisem ca pe o prietenă, și credeam că așa trebuie să fie. Carmen era serioasă, își păstrase doar un singur aspect din vechea ei personalitate, dorința de cunoaștere. Toți cei care ne cunoșteau erau plăcut impresionați de noi, de familia pe care abia o pusesem pe picioare. Doar eu și cu ea nu simțeam nimic. După câțiva ani, când misiunea mea a fost îndeplinită la termenul propus, m-am trezit. Am început să am sentimente de nemulțumire care rupându-se, au reușit să mă scoată din cutia protectoare, din adormirea mea emoțională din ultimii ani. Părea un reflector care mă căuta prin ceață, mă întrebam dacă mai are un sens conviețuirea. Am avut curajul să mă caut și să vorbesc cu mine și despre mine dar mai ales dacă ce am făcut, am făcut bine. Și atunci am reușit să plâng. Am plâns pentru Carmen și iubirea neînfiripată și pierdută. Am retrăit cu înârziere regretul timpului trecut. Am lăsat să curgă lacrimi din locurile pe care le astupasem cu mult timp în urmă și abia acum le-am eliberat.

Ne-am despărțit. Eu m-am întors la Paris, plictisit, obosit și sătul de un mariaj nereușit. Când mă văzuse cu valizele făcute nici măcar nu o interesa unde plec.

-Asta e, am plecat.

-Bine. Răspunde sec de parcă aștepta momentul. Te mai întorci?

-Nu. Asta o fost tot...

- Mă instalat în casa unchiului Bazil pe care o cumpărasem de la tine, eu. Trăiam izolat. Nu simțeam nevoia să văd pe nimeni. Ai mei au murit între timp. Nici nu știu ce să-ți spun, dacă le simt lipsa sau nu. În ziua în care am hotărât să-i scriu lui Carmen că am angajat un avocat care se va ocupa de divorț era o zi specială. Simțeam că ceva mă împinge de la spate. Sigur nu era nevoie să-i scriu, oricum ar fi primit actele la semnat de la avocat, dar am vrut să fiu cavaler cu femeia, victimă a curiozității și neștiinței. Mă plimb prin biroul imens, mă uitam pe la volumele vechi legate în piele. Deodată am impresia că se-ntâmplă ceva ciudat, sunt hotîrât să-i scriu atunci, să nu amân ca să nu mă răzgândesc. Luasem o lecție de viață amândoi. Nu am știut cum să facem ca să rămânem împreună. Am înțeles doar că, până când nu pierzi pe cineva, nu înțelegi cum este viața fără acea persoană.

Mă așez la biroul unchiului Bazil din mahon, elegant. Pare că am o stare de spirit specială, că am redevenit viu, am ieșit din moliciunea nevoinței. Dar când am început să mă pregătesc de scris, căutând cele necesare, în ultimul sertar de jos unde credeam că voi găsi hârtia de scris, nu era nimic la vedere. Deschid mai mult sertarul și dau de un pachet legat cu fundă galbenă. Surprins credeam că el a scris ceva și că nu a reușit să publice. Îl pun pe birou și îl dezleg.

-Cum de ai dat de ele, erau chiar în fundul sertarului?

-Nu, nu erau chiar așa, erau pe la mijloc, așa că am mai tras puțin și au apărut. Sar ca arsă.

- Înseamnă că le-a mai citit cineva. Erau învelite, împachetate în hârtie albă?

-Nu, erau doar legate cu funda galbenă. Simt că mi se face rău.

-Înseamnă că le-a citit și săracul Bazil. Doamne, cum a fost cu putință, tocmai el? Cine știe cât o fi suferit? Mă așez și ascult ce spune Paul.

- În fața mea apar cele trei caiete mari și groase cu copeți galbene ca și panglica, numerotate. 1, 2 și 3. Jos în stânga numele tău, Bianca Ionescu Poatiers. Mâinile au început să-mi tremure. Știam doar că ai fost soția lui, nu mă așteptam să găsesc la el în birou mărturii ale unei vieți de femeie.

Și așa am început să dau foaie cu foaie și să citesc, tot. Părea că eram și eu cu tine, te vedeam dar nu puteam să te ajut. Primul gând a fost să caut fotografii în care să fii și tu. Apoi am reluat de citit tot, de multe ori. Pozele tale le înșirasem pe birou, prin casă peste tot, erai cu mine, gata ne cunoșteam. Au trecut doi ani în care simțeam cum mă transform, m-am redescoperit pe mine însămi, în sfârșit liber. Am lăsat un loc de muncă sigur și confortabil și am pornit pe o cale nouă, agent la Bursa de Valori. Tranzacțiile mă ademeneau și mă uimeam ce putere au uneori. Alteori nu mai fac doi bani. Ca și acțiunile noastre personale de viață. Am reușit să înțeleg că nu pot să fiu pe placul altora și mi-am permis să mă iubesc și accept așa cum sunt. Toate obiectivele atinse, cu variațiile respective le-am abandonat, acum am găsit ceva mai prețios de făcut. Am găsit sensul, Bianca. Dragostea pentru tine se înfiripase de când nu mă mai săturam să le citesc, bucăți din sufletul și viața ta erau închise acolo, dar eu am vrut să sufăr și să te cunosc pentru că tu ești altfel, ești vie, ești sensul vieții mele, Bianca. Dragostea pentru tine și suferințele prin care ai trecut, pierdută, acum, odată cu caietele tale m-au transformat în ceace sunt astăzi. Cred că asta a fost misiunea mea și am dus-o la capăt așa cum am știut și m-am priceput. Aș vrea să-ți deschid și ție poarta spre tine, Bianca.

-Mă bucur.

- Noi am reușit să dăm un sens vieților noastre de atunci, acum, în prezent. Așa a fost scris, să cunoaștem durerea ca să știm cum e să iubești și să lupți. Am văzut cum a fost când a trebuit să fugim de noi, să mergem pe un drum care nu era al nostru, credeam că e bun ca să ne ajungem obiectivele. Acum putem să stăm în fața altora spunându-le că noi știm ce înseamnă să te minți, să suferi și să-ți pierzi încrederea în cei de lângă tine.

Paharele din fața noastră au rămas goale de când tot povestim. Mă întrebam de ce a vrut să mă sperie, să spună că vrea bani, a fost o variantă în care eu nu aș fi cedat în fața lui? Mă uit insistent la ele. Paul se grăbește să le umple, le luăm și bem fără să facem nici un fel de urare. Îl privesc pe furiș. El se face că nu mă vede, până când brusc a ridicat privirea spre mine și m-a prins, sunt stânjenită, simt un fel de fior, de plăcere de a sta la pieptul lui. Ochii mari verzi căprui, atenți la mișcările mele mă emoționează. După puțin timp mi-a zâmbit și mi-a luat mâinile. Suntem față-n față, ne despart doar pahare cu licoarea adevărului dinainte.

-Ce frumoasă ești, Bianca. Îmi place de tine că ai mereu o întrebare pe care o formulezi foarte inteligent, îmi dai chiar posibilitatea să nu răspund. Asta este o mare calitate, doar unele persoane inteligente și sensibile le au în dotare. Poate că frecușul destinului crud în mâinile unor persoane străine te-au sufocat, chiar dacă erai în Paris, împinsă spre acțiuni imorale și experimentări negândite. Tu aveai valoarea ta personală, dar nu aveai forța să te opui aventurilor existențiale. Trăirile tale intime le-ai așezat în jurnalul tău, tu, singură, aia ești tu Bianca, copilă, adolescentă și apoi femeia pe care ai descris-o cu toată sinceritatea. Tu te cunoști. Ai trecut de procesul personal de autocunoaștere. Știi cine ai fost, ce ai făcut, cine ești acum și mai ales cred că știi ce vrei în continuare Bianca.

-Experiențele umane sunt unice. Le-am trăit raportate la mediul de unde am venit și apoi trecând prin toate etapele de maturizare. Lumea din afară este diferită de cum am vrea noi să fie. Am scris ca să pot să nu fiu alungată de mine însămi. Să nu mă mai vreau. Să mă desconsider. Am luptat cu fiecare gând și acțiune a mea, am analizat-o și am căutat să înțeleg de ce a trebuit să fie așa? Am vrut să găsesc adevărul despre mine. Am pus toată onestitatea mea în a mă destăinui, mie. Nu credeam că va mai fi cineva care să știe cine am fost și mai ales să fie interesat să mă cunoască. Poate doar timpul va fi cel care va așterne uitarea peste ele. Încep cu povestea tristă a copilăriei, apoi despre adolescență și maturitatea într-un spirit rebel trecând prin experiențele meschine ale vieții, viața afectivă zbuciumată și alte experiențe triste. Asta sunt eu, Paul.

-Eu cred că ai scris mai ales despre probleme, dar și despre frumusețea maturizării interioare. Cum de nu ai scris despre cum crezi că vei fi la bătrânețe?

-Poate că voi fi calmă și mă voi îndepărta de tentațiile tinereții, o să încerc să fiu o persoană cu un comportament moral adecvat cu vârsta.

Încep să râd. El mă privește mulțumit.

-Crezi că cel mai mult contează destinația, Bianca?

-Nu e posibil să nu ai una. Cred că cel mai important e să o ții pe drumul tău.

-Spune-mi te rog, de ce ai lăsat o frază neterminată la urmă? Nu știai cum să continui sau așteptai ceva care să te ajute să continui, nu știai ce vrei ca să fii fericită în viitor?

-Mai întâi nu credeam în fericire, și apoi așteptam să văd ce se mai întâmplă cu viața mea pentru a putea completa fraza. Îți amintești cum e?

-Da. *Și acum mai visez, mai sper, mai vreau să urlu de fericire, dar oare cum e să fie cu adevărat.*

Am băut și ultimul pahar din vinul adus de el din Franța. Bun tare. Doar că am obosit povestind. Așa că iar ne ducem în camera plăcerilor de zi și de noapte...

Plecarea lui Paul

E dimineață, iar sunt singură în pat. Ăsta e defectul lui, nu-mi spune când vine și nici când pleacă. Mă pregătesc să mă duc la Dan să recuperez *jurnalul intim*. Pe măsură ce mă gândesc cum să procedez, încep să fiu neliniștită. Cine știe cum o să fie, iar beat sau nu o să vrea să mi-l dea înapoi. Poate că o să pretindă și el să-i dau ceva în schimb, așa cum a făcut Paul.

Trag mașina în fața casei, îmi iau poșeta și mă îndrept spre intrare. Deschid și urc scările agitată. Ajung la ușa dormitorului unde fusese beat. Ușa e deschisă. Nu e nimeni. Alerg spre studio, ușa e închisă. Pun mâna pe clanță și apăs ușor. Se deschide, el e cu spatele, concentrat. Las ușa deschidă și mă îndrept spre el mirată de ce văd. Un spectacol neașteptat. Peste tot schițe, așezate pe fotolii pe divane, pe scaune, toate într-o anumită ordine. Nu-mi vine să cred. El transfigurat, obosit, lucra la alta. Simte prezența mea.

-Bine că ai venit, Bianca.

Se întoarce și cu un gest larg îmi arată ce a făcut el. Nu pot să scot o vărbă. Lângă el pe o măsuță caietul meu deschis. Citește, apoi se apuca să deseneze. Ia prosopul de după gât și se apropie de mine ștergându-se.

-Vino, vino să vezi ce am făcut. Mă duce la prima schiță unde era o fetită cu ziarele sub braț, pe vârfuri se străduia să ajungă cât mai sus să spele geamul. Fața ei se reflecta în fereastră, un chip trist de copil necăjit, cu mâini firave și picioare subțiri care erau acoperite până la genunchi cu o rochie sărăcăcioasă, exact ca rochia descrisă de mine. Îmi dau lacrimile. Sus de tot, chipul unei femei, părea mama, doar că e ca o umbră, se uita la mine cu tristețe. Nu apuc să-mi șterg lacrimile că el continuă.

-Astea toate vor deveni tablouri Bianca, asta sunt doar schițe. Îmi sărută mâna. Mi-ai dat viață citind prin câte ai trecut, uite ce ai făcut. Mă trage spre alta. Eu pe niște scări, și un bărbat care semăna cu cel descris de mine care pășea peste trupul meu mic și firav care-și ținea genunchii la gură cu mâinile subțiri. În spatele meu în ușă silueta mamei care părea o stafie, tristă și umilită, prezentă și aici.

-Dane, cum de ți-a venit ideea asta?

-Uite aici, vezi ești tu, tot pe vârfuri, suni la ușa lui Pascal.

-Atunci am sunat la poarta destinului.

Mă cutremur, retrăiesc toate acele momente pe care eu le descrisesem în jurnal intim. Apoi unul unde e ușa deschisă și Pascal mă invită înăuntru și eu fac primul pas într-o lume nouă. În casa unde aveam să cresc. Îl simt pe Dan cum mă îmbrățișează, e lângă mine. Plâng, nu pot să mă opresc. Ajungem în dreptul divanului, acolo erau trei schițe, bine definite. Primul din dreapta era cu mine și cu Pascal, eu ca o silfidă și el ca un taur, îmbrățișați. Fața mea nu se vede bine, doar corpul lui încordat ca un copac viguros care acoperă un puiet, fără nerușinare, urmat de cel mai grotesc, eu cu picioarele îndoite și el în chinurile disvirginării, eu mirată de ce se întâmplă cu mine și el lacom să se bucure. Urmat de unul cu un pat pe care erau frunze veștejite și o siluetă de copilă mototlită și abandonată, abia se citea prezența umană printre frunze, eram ca un vas spart din sticlă printre frunzele moarte de toamnă. Căci toamnă era când i-am plătit mărinimia. Toate sunt foarte triste și foarte reale. Apoi Parisul, cu altă serie de schițe unde eu păream un fel de marfă de vânzare și el era vânzătorul, negocia prețul. Schița în care eu semnam actul de transfer de proprietate după moartea lui Bazil m-a șocat. Eram eu asupra documentului, notarul în fața mea și umbra lui Bazil în spatele meu, dar nu era singur. Greu de distins, era o stafie, o simțeam cum se plimbă prin birou. Cea la care lucra acum era ciudată, la o masă eu cu un bărbat care nu avea față, pe masă bijuteriile mele de la Bazil, am recunoscut cutia care este cel mai bine desenată. Mă trece un fior rece.

-De ce, Dane? De ce le-ai făcut? Cum ai reușit așa de bine? Ce-i cu bijuterile astea între mine și cine? Ce vrei să spui?

-Fii atentă Bianca la el, tu nu ai înțeles jocul lui, atât îți spun, fii atentă.

-Pe măsură ce citesc sunt indignat de tot ce e scris. Mi-a venit ideea să fac niște schițe, dar am înțeles lucruri pe care tu nu le-ai înțeles.

-Hai, termină Dane cu presupunerile tale. Mă surprinzi, cum așa? Voiai să mi le dăruiești odată cu înapoierea jurnalului intim? Ții așa de mult la mine?

Se desprinde și se îndepărtează. Pare un altul.

-Oooo, nuuu, draga mea. Nici vorbă. Voiam să mă prezint cu ele în sala de la tribunal atunci când ar fi avut loc procesul tău scandalos. Pe măsură ce partea acuzării ar fi citit ce ai făcut, eu să scot aceste schițe ca ei să înțeleagă mai bine cine ești. Acum ai înțeles?

-De ce, Dane? Ce ți-am făcut eu așa de rău ca să mă pedepsești?

-Nu mi-ai spus de prezența acestui individ, ăsta care ți-a adus jurnalul intim. De ce nu mi-ai spus? Nu sunt eu bărbatul care ți-a adus liniște în viață? Ăsta cine e, Bianca?

Se apropie de mine, mă ia de umeri și mă zguduie ca să-i spun. Începe să urle punând aceeași întrebare. Mă smulg din mâinile lui și mă îndrept spre ușă. Cred că e momentul potrivit să iau caietele mele compromițătoare și să diapar din viața lui. Mă întorc spre locul unde erau, numai că Dan mă oprește brutal.

-Dă-mi-le Dane, nu fii copil, dă-mi-le. Ce vrei să faci cu ele? Îmi aparțin.

- Nu, nu îți aparțin. Acum sunt ale mele. Am să-ți cer să renunți la el și să te măriți cu mine dacă vrei să nu le fac publice, ai înțeles?

-Nu. Asta nu se poate, îl iubesc. Am planificat să ne căsătorim.

Mințisem ca să nu-i mai dau nici un fel de speranță. Nu voiam să o mai lungesc cu Dan, pare că e altfel de cum credeam.

-Și eu? Eu ce să fac, Bianca?

Mă apucă de mână și-mi arată inelul pe care îl pusese pe deget fără nici un fel de explicații clare. Ăsta ce e? Hîîî? Nu ai înțeles gestul meu?

Îmi aruncă mâna cu dispreț. Încerc să-l scot dar nu iese.

- Vezi? Uite și tu cum îți dă semne că ești a mea, de atunci de când l-am pus la mâna ta. Ce mai ai de spus?

Bag degetul în gură și-l umezesc apoi îl rotesc de câteva ori și-l scot sub privirea lui dezamăgită. Îi iau mâna și îl las acolo cu salivă cu tot. Mă întorc și cobor scările repede de teamă că mă ajunge din urmă. Trântesc ușa de la intrare. Alerg la mașină și plec, plec acasă. Nu mai pot, simt că-mi pierd mințile...

Mă așez la masă cu capul în mâini. Nu-l credeam în stare să facă așa ceva.

Ce naiba voia să spună despre bijuterii? E clar e supărat, e vorba despre mine și sigur că eu nu-i eram indiferentă. Mărturisise că mă iubște demult de când eram ultima ființă pe care ar fi putut el să o iubească, la o vârstă la care nu era nici adolescent și nici bărbat. Și eu care prin curaj și speranță am învățat și am luptat să am și eu niște valori, neștiind că omul modern le-a abandonat. Sunt doar o femeie ca oricare alta care a avut dorința de a fi în centrul atenției, să se ridice. Voiam să mă formez, să fiu eu eroina care să se confrunte cu cei ce mi-au dat când eu am cerut, am traversat situații grele prin viață, am evoluat pe plan personal, moral și social dar mai ales cel psihologic determinat de toate confruntările vieții. Am scris clar pe tema maturizării personale și a formării unei personalităţii integre.

Ce greu îmi este să reiau trecutul, iar și iar. Voiam să-l las în urmă, dar este mereu prezent, acum înțeleg că nu poate exista un mâine dacă nu este un ieri.

De multe ori îmi dădeam seama că a fost de fapt începutul unui șir de evenimente în care eu nu mai simțeam nimic, doar o amorțeală din cauza oboselii, a evenimentelor care se derulează ca într-un film de groază, și eu mă lăsam dusă de val.

Trebuie să-mi revin și să caut un drum pentru a umple golul care mă amenință că o să mă termine. Să pot să contez pe mintea mea care este activă, vreau să fiu fericită. Trebuie să-mi construiesc o altă carieră. Nici nu mai suport să mai aud toate discuțiile interminabile din care eu trebuie să rețin esențialul. Nu e ușor, e o muncă teribilă. Iau computerul și încerc să șterg toate adresele și e-mailurile celor din trecut. Las loc unora noi, oameni noi, viață nouă. Am șters și pozele care-mi aminteau de trecut. Am refuzat să mă mai gândesc la Moris și la ceilalți care erau agățați de mine ca scaieții de lâna oii. Și eu trebuia să-i duc cu mine peste tot. Nu puteam scăpa de ei.

Încerc să dau sens întâmplărilor de atunci. Încerc să-i dau lui Paul locul care i se cuvine în viața mea. Trebuie să fiu atentă, trecutul nu m-a eliberat, nu, nu vrea să se desprindă de mine, de gândurile și viața mea. De ce? Pentru că ele îmi aparțin, a trebuit să cunosc durerea, să știu cum e când iubești și pierzi omul pe care crezi că l-ai iubit și el a plecat. A fugit de mine, de toți cei ce au fost aproape. Și eu ce să fac, să aleg un nou drum despre care nu știu nimic? Poate fi mai greu oare? Mă întreb pentru că vreau să găsesc un răspuns care să corespundă cu dorința mea și care să mă ajute, să mă trimită spre țintă.

Și tot așa am crezut că noul drum va fi mai bun. Am descoperit că nu sunt reguli ale acestor etape ale vieții pe care le numim frânturi de viață, drumuri. Vise, facultate, carieră, căsnicie, copii, vilă, bărbat. Toate fac parte dintr-un pachet pe care-l vreau, tind să am totul la superlativ, la maxim. Oare asta nu este un fel de păcăleală? De minciună asupra adevărului? Nu este oare o călătorie spre ceva care ar trebui să fie ca un dar de la viață? Sigur că experiența de viață vine din toate părțile, din cele mai mici exemple până la cele mai complicate. Dar nu suntem noi oare cei ce nu știm să evaluăm greutatea și dificultățile? În cea ce mă privește mie îmi plac foarte mult lucrurile complicate, nu vreau nimic ușor, de aia greșesc că nu știu ce trebuie să fac. Dar din fiecare greșeală învăț tocmai eu care mi-am trăit anii maturității încă din copilărie, la ușa mamei și a lui Pascal. Cred că de asta eu trebuie să mă implic în viața reală odată cu anii mei, eu care am avut un semn de la divin și am descoperit că exist, am primit ceva dintr-o forță de dincolo de mine, ceva din univers, așa am prins curaj, să trăiesc.

Nu știu dacă povestea mea va folosi cuiva, am scris-o, atunci, o scriu acum, nu cred că sunt mulți cei ce vor să-și facă publică viața. Am înțeles de ce îmi e teamă de amenințările lui Paul și ale lui Dan. Am ținut secrete poveștile mele dramatice pe care le-am încuiat în suflet, crezând că le voi putea uita. Dar nu a fost așa. Trecutul nu poate fi negat și nici șters. Dacă mă uit peste el, trecutul meu, încep să înțeleg că pot învăța și că trebuie să-l păstrez ca pe o dovadă că am unul și că pe el trebuie să construiesc un viitor.

Am dezbracat haina copilăriei, peticită de veche ce era cu durere, neînțelegere, tristețe și lacrimi de copil care nu reușea să înțeleagă de ce e așa de trist să nu ai dragoste. Apoi pe cea a adolescenței, croită din răspunsuri, uimiri de câte lucururi nu știam în lumea în care crescusem, semne de întrebare agățate peste tot, în suflet dar mai ales de omul căruia îi fusese milă de mine. Abia acum am înțeles cât de departe a putut să meargă cu planul pe care până la urmă l-a realizat folosindu-se de mine. În ziua în care le-am dezbrăcat pe astea care miroseau a vechi, a durere am îmbrăcat una nouă, cea de doamnă înscrisă în registrul femeilor lui Pascal crezând că sunt pe cale să intru în rândul lumii cu fruntea sus. Doar că nu a fost așa, mai aveam în garderoba personală multe alte haine pe care eu urma să le port pe anumite perioade ale vieții. La prima vedere toate frumoase, doar când le îmbrăcam se transformau. Ultimul umeraș e gol. Deci trebuie să înțeleg că sunt eu, dezlegată de trecut, că sunt și că am o nouă față, una cu care să pot ieși într-o lume pe care încă nu o știu. Mă săturasem de hainele purtate de alții. Nu-mi cunosc parfumul propriu, nici nu știu dacă am unul, special.

Dacă ar trebui să fiu sinceră, aș spune că aș vrea să pot descrie ce simt când mai văd chipul mamei mele care-mi înconjoară sufletul, simt cum mă atinge cu mângâieri pe care nu mi le-a dat niciodată. Offff. Nu vreau să plâng, dar am păreri de rău, mă doare dorul de ea, e ca o minte veche ce a ascuns în ea dureri neîmpărtășite.

Trebuie să mă linștesc ca să iau o decizie drastică în legătură cu mine. Dacă să-l mai aștept pe Paul, să cred că vrea să se căsătorească, sau sunt doar vorbe spuse când eram goi și încălziți. Insist să-l vreau pe bărbatul misterios, nu știu dacă o să trebuiască să urmez planul lui, dacă nu e un complot asupra mea și a bunurilor mele. Deci e posibil să fi venit vremea să plătesc. Mă întreb cine este fermecătorul Paul? Am prostul obicei să mă îndrăgostesc de bărbați necunoscuți, aleg relații complicate, mă dezlănțui cu pasiune. Mă las mereu convinsă de magia iubirii. Cred că poate vindeca răni vechi sufletești și că poate aduce speranța și lumina într-un suflet rănit care trăise mare parte din viață într-o lume întunecată, stăpânită și bântuită de fantomele unui trecut zbuciumat.

Paul este un bărbat fascinant cu un aer de model internațional de o frumusețe fizică irezistibilă, brunet cu un ten ca măslina și ochii verzi ca smaraldul, puternic, ambițios și mândru. Numai că eu îl văd cum degajă bunătate, este în stare să ofere o neașteptată tandrețe în momentele intime. Și eu care am un caracter atât de remarcabil cu un suflet bun, dar pasională. Fusesem săracă și nevoită să fac multe sacrificii pentru a-mi asigura sursa de existență. Am reușit să atrag atenția opiniei publice prin prezența și rezultatele profesionale. Nu am de ce să mă plâng.

Deschid televizorul ca să ies din gândurile mele. Intru în baie și mă spăl cu apă rece. Simt că-mi revin. Iau prosopul și mă îndrept spre sufragerie, pe ecranul televizorului în prim plan el. Rămân împietrită, el cu cătușe la mâini și trei polițiști francezi care-l duc cu forța printre persoanele care se adunaseră împrejurul lor. Abia-i văd privirea, este de nerecunoscut. Simt că trebie să mă așez. Mă las pe divan, nu pot să cred. Caut un post cu știri. Ediție specială. Un comentator anunță că în sfârșit a fost prins și arestat cel mai periculos hoț de bijuterii și obiecte de artă din Europa, Bernard Leandre Rosier. Că e căutat de aproape trei ani. Că cele mei recente ieșiri din Franța au fost în ultimele trei luni în România. Investigatorii încearcă să depisteze urmele lui și persoanele cu care intrase în contact.

Nu mai am aer, gata, simt că leșin. Îmi trag câteva palme. Abia ajung la frigider și-mi torn în cap apa minerală rece din sticla de Borsec. Alerg în birou, sunt în fața tabloului care ascunde locul unde este seiful, după portretul lui Bazil. Încep să transpir de emoție. Îl apuc și-l ridic puțin ca să pot să-l dau jos. Rămân blocată, ușa deschisă, fusese descuiată. Nu mai e nimic înăuntru nici banii pe care-i țineam în casă, nici bijuteriile, nici documentele personale și culmea nici măcar pașaportul. Nu lăsase nimic. Mă așez cu tabloul lui Bazil în brațe pe un scaun și mă uit neîncrezătoare acolo unde fusese agonisită munca mea. Arunc tabloul, mă ridic și urlu.

-Tu, tu l-ai trimis ca să mă lași iar săracă, așa cum m-ai cunoscut. De ce, Bazil? Ce nu ți-am dat eu ție ca să nu mă lași în pace? De ce ai venit să le iei? Sunt convinsă că e răzbunarea morților, că trebuie să dau socoteală, că o să mai veniți în viața mea ca să nu pot să trăiesc liniștită. Recunosc, ai câștigat tu Bazil.

Mă gândesc că nu o să poată să ia banii din bancă, deși acolo erau și informațiile referitoare la conturile mele bancare. Mă apropii, bag mâna, să văd dacă nu cumva a mai lăsat ceva. Cine știe. Dau peste o scrisoare lăsată de el. Simt cum nu mai pot să respir, gata, mă sufoc, mă așez. Este o scrisoare din partea lui. Închid ochii, respir adânc de câteva ori. Mă întreb ce va trebui să fac. Mă uit din nou la plicul pe care scrisese numele meu cu litere groase, un scris frumos, de profesor nu de golan. Cu mâinile tremurânde îl deschid. E o scrisoare de la el. Cred că iubirea mea pentru el este atât de mare încât, dacă mi-ar cere să-l iert aș face-o.

Bianca, dragostea mea,

Vreau să-ți spun că eu nu am glumit cu tine, amintirea chipului tău mă va însoți oriunde, până la sfârșitul vieții. Te rog să înțelegi că a trebuit să o fac, și cum știam că și tu le-ai obținut mințindu-l pe bietul Bazil, așa cum ai scris tu în memoriile tale foarte clar, cred că nu o să te afecteze prea mult. Eu am venit la tine ca să te jefuiesc, ăsta era scopul meu cu siguranță, e inutil să mai mint. Nu credeam că ești așa cum ești și nici măcar nu bănuiam că eu care cred că sunt uns cu toate alifiile aș fi putut să cred că tocmai victima mea este femeia cu care poate că ar fi trebuit să fiu cinstit. Dar nu am putut crede-mă. Îmi vine să râd tocmai eu îndrăgostit de victima mea.

Mâine voi fi departe de tine, sper să fie ăsta singurul meu regret că nu am putut să rezist viciului și că te-am pierdut. Poate că voi regreta că nu te-am ales pe tine de teamă că vei afla cine sunt. Nu am fost însurat niciodată și nici facultatea nu am terminat-o. Te-am mințit, așa sunt hoții, micinoși, construiesc povești pe care le cred și eu ca să fie convingători ca să poată să-și ademenească victima.

Ai putea oare să mă ierți? Acum, datorită ție, posibilitățile mele financiare au să-mi permită o viață de lux și libertate. Tu oricum nu făceai nimic cu bijuteriile, așa că m-am gândit să te scap de ele. Poate că voi putea vreodată să-ți restituiesc măcar parte din ce voi lua pe ele. Cred că amintirile cu mine te vor ajuta în următoarele tale acțiuni ale vieții.

Ar fi bine să părăsești Bucureștiul cât mai curând posibil. Nu este un loc potrivit pentru tine, adică pentru o femeie singură. Dacă au să mă prindă, au să te caute și pe tine. Pleacă repede, discret și cu puține lucruri.

Adio Bianca!

Nu am timp să mă gândesc, sunt de acord cu el, are dreptate, e mai bine să dispar. Mă opresc în drum spre camera unde aveam valiza de voiaj. Nu pot să nu mă gândesc ce făcuse. Luase tot, actul de garanție și cel al provenienței bijuteriilor de la Bazil. Mă așez pe covor cu privirea țintuită, acolo, nu pot să cred. Cum de a știut de ele? M-a urmărit, e clar. Le-a luat ieri când eu am fugit la Dan chemată de menajera lor. Mă sprijin de birou, mă ridic cu greu, apoi mă așez pe scaunul din fața biroului. Închid ochii, imaginile cu chipul lui între polițiști, cutia mea cu bijuterii și tăvălelile cu el în patul în care nu mai fusese nici un bărbat pe care credeam că-l iubesc. Chiar mă miram și eu cum să am așa o pleașcă de la destin, tocami eu care am dat din lac în puț toată viața. Cum???? Încep să râd în hohote, un râs isteric, profund, inconștient, nebunesc cu lacrimi, șocată de ceva la care nu mă așteptam.

Mă gândesc cu părere de rău că iar destinul și-a bătut joc de mine, că eu cred și nu știu cum să fac să nu mă mai rănească. Tocmai el care a știut cum să îmbine comportamentul elegant cu dragostea sofisticată și erotismul. Poate fi ăsta sfârșitul unei iubiri? Pentru a-și atinge scopul, s-a folosit de mine fără nici un fel de scrupule, prin toate metodele eficiente prin care el a fost beneficiarul final al acțiunii. Cum de m-a trădat? Pare că lumea înconjurătoare a dispărut, se reduce la această întrebare care mă obsedează, stabilirea unor răspunsuri precise care să explice tot. De ce dragostea care este centrul viu și unic al vieții, care ne dă totul și care se răsfrânge cu răutate ca să ia ce a dat. O fi o logică? Sau totul este comandat de gândire. Sunt eu o ființă ușor de păcălit, sunt eu bizară, ies eu din sfera normală prin trăsături care mă trădează?

Eu am ținut secretă povestea mea dramatică, închisă în mine sperând că va fi uitată și mai ales că eu voi putea uita. Și iată că nu putem să ascundem trecutul, face ce face și iese de acolo de demult și ne pune să plătim. Mă întreb de ce? Sigur sunt gândurile ascunse ale celor ce mi-au dat, au știut că va trebui să restitui totul, că nu o să mă pot bucura definitv de ele deși plătisem cu tinerețea și inocența mea. E drept că nu am jucat cinstit, că eram o actriță care juca prost rolul de femeie îndrăgostită. Ei se făceau că sunt încântați, nu aveau altă soluție, altă gâscă care să stea cu ei, să-i însoțească pe ultimul lor drum. Oare nu a fost destul cât am plătit?

Pun într-o valiză fără să mă gândesc la ce-mi trebuie, ce să iau și ce să las, o amestecătură de lucruri, o închid și dau să plec, dar pare că cineva mă oprește. Mă tot învârt cu ea prin casă de colo colo. E adevărat că nu știu nici unde să plec și nici dacă e bine. Mă opresc în mijocul casei, mă așez pe valiză. O Doamne, ajută-mă tu, luminează-mi mintea, ce să fac? Mă uit prin casă. Nu am nici o icoană, niciunde. Intru repede în dormitor și iau cutia cu icoane pe care le cumpărasem din Paris și de la mânăstirile pe care le vizitasem așteptând să primesc un mesaj de acolo de sus. Le lăsasem în cutie, știam că și de acolo au să mă ajute la necaz. Dar nu a fost așa, am fost lăsată singură, ca să nu mai dau vina pe alții când fac greșeli, adică pe sfinți. Prima icoană e chiar cu el, Domnul nostru Isus, este pe fond auriu, nu știu cine a pictat-o precis dar îmi amintesc că rămăsesem cu ochii la ea. După ce am primit-o împachetată am simțit că am un sprijin, chiar de la ea, deși nu știam dacă icoana sau eu făceam minuni. O iau și o pun pe servanta din sufragerie rezemată de un vas din cristal pentru flori. Mă uit la ea și ca din senin iar îmi curg lacrimi, nu-mi iau ochii de acolo, eram aproape dusă cu gândul spre chipul din icoană, pur, curat și clar. Mai scot una în care era chiar el, Fiul lui Dumnezeu, o așez alături. Le privesc intens, eu care nu aveam nici un fel de cunoaștere, de legătură cu Divinul. Eram detașată complet, urmăream doar dorința mea de realizare personală. Nu pot să-mi iau ochii de la aceste icoane, stau nemișcată, după câteva minute pare că văd cum toate realizările mele numite ambiție și mai ales suferință cum se prăbușesc, una câte una, au dispărut în pulbere, mi-au încețoșat privirea. Eram în mijlocul omenirii pământene, rămăsesem în picioare în trecerea timpului de sacrificiu ca într-o catedrală a timpului mereu prezent. Mă aplec cu smerenie, rugându-mă să spulbere tot ce era rău în calea mea cu bună voință în fața viitorului și trecutului. Pare un vânt năvalnic care nu mă ocolește aici unde cerul se unește cu pământul și ne dă adăpost nouă care ne muncim cu perseverență dar nu cu încredere să trecem pragul spre credință, spre Divin. Și acum mă mir cum de am curaj să cer să mă elibereze de grijile și temeri pentru a ieși din îndoieli și să iau veșmântul care să mă protejeze în timpul în care mă aflu. Uitându-mă în continuare insistent la icoane, disting cu mare bucurie cum simt tot mai clar prezența Marelui Creator, care fusese ascuns de privirea mea și a celor care niciodată nu l-au dorit, cunoscut și văzut. Gândurile le mai avusesem și altă dată la El, dar se creau conflicte inutile între mine și dorința de apropiere spre cineva despre care nu știam și asta doar pentru că gândul își spusese voința nevinovată. Doamne, ajută-mă să mă retrag din încurcătura deformată a gândului și să găsesc un punct de echilibru înăuntrul meu, după care merg dar nu pot să-l ajung. Vedeam Biserici dar nu remarcam decât o siluetă pe vertical a catedralei care se ducea spre cer unde se unea cu albastrul cerului infinit. O rază de soare poposi pe fața mea, e locul de unde așteptam pentru a primi lumina Divinului, voiam să pun mâna să mă feresc de ea, dar nu o fac. Simt căldura care-mi mângâie obrazul dar mai ales mintea și sufletul.

Ten

Capitolul 10

Și cum totul se plătește...

Cercetările

Cineva sună la ușă. Mă grăbesc fără să vreau să anticipez nimic. Pe masă aveam doar pozele cu bijuteriile mele de la Bazil, cele originale, le văd dar nu le ascund, nu mai aveam ce să mai dosesc, pun totul la lumină. Mă apropii, aud voci, deschid, doi indivizi la costum, unul cu o mapă și celălat cu pălărie.

-Doamna Bianca Ionescu Poatiers?

-Da, eu sunt.

-Putem să intrăm?

-Cine sunteți?

-Poliția. Îmi arată legitimația.

-O, da, desigur, scuzați-mă sunt amețită.

-Se vede, spune cel cu pălărie. Au intrat, i-am invitat la masa unde erau fotografiile cu bijuteriile mele, foste. Nu sunt surprinși că le văd acolo.

-Cum de nu le-ați ascuns, doamnă?

-Voiam să merg la poliție.

-Deci, nu sunteți surprinsă că am ajuns noi primii.

-Nu.

-O să vă rog să ne dați detalii în legătură cu persoana care a furat bijuteriile și documentele.

-Vă rog să-mi permiteți să aduc niște apă minerală pe masă, domnilor.

Cel cu mapa se ridicase de parcă ar fi vrut să mă însoțească să nu dispar. Cel cu pălărie îi face semn să nu o facă, în timp ce se pregătește să mă interogheze. Mă întreb cum de au ajuns primii, au fost informați de autoritățile franceze, au văzut la televizor, sau erau pe urmele lui chiar de când a pus piciorul în țară?

Mă așez în fața lor, beau un pahar cu apă. Îmi prind mâinile, încep să le frec nerăbdătoare.

-Deci dumneavoastră sunteți doamna Bianca Ionescu Poatiers, născută în anul 1982 pe 14 iunie, în București?

E politicos, dacă nu mă înșel are un fel de respect pentru mine, poate că l-a impresionat locul unde m-a găsit locuind, sau stilul meu, sau poate chiar faptul că sunt tânără. Păstrează tonul profesional dar nu mă scapă din ochi.

-Da, confirm, toate datele sunt corecte.

-Ce puteți să ne spuneți despre relația dumneavoastră cu Bernard Leandre Rosier? Paul Poatiers, sau adevăratul Vasile Dumitrescu?

Mă las moale pe scaun, mă sprijin de speteaza lui de teamă să nu cad. Mă apuc cu mâinile de masă și încerc să mă ridic intrigată. Nu reușesc. Abia reușesc să le spun:

-Eu l-am cunoscut sub alt nume.

-Da? Care?

-Paul Poatiers, domnule...

-Sunt șeful biroului de investigații internaționale, Horia Morariu. Se prezintă din nou. Prima oară chiar că nu reținusem numele lor.

Se înclină în fața mea atât cât trebuie, mai ales cu respect. Se vede că este o persoană de clasă, educat.

-Dante Vasilescu, căpitan, tot de la serviciul investigații doamnă.

Se ridică și el puțin apoi se așează și își vede de hârtiile pe care le are în față.

Ce să cred? Că sunt eu o femeie care merită respect? Că sunt o doamnă? Că știu unde lucrez și mai ales s-au convins deja că nu sunt una care ar fi putut să se pună de acord cu un hoț internațional? Sau au înțeles că a greșit doar femeia din mine, din cauza căreia am avut de tras.

-Acum haideți să continuăm doamnă.

-De acord domnule investigator Morariu. Ce doriți să știți?

-Cum v-ați cunoscut?

Tonul lui nu este nici rău nici amabil.

-Cum a reușit să știe unde este locul seifului?

-Asta chiar că nu știu. În prezența lui nu am umblat acolo.

-A rămas singur în casă? Ați lipsit pentru mult timp? Ați avut încredere în el?

-Da, o singură dată, cu o zi înainte să dispară. Nu era nimic neobișnuit, așa făcea mereu, venea și pleca fără să fiu anunțată.

-Vă rog să colaborați cu noi pentru a putea înțelege mai bine situația.

-Pot să vă întreb ceva, domnule investigator Morariu? Îmi permiteți? Știu că nu sunt eu cea care pot să pun întrebări dar vedeți, meseria mea e ca a dumneavoastră.

-Cum adică? întreabă respectuos Morariu.

-De observator politic, ziaristă și avocată. Sunt cunoscută ca fiind o persoană bine introdusă în lumea în care trăiesc prin orașele europene, pentru a lua parte la reuniuni internaționale de mare interes european și internațional, domnilor.

-Chiar așa fiind am nevoie să colaborați.

Am prins curaj, domnul căpitan parcă m-ar fi apucat de păr și m-a tras afară dintr-un butoi cu produse rău mirositoare. Respir ușurată. Acum sper să fie totul mai ușor pentru mine și pentru ei. Cu toate că îmi este rușine de ei, doi străini cărora o să trebuiască să le povestesc despre mine, să o iau din nou de la capăt.

-Cazul este din nefericire complicat. Aici avem de-a face cu un hoț international, cu o listă interminabilă de hoții și femei jefuite, da, toate femei, cu ele se descurca foarte ușor. Contează pe șarmul lui. Trebuie să recunosc că este un bărbat atrăgător. Nu mă miră că tocmai așa reușește să aiurească femeile cu care este interesat să le cunoască, ca apoi să le jefuiască.

-Deci, de unde aveți bijuteriile?

-De la ultimul meu soț, care a decedat acum doi ani.

Se uită mirat.

-Cred că v-a iubit foarte mult, dacă a lăsat bijuteriile unei familii vechi francize, care au o valoare foarte mare. Știați asta?

-Nu, nu am făcut nici o evaluare în bani. Pentru mine sunt niște bijuterii cu care multe femei cu generații în urmă s-au prezentat în înalta societate.

-Chiar nu cunoașteți valoarea lor?

-Nu cea exactă.

-Păi doamnă, aveți o asigurare, nu v-ați întrebat cum de suma e atât de mare?

-Nu, atunci când am preluat asigurarea bietului Bazil, credeam că se trec sume mari pentru a fi mulțumit proprietarul.

-Ce înseamnă, atunci doamnă?

-Înseamnă că atunci eu nu știam nimic despre aceste valori de familie.

-Cum așa? Nu v-ați căsătorit doar ca să intrați în posesia bunurilor soțului dumneavoastră? Notez ironia sau răutatea cu care cred că ar fi vrut să spună că m-am vândut, de bună voie și nesilită de nimeni.

Nu reacționez, are dreptate. Doar că eram împinsă de la spate de Moris și de dorința mea nerușinată de evada dintr-o lume unde eram nimeni. Voiam să cred că merit.

-Viața mea domnule, a fost tristă, sau mai precis consecințele neștiinței mele au lăsat urme.

-Cum de nu ați dus bijuteriile într-o casetă de siguranță?

-Nu am putut să cred că în această casă o să mai intre un bărbat care ar putea să profite de mine.

-Cu alte cuvinte sunteți sigură, că după ce ați reușit să aveți o carieră, să schimbați modul de viață, să deveniți independentă și sigură de dumneavoastră nu se mai poate întâmpla nimic rău?

-Cam așa.

Chiar că-mi este rușine de mine, ce naiba, luasem atâtea lecții de la viață, reușisem să mă depărtez de Moris, și de cei ce s-au dus fără voia lor. Am reușit să mă amestec printre oameni diferiți, de calitate care au crezut și cred în mine și în capacitatea mea profesională și chiar acum când eram pe o altă stradă, pe care mergeam cu mult curaj, uite ce am pățit. Este incredibil.

-Știți ceva, domnilor?

-Ce? Se uitau curios la mine.

-Nu vreau să fac nici un fel de plângere, nu mai vreau bijuteriile, de fapt, nici nu am nevoie de ele, cer să fie donate unui mezeu sau unei societăți de bineface, dar asta numai dacă Paul sau cum spuneați că-l cheamă e de acord. Eu nu mai vreau să am nici un fel de responsabilități. Nu mai vreau bijuterii. Sunt ale lui, să facă ce-i dictează conștiința. Gata.

Ochii lor se măresc, sunt intrigați de propunerea mea.

-Cum așa, doamnă?

-Așa bine. Ca să fiu sinceră mie chiar că-mi pare rău de el, de Paul. Un bărbat care mi-a dat ce eu am căutat o viață și nu am găsit. Va rămâne Paul pentru toată viața, în toate amintirile mele cele mai profunde și frumoase. Am și eu în sfârșit, și amintiri emoționante cu el pe care vreau să le păstrez. În rest, nu mai contează.

-Mă uimiți, doamnă.

-Dacă eu nu-l denunț ce se întâmplă cu el? Poate să fie liber? Mai are de făcut socoteli încă și cu alte doamne? De fapt, dacă nu voiam să le ia, nu-i arătam unde le țin. Cine știe, poate că a înțeles că vreau să scap de ele și de amintirile cu Bazil.

-Înainte să vină la dumneavoastră abia ieșise din pușcărie. Avusese o condamnare de trei ani pentru un furt dintr-un muzeu a unor piese de mică valoare. Era disperat nu avea din ce să trăiască.

- Nu știu cum a făcut să dea de mine.

-Vă spun eu cum.

Mă uit cu mare recunoștință la omul din fața mea.

-Vă ascult, sunt tare curioasă.

Domnul căpitan scoate un dosar. Începe să citească: Subsemnatul.....așa și așa, născut la Nice în anul 1980 aug 13 din părinți...așa, declar că după ce am executat pedeapsa de trei ani pentru furt am găsit un anunț într-un ziar că cineva ar vrea să închirieze o parte dintr-o vilă, un anume Paul Poatiers. Am sunat, am stabilit o întâlnire cu proprietarul.

Mă schimb la față.

-Doamnă, vă simțiți bine?

Îmi întinde paharul cu apă.

-Deci Paul Poatiers există, este, avea un nepot despre care eu nu știu. Mă lasă să-mi revin. Apoi continuă. După numai două luni, proprietarul îmi propune să mă ocup de vilă, oferindu-mi o sumă de bani lunară. Am acceptat. Îmi lasă toate cheile și instrucțiunile. El locuiește în altă parte, unde, nu știu. Fiind sigur că cine plecase nu luase mare lucru de acolo am început să cotrobăiesc, să caut. Nu găsisem nimic de valoare doar un jurnal intim al fostei soții al proprietarului care fusese un nobil dintr-o familie care a supraviețuit până la cunoașterea ultimei lui soții. L-am luat și citit, am înțeles că aș putea cu puțin noroc să intru în viața ei și să văd cum să fac să iau ce scrisese ea acolo, bijuteriile familiei Poatiers. Am fost surprins de frumusețea aceste femei, clasa și stilul ei deosebit. Nu a fost greu, este o femeie care nu a știut ce e iubirea cu adevărat. Așa că eu care la început voiam doar să profit din punct de vedere strict profesional, să o fur, m-am îndrăgostit de ea. Așa ceva nu s-a mai întâmplat în toată cariera mea de hoț de bunuri și femei. Venisem la Paris ca să vând și să-mi pierd urmele. Reușisem să le vând, dar am schimbat planul, voiam să mă întorc la ea, voiam să mă opresc și să trăiesc lângă ea toată viața. Dar destinul s-a împotrivit. Poate pentru că îi scrisesem în scrisoarea pe care o lăsasem în seif, că voi pleca departe de ea și că o să vreau să fiu liber. Cu aceste gânduri am simțit că nu pot să mă bucur de eliberare de grijile și mai ales teama de a fi descoperit chiar și acolo.

-Asta e tot.

- Rămâne să luați în considerație declarația mea, domnule inspector, vă rog. Vedeți, când iubești și simți că ești iubit, nu mai știi ce faci.

Am cerut o copie după declarația lui, am pus-o într-un plic alături cu procesul-verbal pe care l-au făcut. Mă simt mult mai bine, eu Bianca îl iertasem pe el bărbatul care mă jefuise dar ce mă doare mai mult, e că a mințit, că a profitat de mine și de sentimentele mele.

-Doamnă Ionescu, nu părăsiți capitala până când se va rezolva cazul definitiv.

-Sper să se rezolve cât mai repede, domnilor.

-Depinde, dacă nu sunteți și dumneavoastră implicată. Să fiți pregătită în cazul în care avem probe, o să trebuiască să veniți la secție...

* * *

Mă așez din nou în fața televizorului. Pare imposibil, sunt în pragul disperării. Totul contrastează în mod ciudat cu interesul, comportamentul, veridicitatea faptelor, densitatea și influenței asupra persoanei mele. Caracterul cu totul neobișnuit al acestui om, părea că a ieșit din personalitatea sa profundă.

Acum, odată cu plecarea, dar mai ales cu arestul lui, a pierdut forța vie, pare un oarecare fără importanță, s-a metamorfozat din gigant în nimic. Așa de mult a cântărit persoana lui în viața mea, era ca un geniu în evoluția curtării unei femei. Dar mai este și altceva. Paul a devenit dominatorul meu, atât de convingător prin prezența lui, încât acum înțeleg momentele propriei sale tăceri. Paul dispare în spatele acțiunilor lui. Un bărbat care a răsărit odată cu soarele în viața mea, a pus toată arta lui de seducție în practică cu mine ca pe o operă ce trebuia să fie terminată și apoi după ce a ajuns aproape la final, și-a atins scopul, să dispară. Nici un bărbat din viața mea nu a fost vreodată atât de important ca om, ca ființă vie printre vii. Nu exagerez. Habar nu am cine e, nici măcar unde s-a născut, cum se numește cu adevărat și povestea cu nevasta. Doamne ce mincinos, cu cine m-am culcat eu, cum de am putut să cred așa ceva?

Iată-mă, sunt o femeie revoltată pe destinul meu, eu nu sunt lipsită de posibilitatea alegerii unei bune partide, dar, nu reușesc să găsesc calea destinului fără jocuri periculoase. Poate că dacă aș fi bănuit cine e și el ar fi înțeles, ar fi fost în stare să mă omoare. Instinctul mă îndeamnă să caut o iubire adevărată care să-mi dea satisfacții și plăceri reale. Sigur că viața mea nu a fost și nu este plictisitoare, am căutat în permanență aventura. Și eu care credeam că memoriile mele sunt aproape de un jurnal intim bun, de dezvoltare personală și spirituală și că mi-a schimbat percepția asupra relațiilor cu bărbații, asupra mea dar mai ales percepția asupra vieții.

Acum când cei din jur mă consideră o persoană cultă și cu un vocabular destul de variat, uite ce am putut să fac. Mă gândesc că numai munca este un medicament puternic și că o să mă ajute să mă sustrag problemelor actuale. Să ies din situația bizară apărută într-un mod absurd care m-a zăpăcit cu siguranță, am primit mesaje ascunse doar că au venit într-un moment dificil, adică atunci când aveam nevoie de cineva cu care să pot să mă dezlănțui, să iubesc necondiționat. Și iată rezultatul.

Iau telefonul și-l sun pe Dan. Îl chem urgent, am nevoie de el. Trebuie să știe că a avut dreptate, să reușesc să-l rog să nu cumva să se implice în povestea asta urâtă. Trebuia să-și apere cariera lui artistică, să-și mărească faima.

Povestea mea ramificată cu povești obscure trecute și prezente au să-l încurce. Rămâne doar să-mi număr bărbații duși în alte lumi și care nu vor să se desprindă de mine. Reapar sub alte forme, cu alte chipuri și povești ca să mă facă să sufăr. Am avut proiecte fără sens, făcute de Pascal și acceptate de mine pentru realizarea căruia noi am dărâmat mai mult decât am construit pe scena absurdului.

-Dane, te rog să vii urgent la mine.

-Vino tu, eu lucrez. Nu pot pentru că sunt într-un moment disperat și nu pot face nimic ca să-mi revin. Pentru mine, Bianca ești moartă, înțelegi? Moartă. Îmi pare rău că ai nevoie de mine în acest moment. Repet, vino tu Bianca.

-Eu nu pot.

-Ce vrei să spui? De ce nu poți?

-Nu pot să-ți explic la telefon, am nevoie de tine aici, te rog, te rog frumos, Dan. Încep să plâng.

-Hooo, ho, gata vin chiar acum nu mai plânge Bianca, ai auzit că vin.

Mă așteptam să mă pot atașa de el, să îmi pese de viața lui, de trecutul pe care-l cunosc puțin, sau atât cât a binevoit el să-mi spună. Și chiar acum nu mai pot să vreau să-l știu și asta pentru că el îl cunoaște pe al meu, nu pot să-i cer să-mi spună cine sunt ei, din familia ajunsă misterios la un nivel material neașteptat. Vieți cu destine tragice așa ca și al meu, care ar putea să alunece spre propria-mi moarte, lâncezând împreună cu ei în casa prea mare, prea curios împărțită și rece, sinistră, pare bântuită de stafii, acolo unde destinele noastre s-au întâlnit. Destine măcinate de moarte, suferință și luptă cu al lui, cu al meu și cu cei ce s-au dus dincolo de viață, dar revin ca să ne pună să plătim cu suferință și regrete faptele noastre.

Și apoi eu și hoțul extrem de versat, unul cu care am fost la un pas de pericol. A plecat din casa mea dar a fost prins, la Paris. Un destin imprevizibil. O pală de iubire, a venit, a luat ce a găsit. Dragostea mea ca un fluviu năvalnic, nu a ocolit nici acest loc unde credeam că e loc curat și că va fi un adăpost pentru mine care prin perseverență și încredere am clădit o altă viață, a mea, una diferită, nouă și curată. Dar iată că nu se poate. Nu știu cum să fac să pot simți eliberarea de griji, de temeri, pentru a avea încredere în mine. Caut un spațiu protector, în timpul în care mă aflu. Intră Dan ca o furtună.

-Ce-i cu tine, Bianca?

E îngrijorat, nu mă așteptam să-i pese chiar așa de mult de mine.

-Sunt distrusă, Dane, îi spun, în timp ce mă las îmbrățișată de el, plâng la pieptul lui, mă îmbrățișase deși știa cine sunt. Nu mai părea ostil și nici dornic să mă umilească, așa cum făcuse cu schițele lui unde se citea clar intenția lui de a mă reprezenta ca pe o ființă ștearsă, ingrată. Totul era bine conturat numai eu eram neimportantă, așa cum mă văzuse el, după ce citise memoriile mele. Blestematele mele memorii reapărute odată cu mânia morților, a celor ce au plecat dar nu vor să mă lase în pace, semn că au plecat nemulțumiți. Mă urmăresc zi și noapte, pe toți, pe mama, vin și mă întreabă când o să ne revedem. Mă trezesc terminată, urlu, le spun că nu le mai datorez nimic, să mă lase în pace, dar ei nu aud, revin și mă chinuiesc.

-Așează-te și spune-mi ce-i cu tine?

Stăm la masa unde erau încă paharele celor doi care au venit să mă ancheteze. Se uită curios și așteaptă o explicație.

-Au venit doi indivizi să mă întrebe în ce relații sunt eu cu Paul. L-auuu, l-auuuu...

Nu mai pot vorbi de lacrimi.

-L-au ce, Bianca, vorbește?

-Prins și arestat, au spus și la televizor.

Îmi șterg lacrimile cu dosul palmei, el se duce și-mi aduce niște șervețele din bucătărie. Mă potolesc și-i povestesc.

-Acum gata, ia-ți niște schimburi și vino la mine, aici nu o să reușești să te liniștești.

-Nu pot, nu pot Dane, mi-au spus că nu pot să părăsesc capitala.

-Păi ce, eu unde locuiesc? O să-i anunțăm că ești la mine, le dăm adresa și gata.

Nu sunt sigură că la el va fi diferit, dar acum am să joc și ultima carte, o să fac așa cum spune el și cine știe, poate că o să pot să-l conving să-mi înapoieze jurnalul intim. Să renunțe la ideea de a se prezenta cu schițele în instanță. Poate că nu va fi un proces aici, au să-l judece în Franța. Sau poate că nu va mai fi judecat, pentru că eu nu l-am denunțat, ba mai mult aș minți pentru el, pot să spun că eu voiam să le vând și că i le-am dat eu...

O fi jocul norocului? Nu, nu cred că are vreo legătură cu norocul, poate cu hazardul, el poate să treacă bariera mentală și să stabilească pentru una ca mine, că tot ce s-a întâmplat, nu este întâmplător. Am atribuit sorții capriciile mele, crezând că imaginea mea publică europeană se datorează accentului meu franțuzesc care sigur m-a ajutat să mă disting de fiecare dată când deschideam gura. Dar, am remarcat că de multe ori eu, am fost în concordanță cu timpul și cu evenimentele. Mă aflam la locul potrivit și mai ales la timpul potrivit când au avut loc importante momente dominante pe plan mondial în 2015. Un an care fusese marcat de evenimente tragice în întreaga lume, începând cu atentatul pus la cale la redacția revistei din Paris, Charlie Hebdo, apoi criza migranților din Europa, eforturile făcute pentru pacea din Estul Ucrainei, lupta împotriva unor organizații teroriste Stat Islamic, și alte atentate ce au avut loc la Paris din noiembrie...

La restaurant cu Dan

-Bianca hai să mâncăm ceva ca lumea, aici se mănâncă bine. Nici eu nu am mai mâncat de câtva timp ca lumea, ce spui?

-Că sunt de acord, îmi este foame, hai să intrăm dar plătesc eu.

-Tuuuu, care ai fost jefuită? Cum crezi tu că un bărbat ca mine cu reputația mea ar putea să accepte, hai să fim serioși.

Intrăm și ne așezăm la o masă mai la dos unde nu erau mesele ocupate. Îmi place, nu mai fusesem aici. Doar că nu miroase a nimic. Mă așteptam să mă îmbete mirosurile de la bucătărie.

-Cum de nu miroase a mâncare, Dane?

-Ei na, e un restaurant cu o anumită reputație nu e un restaurant pentru oricine.

Mă uit discret împrejur. Are dreptate, e foarte elegant, constat cu plăcere. Cărțile de bucate sunt pe masă. Dan mă invită să văd cu ce ne putem delecta. Când a venit ospătarul, Dan a rămas surprins văzând că nu mă mai opresc să comand de parcă aș fi vrut să-i fac pagubă. Dar nu, nu era așa, îmi era foame cu adevărat. Așa că el a comandat foarte repede și pentru mine același meniu. Vinul l-a ales el și cu somelierul deși eu mă pricepeam la vinurile franțuzești numai că el a comandat vinuri românești care se potriveau cu ce comandase. Ajutorul de ospătar ne aduce două pahare cu țuică de prune, avea culoarea uleiului, și o aromă îmbătătoare, eram așa de stresați că am mai comandat unul, și ca să fie și bună dispoziție Dan a comandat și el un rând, oricum cantitatea era în jur de 100 de ml, nu eram în pericol. Aveam platoul cu gustări în față, am început să mâncăm din ele, să bem țuică și să vorbim. Despre ce? Despre multe numai despre rahatul de situație în care eram, nu.

-Bianca, am două bilete la concertul ținut de Kennedy Nigel, a venit la București cu tot cu formație.

-Cu ce?

-Cu formația lui.

-De ce Kennedy are formație?

-Bianca, e vorba de Nigel Kennedy.

Devin serioasă.

-Hai că am glumit, Dane. Sigur că-l știu, nu uita eu sunt o persoană cu o vastă cultură europeană.

-Da? Și ce mai știi despre el, Bianca?

Nu mă crede, se vede. Crede că sunt amețită de la țuică. Mă privește serios.

-Cine nu-l cunoaște pe Nigel Kennedy, Dane? Marele violonist britanic, celebru. Da' tu știi unde e născut? Dacă tot te dai cunoscător?

Nu se aștepta să fac așa o glumă proastă. Așa că încerc să o repar.

-În Brighton Dane, a fost un copil minune care la numai 10 ani auzea melodiile de jazz ale lui Fast Waller pe care le cânta tatăl său vitreg.

-Numai că el a preferat muzica clasică.

-Dar că a fost protejatul lui Yehudi Menuhin care i-a finanțat direct studiile?

-Sigur că știu, Bianca, și eu am o cultură muzicală, am studiat pianul, am fost la concertele din Europa cu marii virtuoși, acum toată lumea o face.

Trebuie să-i spun ce știu eu și vreau să cred că el nu știe. Poate că reușesc să-l dau gata.

-Știai că este în Cartea Recordurilor cu versiunea celebrelor, Anotimpuri, ale lui Vivaldi?

-Hai, spune-mi dacă tu știi că are un fiu pe care l-a văzut pentru prima oară când avea 11 ani, neștiind că Scylla Stoner e însărcinată? Dragul meu, ai uitat că eu sunt prin profesie o băgătoare în viețile celor mai celebre persoanlități din toată lumea?

-Gata, mă dau bătut, hai să mâncăm Bianca, ia uite și tu ce sarmale cu smântână avem în față și mămăliga care mă ispitește.

-Poftă bună, Dane!

Nu-mi poate răspunde, se chinuia cu mămăliga fierbinte prin gură, se lăcomise și luase o bucată destul de mare, așa că îmi văd de sarmalele mele care sunt mici și frumos mirositoare...Mă umflă râsul dar mă abțin, ce naiba, sunt o doamnă, cam cherchelită și șifonată da' tot doamnă sunt.

Acasa la Dan

E dimineață, sunt singură în patul din camera lui Dan. Ce naiba am făcut? Oare m-am culcat și cu el? Cum de nu-mi amintesc nimic? Eram cu adevărat amețită, asta da, îmi amintesc foarte bine. În jurul meu, mister, mult mister și nedumerire. Îmi amintesc că era și Dan aici, dormea pe perna lui, se foia, era bucuros, de parcă cineva îl mângâia, avea respirația excitată. Sigur era ea. Se trezise devreme, cine știe ce face. Cobor din pat și plec în căutarea lui. Dinspre atelier aud mișcare și niște vorbe spuse în șoaptă. Mă apropii. Ușa este puțin deschisă. Mă lipesc de perete și mă uit înăuntru. Dan în cămașa albă arde niște salvie în timp ce citește rugăciuni din biblie. Pare că salvia alungă energiile negative. Pe pian e un reportofon și o cameră de filmat. Se mai învârte de câteva ori prin locul unde vede mereu stafia ei. Apoi se duce în colțul camerei și începe să pună întrebări. Ești Monica? Ce vrei? De ce mă cauți? De ce nu te îndrepți spre lumină? Ce să fac?

După care ia repede aparatul de fotografiat și face poze peste tot, se pregătește să iasă cu aparatul în mână. Mă ascund, aleargă spre laboratorul fotografic. Eu după el. Aștept cu sufletul la gură. Picioarele sunt reci, sunt emoționată, nu știu ce mai urmează, ce va face. În sfârșit iese, mă vede, nu se miră, mă duce în dormitor, se așează pe fotoliu.

-Vino, vino să vezi Bianca.

Mă apropii curioasă. Fiecare fotografie, din fiecare loc din atelier are niște umbre ciudate. Se ridică și mă duce de mână în atelier. Ascultăm înregistrarea. O voce venită de departe, neclară spune continuu, pleacă. Mi se face pielea găinii. El este agitat. Se aud niște sunete de uși trântite, poate că era ea disperată că nu găsea o ieșire ca să poată trece dincolo, nu știa cum să facă să pășească pragul înapoi, de unde venise. Sau nu voia să se despartă de el...

* * *

Mă cam doare capul. Pe noptieră Dan lăsase o aspirină și un pahar cu apă, știa că o să am nevoie de ele. Băusem aseară, eu care nu am rezistență la băutură. Îmi amintesc cuvintele lui când mă implora să nu mă mai duc la Paul, că nu are ce să-mi dea.

De unde știa el asta? El îmi dă mie recomandări. Dar iată că s-au confirmat, am de suferit, va afecta partea emoțională, știu asta. E ca un perpetuum mobile ce-i scoate în evidență cartacterul plin de viață și sigur îi va face plăcere, mă încânta să fiu cu el în casă, promitea că îmi va umple sufletul de emoții și că îmi va oferi trăiri de excepție, în continuare.

Trebuie să recunosc cum că dialogul nostru de aseară de la restaurant, vesel și vioi poate fi cheia dominantă cu care am putea descuia toate porțile secretelor noastre. Oare se recomandă? Nu cumva e mai bine să nu umblăm la ele? De ce să umblăm la pasajele vieților noastre care sunt private? De ce oare avem obiceiul să ne plângem la toată lumea de ce se întâmplă cu noi? De ce nu știm să tacem, să păstrăm numai pentru noi angoasele și nereușitele ca și bucurii, de ce să le împărtășim și cu alții care sunt în afara cuplului. Nu ajung doi ca să se bucure ca într-un dans care începe în pași timizi și are un final lent în care parcă îți iei rămas bun. Dacă ar fi să comparăm viețile noastre în momentele în care suntem departe de a fi mulțumiți ar trebui să ne amintim că tot așa și Beethoven și-a dat Concertul pentru vioară în re major, Op. 61 pentru prima dată să fie interpretat de un mare violinist, Franz Clement și nu avut un mare succes. Deci ca și în viață te dai pe mâna unui bărbat, speri să fie cinstit și constați că nu e așa. Offf, iar gânduri, oare unde ar trebui eu să mă îndrept acum cu ele, ca să pot să uit. Poate că ar trebui să beau. Ia să mai caut ceva de băut pe aici trebuie să găsesc ceva, poate se va reduce gradul de dificultate, este o operațiune foarte complexă, aceasta de a mă restabili, sigur sufăr dar nu vreau să recunosc.

Trebuie să găsesc o cadență nouă, provocatoare și mai ales trebuie să pot să am putere de decizie, să știu ce vreau. Trebuie să fiu îndrăzneață totdată și respectată. Să am un aer calm ca apoi să ajung la final veselă, cu un aer mulțumitor, ca atare acțiunii mele finalizate cu o structură liberă ca să fiu apreciată și iubită. Eu care am pus suflet, sufletul meu casant din sticlă ieftină, s-a spart, am adunat cioburile și le-am lipit dar nu am reușit să-i redau aceiași formă, am reușit doar să trezesc conștiința în inima mea tristă. Chiar așa ce a avut destinul sau viața cu mine? O viață dură și tristă, dar poate că toate aceste evenimente pe care le-am trăit ar trebui să mă ajute să mă formez pentru a depăși obstacolele. Se poate deci lupta cu neputința, sărăcia, frustarea și alte eșecuri care vor mai apărea în viață. Am dat ce am avut mai bun, am dat dragostea și dorința de femeie de a fi iubită și de a iubi și iată rezultatul.

Sigur că aici graba și lipsa de aprofundare a situației și-a spus cuvântul dar cum să faci în fața unui semnal pe care-l primești și crezi că e cel de care vrei să te bucuri, cum să faci când mai întâi amețim de bine de bucurie și speranță. Nu mai ai timp să-ți faci calcule și să-ți pui întrebări, te duci, te duci înainte cu brațele deschise, te bucuri și apoi tragi ponoasele. Asta e viața. În fond nimic nu e mai excitant decât să fii prins în acest joc hazardat al dragostei. Cred că femeile care au avut parte în viață de situații complicate dar s-au bucurat de iubire au fost norocoase. Câte femei sunt care habar nu au ce-i fericirea? Cum este primul punct de căutare a ei, a fericirii, orbește, pe un teren în care cauți balonul destinului plin cu frumuseți și promisiuni făcute doar ca să vrei să intri în jocul plăcerilor. Doar aceste simțiri pun în umbră normalitatea te pun să cauți continuu. Când te-ai oprit gata, nu te mai bucuri, nu mai ai pentru ce lupta. Ca atunci când visezi, și deodată visul se împlinește, te măriți cu persoana pe care ai dorit-o, ești amețit și când te trezești și vezi că nu mai ai la ce să te gândești să lupți să obții, te dezumfli. Gata, nu mai ai vise, dorințe, ai tot, ești sătul, nu te mai duci la muncă până când nu-ți este din nou foame.

-Bună dimineața, Bianca!

Dan intră cu niște hârtii în mână, se oprește lângă pat.

-Bună, Dane!

-Uite și tu, Bianca niște informații de care trebuie să ținem cont.

-Care?

-Că expunearea lucrărilor în galeriile fizice costă destul de mult.

-Asta știm amândoi dar este o investiție serioasă Dane, mult peste o expoziție virtuală, e drept că depinde de cât ești de motivat cât de mult valorează pentru tine.

Între timp mă îmbrac în fața lui fără jenă și mai ales fără să fac caz, părea normal. Nici el nu dă importanță. Asta ar putea să pună în încurcătură. Nu mai e impresionat pentru că deja mă văzuse goală? Am făcut dragoste cu el? Pare că suntem împreună și că nu ne mai jenăm.

-Iată care este principalul avantaj Bianca. Și nu te mai învârti dezbrăcată că mă exciți.

Bine, dar a spus-o după ce reușisem să pun ceva pe mine. Era prins în discuție, de aia nu a făcu caz.

-Da? Și care?

-Acest avantaj poate fi pus pe cealaltă parte a balanței. Ești de acord că orice lucrare expusă câștigă un plus de valoare?

-Da, dar în timp, *lucrarea poate fi cunoscută și așa că și tu devii cunoscut și au să le crească valoarea,* Dane.

-Cu alte cuvinte îmi crește cota?

-Da, este valoarea ta ca artist. Este important în cazul în care vrei să vinzi parte din tablourile pe care le-ai făcut.

-Și după cum știi, la vernisaj ai ocazia să cunoști și alți artiști.

-Avem. O să vii cu mine nu-i așa, Bianca?

-Depinde de cum decurg lucrurile cu încurcătura mea, Dane. Nu uita că te duci în gura lupului, sunt criticii de artă și mai ales colecționarii. Nu ești la prima experiență. Știe toată lumea povestea cu Paul, pune și asta în calcul.

-La naiba, până atunci au să uite.

-Știi tu că așa va fi?

-Ei, Bianca sigur că știu, ei sunt printre invitați, ei, iubitorii de frumos, ei care știu cum să investească în artă, nu sunt interesați de poveștile de scandal.

-Bine, ne ocupăm mai întâi de selecționarea tablourilor pe care te-ai gândit să le expui. Asta este singura metodă de a vinde, Dane, de a vinde cuiva care să știe să te aprecieze.

-Trebuie să le selecționezi pe cele care crezi tu că se pot vinde pe loc, chiar la expoziție.

-Dacă dă Dumnezeu și vând măcar două tablouri Bianca, îmi pot asigura materialele pentru a putea picta un alt set de tablouri.

-Da? Ce planuri ai?

-Să le termin pe cele cu tine și despre tine.

Mi-a făcut așa o impresie josnică, vrea să profite, să tragă foloase din povestea mea nenorocită. M-am dezlănțuit și i-am făcut toate reproșurile care mi-au venit pe buze, am strigat la el, la cer, am implorat toți sfinții să-l pedepsească, dacă o va face, trebuia să renunțe la ideea asta în timp ce-l loveam pe unde apucam. El nu se ferea, părea bucuros că mă descarc. Când am văzut că nu au servit la nimic, m-am așezat pe marginea patului, mi-am acoperit fața și m-am pus pe plâns.

-Hai nu mai plânge, Bianca, o să mai discutăm acum, avem lucruri mai importante de făcut.

Mă prefac că sunt indiferentă, încerc să-mi ascund starea mea nervoasă. Sunt sigură că dacă îndrăznesc să insiste, o să termine conversația începută referitoare la expoziție.

-Bine, hai să ne apucăm de treabă, să mergem jos să începem selecția tablourilor. Ai o listă? Te-ai gândit care vor fi lucrările cu care vrei să te prezinți?

-Da, cu tine.

Îmi spune în timp ce se așează lângă mine și mă mângâie. Mă îngrozesc, același gând mă bate, să-i cedez, dacă nu cumva am mai făcut-o aseară, și să vreau înapoi jurnalul intim. Vocea lui părea ca vocea lui Paul. Languroasă, cerșetor de mine, de ce aveam și eu mai de preț, mă uit la el grăbită, se vede după față că e serios, nu pot să-l resping ca să nu stric tot. Mă gândesc să-l las să facă ce vrea, oricum nu mai contează o dată în plus. Tocmai el cu care credeam acum două luni că o să pot să mă îndrăgostesc, eram pe strada cea bună. Și deodată s-a stricat totul, odată cu apariția lui Paul. Și acum Dan. Îi simt suflarea pe gâtul meu, pe piele. Un fior mă străbate și tresar, nu reușesc să mă acomodez cu situația asta neașteptată. Pare intrigat că nu mă opun.

Gata a înțeles că vreau. Am simțit din privirea care s-a schimbat, mă privește ciudat, este intrigat că stau. Ba mai mult, pare că-l deranjează faptul că am început să-mi solicit corpul incitant în ritm lent la fiecare mișcare. Stă, mă privește printre gene, cu o privire sigură ca a unuia care știe ce-i place. E sigur că-și va atinge scopul. Că eu sunt împinsă de propria-i dorință, e hotărât să-mi arate ce vrea. Și eu care mă minunez de mine de parcă nu mai văzusem un bărbat, nu mă cred în stare să exercit asupra lui o atracție atât de puternică, carnală.

E ca un animal care a simțit mirosul femelei, vine spre mine cu un zâmbet care se vedea clar în colțurile gurii. Mi-a pus mâna pe talie ca și cum aștepta acest momentul de demult. Pare un magician dat cu parfum fin și cu fața preocupată, cu ținuta impunătoare, bărbătească și hotărâtă, și eu lângă el delicată, că am nevoie de mulți ani ca să ajung o femeie puternică fizic ca să mă pot lupta cu el în pat. Silueta mea nu l-a impresionat, e ceva ca un magnet, o certitudine. Semnalele lui nu încetează. Atingeri neașteptate, un alt zâmbet, vorbe cu mai multe înțelesuri și priviri ce se înfig încet în mintea mea. Absorbit de ce trebuie să facă, observa cu atenție ce se petrece cu trupul meu care se mișcă cu atâta eleganță încât pare ale unei profesioniste. Se vede că nu e în stare să-și stăpânească propria voință, împins cu viclenie de mine, de degetele-mi fine.

-Te rog să mă lași să le sărut, Bianca.

Am întins mâna cu sfială prefăcută, dar înainte i-am căutat privirea să-l văd cum se bucură, a mângâiat-o încet și fără rușine, deget după deget cu o senzualitate ce m-a făcut să mă înfior, a ajuns până în picioare ca un tremur, sau ca o pală de aer rece de vară sub arșița soarelui. Nu mi-a dat drumul, m-a întrebat dacă să continue. Șoaptele lui pe măsură ce le rostea printre săruturi elegante lucrau ca să mă prindă într-o plasă invizibilă care se strânge lent gata să mă lipească de el, să mă imobilizeze și să mă iubească. Nu găsesc vorbele cu care să refuz, știe că am înțeles ce vrea care este dorința lui în aparență atât de simplă.

-Te asigur, Bianca, că nu vei uita multă vreme această zi.

Am început să mă mișc delicat în brațele lui, totul e o nebunie din care aș fi putut să scap, să-i uit numele și să-mi văd de viața mea ca și când nu mi-ar fi mângâiat niciodată degetele și sărutat buzele. E așa de ușor și de simplu. Asta știu dar mai știu că e adevărat, dar vreau să mă prefac că nu știu. De multe ori mă gândeam la el, ce-ar fi să fie? Oare acum când mă vede, mă atinge și se cufundă în ochii și trupul meu e o altă dorință care mi s-a împlinit? Doar că nu era acum momentul în care aș fi vrut și eu să se-ntâmple. Gata nu mă mai gândesc la atunci, nu pot să nu-mi calculeaz amploarea gesturilor și nici să știu dacă acel drum mă va duce la poarta paradisului sau la pierzanie. Mi-a atins spatele, oftează, geme, se simte bine în toată splendoarea lui de cuceritor obraznic, sau poate o fi doar un exces al fanteziei mele.

-De când aștept acest moment.

Îmi șoptește la ureche. Nu i-am dat nici un răspuns, m-am prins de el și l-am tras spre mine, să-l simt, măcar să profit eu de el. Vorbește continuu, abia perceptibil, avea vorbe ce aștepta să mi le spună, erau complice și apropiate ca și cum mă așteptau împreună, de parcă ne căutam de la începutul timpului, din copilărie. Mi-l amintesc mereu elegant ca și manierele lui elegante așa cum e și rafinamentul din lumea lui, emana mirosuri fine dar mai ales masculinitate. Îl simt cum îmi strecoară iar șoaptele lui în ureche, un fior mi-a străbătut iar corpul.

Oare el va reuși să facă din mine o femeie responsabilă? Oare ce-mi va rezerva viața alături de el? După numai o săptămână de pace nu am reușit să țin echilibru în gândurile mele între Paul și Dan, gânduri care nu m-au ajutat să înțeleg unde trage mai tare sufletul și mintea, spre care dintre ei...

Eleven

Capitolul 11

Și cum socoteala
din târg,
nu se potrivește cu
cea de acasă...

Acasă la mine

Am hotărât să plec acasă. Trebuie să înțeleg ce vreau. Îl aud și acum pe Dan care strigase cu toată forța că Paul nu mă va iubi niciodată cum mă iubește el. Voiam să fiu singură, simțeam nevoia să plâng absența lui Paul și poate să regret despărțirea mea de Dan, deși fusese scurtă și poate că ar trebui să mă învinovățesc că am distrus proiectul unui viitor cert. Dar curios e că nu am reușit să plâng și nici să mă mai gândesc la ce-a fost.

Am început să mă plimb prin magazine. Alaltăieri eram chiar aproape de secția de poliție. Așa deodată mă gândesc să intru să mă interesez de cazul meu, mai precis de Paul. Și bine am făcut. Cazul a fost arhivat pentru că eu am declarat că eu sunt cea care-i dăduse bijuteriile ca să le vândă. Așa că el fusese eliberat după 24 de ore. Mă bucur, dar în același moment sunt intrigată cum de nu a sunat sau nu a dat nici un semn de viață, sau să-mi mulțumească pentru faptul că-l scăpasem de pușcărie. Instinctiv mă grăbesc să plec acasă. Speram să vină. Doamne, oare ce se întâmplă cu mine? Și dacă vine, ce să fac eu cu un hoț? Mă urc în mașină și ca un făcut, începe ploaia, părea că vrea să mă oprească din drumul meu. Stropi mari cădeau pe parbriz, ștergătoarele păreau inutile, se mișcau într-un ritm drăcesc dar nu reaușeau să-l curețe. Trag pe dreapta. Inima a început să-mi bată drăcește. Doamne, ce-o fi cu mine? Cum să mă bucur dacă ar fi să vină Paul? Hoțul care m-a și...

Un fulger mă trezește din gândurile mele, era chiar în fața mașinii, apoi tunetul m-a speriat așa de tare că am uitat de tot. Mă chircesc lângă volan și închid ochii. Stropii care cad pe mașină fac un zgomot infernal. Șiroaie de apă ca o perdea densă, nu se mai vedea afară. Sunt la câteva sute de metri de casă. Nu am încotro, trebuie să aștept să se potolească. După alte tunete mai potolite începe să se limpezească, nu mai plouă așa de tare, deschid ochii și privesc înainte. Cineva trece alergând de pe partea cealaltă a străzii, se ferește de câteva mașini care-l stropeau fără milă. Zâmbesc. Cine naiba te-a scos din casă pe vremea asta domnule? Avea un trenci bej de pe care se scurgea apa ca de la streașină. Mă amuz. În cap ține diplomatul în speranța că o să-l ferească de ploaie. Trece prin fața mea pe partea dreaptă a mașinii și începe să bată în geam cu putere. Geamul este aburit. Dau cu mâna să-l curăț, să văd cine e nebunul care vrea să-l las în mașina mea elegantă cu tot șiroiul de apă. Insistă, las geamul în jos, individul se apleacă și-mi spune să deschid. Stau să leșin.

-Sunt eu Bianca, deschide portiera.

Apăs involuntar pe buton, deblochez, se deschide, în mașină se aruncă în grabă el, PAUL. Mă arunc în brațele lui, lacrimile sunt mai multe decât ploaia. Nu plâng, gem, suntem amândoi îmbrățișați, aud din când în când cuvinte ciudate care cer iertare.

-Ai să poți să mă ierți, Bianca? Poți? Hai, spune-mi, te rog. Te implor,

Iartă-mă.

Am stat îmbrățișați până când am crezut că o să am curajul să-l privesc din nou, pe el, jefuitorul meu, jefuitorul de bunuri și de suflet. Da, căci cea mai grea suferință a fost a sufletului. Pierdusem orice speranță, și mai ales pe el.

-Bianca, iartă-mă, știu că te-am rănit, dar mai ales te-am dezamăgit.

-De ce te-ai întors, Paul, nu mai ai ce să-mi iei, ai luat ce a fost mai bun din mine, m-ai lăsat cu mintea și mâinile goale. Ai plecat. De ce?

Mă surprinde faptul că mă privește direct în față, nu se ascunde.

-Hai să o luăm de la capăt, Bianca, hai să uităm.

-E ușor de spus, dar să știi că faptele ne urmăresc, nu ne vor lăsa în pace, Paul.

-Vreau să cred că iubirea noastră este cel mai frumos lucru care ar mai putea să ne condamne la suferință.

-Poate că e prea târziu Paul să o facem. Noi am ars niște etape, dar, avem amintiri, gânduri, clipe minunate avute într-un timp scurt. Și acum iată-ne din nou față-n față lăcrimând de durere. Nu am fost noi cei care am visat, am făcut planuri, oare cum să uit de tine, cuuuum?

-Mă întreb dacă suntem potriviți, de ce trebuie să te iubesc tocmai pe tine, care...

Îmi acoperă gura cu mâna umedă de la picăturile ploii, sau sunt lacrimi rămase ca să le simt gustul.

-Oare de ce ne-am întâlnit, Bianca? De ce ai venit în viața mea?

-Eu am venit? Tu ești vinovat, ce voiai de la mine, bani? Și ce mai voiai? Spune acum sincer, ce?

Urlu ca o disperată, trebuie să mă exteriorizez, nu mai pot, sunt așa de fericită că-l am în față încât aș putea chiar să-l pocnesc, din dragoste. Tare îmi este dragă licheaua asta. Îmi este dor de el, de clipele trăite, minunate, părea un vis împlinit. Îmi vine să plâng, să urlu de bucurie că e aici. Ploaia se potolise dar noi încă ne certăm, ca doi copii care nu știu care sunt limitele iubirii, ale dragostei, inconștienți de faptul că vor trebui să plătească.

-Am, înțeles de la început că vei pleca, nu puteam să contez pe tine, dar dorința mea a refuzat să nu mă las iubită de tine.

-Îmi pare rău că ți-am spulberat visele, dorințele și dragostea pentru mine, acum o să recuperezi tot ce ai pierdut, iată-mă sunt aici, fă ce vrei cu mine.

-Dacă aș avea un pistol te-aș împușca, te-aș ciurui, ca atunci când ai să bei un pahar cu vin să țâșnească prin toate găurile făcute de mine.

Pornesc mașina, nu știu clar unde naiba să-l duc, la mine acasă, la un hotel ca să pot să-l pedepsesc. Asta nu e o idee rea. Da, da, o să-l duc la un hotel.

-Bianca, unde mă duci?

-La hotel, unde vrei să te duc?

-Cum unde? Acasă la tine.

-Dragă la mine nu e hotel. Ai fost primit dar nu ai putut să-ți înfrângi dorința de a mă jefui de dragoste și de bunuri, așa că acum o să stai la hotel. Am ajuns, poți să cobori. Ești liber.

Coboară în fața hotelului. Eu demarez spre casă ca o nebună. Abia acum am înțeles ce mult țin la el. Dar merită o lecție ca să se-nvețe minte.

Parchez mașina și intru în casă. Pe fotoliul din sufragerie e Dan. Stă picior peste picior. Na, beleaua, bine că nu l-am adus aici pe Paul.

-Și tu, ce naiba faci aici, Dane?

-Am venit să văd ce faci tu, dacă ești cu el.

-Îți mulțumesc, dar nu e cazul să mă urmărești și mai ales să vrei să ai controlul asupra mea. Înțelegi, Dane? Eu sunt majoră și vaccinată. Așa că, pleacă. Știi ceva, ia să-mi dai și cheia, așa nu o să mă mai trezesc cu tine aici, când îți vine ție.

Bagă mâna în buzunar, scoate cheia și o aruncă pe masă, apoi se îndreaptă grăbit spre ușă. Deschide, și în fața lui era Paul cu un buchet de trandafiri roșii. Iau cheia și o bag la mine în buzunar în timp ce în ușă se aud zgomote ciudate, mă apropii. Se luptă corp la corp. Dan avea deja un ochi vânăt și trandafirii lui Paul erau în mâna lui. De fapt numai cozile, petalele, un covor în fața ușii roșu, roșu ca o dragoste imposibilă, cu amândoi.

-Na, ia-i, dăruiește-i trandafirii, pușlama ce iești.

În acel precis moment, Paul îi mai dă un pumn tremurând de mânie. Mă bag între ei. Se potolesc. Dan pleacă ținându-se de nas. Paul intră în casă, se așează. Aduc niște gheață și îi pun acolo unde primise și el mesajul lui Dan, furios. Mă duc să mai aduc niște ghață, când mă întorc Dan stătea pe celălat fotoliu în fața lui Paul cu mâna la nas, îi curgea sânge. Mă uit uimită la ei, stau față-n față. S-au potolit.

-Bianca, dă-mi ceva să pun la nas că sunt numai sânge, nu pot să plec așa acasă. Mă duc în baie, îmi iau niște comprese adezive și niște vată să-i bag în nas nemernicului.

Îi pun în nas un tampon cu vată și cu oțet ca să se oprească sângele. Îl curăț pe fața și pe mâini, toate astea sub privirea lui Paul. El stătea cu gheața la falcă. Termin cu Dan și mă întorc la Paul, îi schimb punga.

Și așa, de la unul la altul am intrat în bucătărie, am pregătit un ceai. Aud discuții. Îmi este teamă că au să se încaiere din nou. Mă apropii și-i privesc. Paul era deasupra lui cu un nou pansament, îl schimba pe cel înăclăit de sânge. Mă grăbesc cu cănile de ceai.

-Mă, da tare te-am mai lovit, Dane, ce naiba nu te-ai ferit?

-Când? Nici măcar nu am avut timp, ai dat ca într-un sac de box.

-Da nici tu nu ai glumit, uite ce mi-ai făcut, mi-ai spart arcada.

-Voiam să te lovesc în gură dar te-ai aplecat ca să mă blochezi.

Eu printre ei cu cănile de ceai, nu știu ce să fac. Așa că m-a umflat râsul și am început să le spun printre hohote.

-Sunteți buni de filmat, stați așa să vă fac o poză, ca să vă amintiți cum v-ați luptat ca doi cocoși. Mă duceam spre dormitor să iau aparatul de fotografiat. Aud discuția lor. Mă opresc la mijlocul drumului. Nu-mi vine să cred.

-Pentru o găină, completează Paul.

-Doi cocoși, pentru o găină.

Spune Dan și vrea să râdă dar nu poate că se dezlipea pansamentul.

Mă simt ofensată, gluma era deplasată și lipsită de sens, nu era nici locul și nici momentul să facă glume proaste. Mă înfurii, mă întorc, le iau cănile de ceai de dinainte, îi iau de mânecă pe amândoi și-i conduc la ușa de la ieșire.

-Ia plecați voi de aici, din casa mea. Cum de vă permiteți?

Uimiți s-au conformat. Eu fierb, dar mă uit pe după perdea să-i văd cum pleacă împreună. Discută, ba chiar s-au oprit și râd zgomotos. Se urcă în mașină și dispar. Doi bărbați care m-au dezamăgit. Mă gândesc ce simplu e ca destinul să-ți arate cu cine nu trebuie să te duci la drum în viață. Și așa am scăpat de amândoi, odată.

Iau mătura și fărașul. Curăț banalele petale pe care le văzusem minunate înainte ca ei să-și permită să șteargă valoarea unui gest frumos cu niște cuvinte dezgustător de oribile. Auzi, găină. Fir-ați ai naibii să fiți, da cine vă credeți voi? Na, uite cu cine m-am culcat. Doi bădărani care se ascund sub haina eleganței. Doi trișori, profitori.

Mă întorc nervoasă, pe masă e geanta mea. Alături e jurnalul intim și schițele pe care le făcuse Dan. Le iau, mă uit atent la ele, simt cum mă cuprinde o pace interioară totală, desfac schițele și le număr, erau toate. Deci Dan le adusese, a înțeles că m-am culcat cu el ca să mi le dea înapoi. Cu Paul, am reușit să le recuperez tot așa, acum și de la Dan. Asta da, reușită. Bravo, Bianca. Deci asta este moneda cea mai de preț. Așa poți obține tot ce vrei de la bărbați. Încă o dovadă că nu sunt pregătită să pot să mă confrunt cu ei, bărbații.

Încui ușa de la intrare. Intru în baie, fac un duș, mă învelesc în halatul de culoare roșie ca focul, mă întind pe canapea. Nu aveam nici un fel de dorință și nici vreo senzație nouă, nu cred că se mai întâmplă ceva în această zi atât de lungă și de agitată.

Mă duc spre dormitor cu pași înceți ca să nu mă trezesc. Mă întind, închid ochii. Prin fața mea trec imagini ca într-un film, văd persoane care se mișcă, nu le cunosc, văd și decorul pe unde trec pe străzi, erau mulți și eu printre ei. Parcă aud vocea lui Bazil, întorc privirea, era în spatele meu, mă urmărește. Văd doar bustul, așa ca în tabloul cu care acoperisem seiful. Culorile se topesc, se scurg sub privirile mele uimite, îi acopereau fața. Ce vrei? Se apropia de mine cu brațele întinse. Degetele păreau crengi uscate, mâinile se lungesc, stă pe loc, râde, un râs oribil, îngrozitor. Ce vrei? Continui să-l întreb. Nu răspunde, se apropie de gâtul meu, simt cum mă strânge, ochii lui erau dornici de răzbunare. Să-mi dai înapoi ce ți-am dat, nu le meriți, m-ai mințit, Bianca. Eu te-am iubit cu adevărat, am murit iubindu-te, nu uita asta și acum sunt furios, din dragoste a mai rămas doar furie. Vezi? Nu este rezolvat cazul, trebuie să-l rezolvăm, să clarificăm, a fost dragoste sau numai interes, Bianca? Eu sunt cel care a rămas cu regrete și nostalgie deși nu mai sunt printre voi, gata, relația noastră a eșuat, am avut ghinion în dragoste. Vei fi mereu înșelată de cei în care ai încredere. Voi fi coșmarul tău toată viața, vezi cum faci să scapi de mine. O să am grijă să ai probleme mari în afaceri, o să ai pierderi materiale majore, ha, ha, haaaaa!

Se îndepărtează cu un urlet care se amestecă cu vântul puternic, cu ploaia și frunzele, îl ia și-l duce din nou acolo, de unde nu ar mai fi trebuit să iasă. Eu abia mai respir. Nu, nu, lasă-măăăăă, urlu și mă trezesc speriată.

Sar din pat și aprind lumina, mă duc în bucătărie, beau un pahar cu apă. Intru cu paharul în mână în biroul meu unde era tabloul lui, sunt terminată. Rămân uimită, tabloul e strâmb. Știu sigur că nu era așa. Las paharul, apuc tabloul ca să-l aranjez dar îmi dau seama că iar e descuiată ușa de la seif. Îl pun alături, trag de ușă și rămân uimită. Nu putea să fie adevărat, poate că încă mai visez. Seiful era tixit cu bani, cu euro, pachete peste pachete, în fața era un plic asemănător cu cel pe care-l lăsase Paul cînd plecase la Paris ultima dată. Am început să tremur. Desfac plicul, mă așez pe covor și citesc:

Draga mea,

După cum vezi te-am despăgubit, trebuia să le vând, am făcut banii pe jumătate, știi, așa e în afaceri. Am riscat mult și merit partea mea. Asta deși este o tranzacție neoficială singurul lucru important din toată această poveste este că eu sunt îndrăgostit de tine. Atât am vrut să știi. În rest, te las pe tine să hotărăști ce vrei să faci cu mine, cu noi. Am făcut o dublură la cheia casei tale, este tot în plic. A trebuit să intru să-ți las partea ta. Nu vreau să mă milogesc, să-ți cerșesc dragostea. Trebuie doar să știi că eu sunt o persoană așa cum ai cunoscut-o nu poți avea încredere în mine, eu sunt un bărbat liber, iubesc, trăiesc și mă bucur de cum știu eu, nu după cum vor alții. Fă și tu așa. Dacă vrei putem să contiunuăm dar fără obligații. Hai să lăsăm destinul să hotărască pentru noi. Din nefericire lista greșelilor pe care le-am comis este nesfârșită. Tu ai cunoscut un alt bărbat, unul pe care nu-l știam nici eu. Vezi cum plătim libertatea? Nu știm ce să alegem din viață, atâta timp cât piața oferă, noi nu știm ce vrem. Și așa ne lăsăm ghidați de false iluzii. Alături de tine am trăit cele mai frumoase zile din viața mea. Sigur nu vei crede. Să știi că doar o singură dată în viață găsești dragostea, și asta numai dacă ai noroc. Poate că într-o zi, un fulg de nea sau o picătură de ploaie vor ajunge pe buzele tale, nu le șterge, acela este sărutul meu, Bianca. Nu uita că și mîine e o zi...

același Paul

Plecarea la Paris

Este o zi mohorâtă, la fel ca ziua în care murise Bazil. Stau cu ochii ațintiți asupra fotografiei așezate pe capacul de marmoră ce acoperă sicriul în care fusese așezat pentru ultimul său drum spre lumea celor ce ar trebui să găsească odihna veșnică. Am aprins o lumânare groasă lângă fotografia care în bătaia luminii părea că prinde viață. Nu plâng, dar ochii sunt scăldați în lacrimi. Cine știe de ce nu curg. Citesc a nu știu a câta oară ce scrie sub fotografia lui.

N-am vrut să plec de lângă voi, /Să trec în neființă, /Eu m-aș întoarce înapoi, /Dar nu e cu putință.

Mi se pare absurd cu adevărat, recitesc și nu-mi amintesc cine alesese acest epitaf pentru el. Absurdul, citisem în niște poeme filosofice, câteva definiții care explică sensul vieții, și despre absurd, cum spunea autorul, Absurdul Creației este lumina născută pentru a trăi. Dar despre adevăr spune că este Zăpada topită a cunoașterii din care răsare iluzia luminii.

Viața o definise ca fiind naufragiul timpului pe țărmul morții.

Îngenunchez acolo unde nu mai erau decât niște oase, ale unui soț care-mi dăduse ce a avut mai de preț, averea, la sfârșit de viață.

Pun capul pe placa rece de marmoră, ca și cripta, fără viață, doar cu suflete ce au lăsat în urma lor persoane pe care le-au iubit. Dar, și răutate pentru că au plecat înaintea altora, asta este răutatea, dimensiunea de bază a umanului, în numele iubirii sau a facerii de bine.

- Ne-am întâlnit atunci când stelele destinelor noastre plângeau, Bazil. Eu o trișoare și tu un om dornic să mai dai ce ai mai bun, dragostea ta veștejită, inutilă. Atât aveai. Cu mine au început să crească noi speranțe de viață. Eu asta voiam să te fac să înțelegi că am reușit să te văd altfel decât într-un corp obosit, vestejit cum erai înainte. Am desfăcut brațele, goală în fața ta ca să-ți dau viață. Știam că nu mai aveai cum să te mai bucuri de mine. Dădeam și eu ce aveam. Ai înțeles de la început că eu sunt doar o ultimă ispită. Ai avut curajul să vrei, asta am apreciat la tine, dragul meu Bazil. Poate că destinele noastre râdeau când ne-au pus față-n față. Cădeau ploile deșertăciunii peste noi, nu ne feream, știam că ne vor întări ca să ne pregătim pentru despărțire. Ne-a arătat că nesfârșirea străinilor din noi nu a reușit să distrugă destinul nemuririi în care am fi putut să ne ascundem iluzia fericirii, de frica despărțirii, dar mai ales de noi, atunci când nu aveam cum să oferim sărutul sincer, eram amândoi actori, cu lacrimile suferinței care nu se vedeau. Le adunam pentru a ne spăla după moarte.

Mă ridic, las câteva bancnote lângă fotografia lui pentru preotul cu care vorbisem să-i facă o slujbă de împăcare a sufletului cu despărțirea de mine, de lumea mea, să se liniștească. Ies, vremea mohorâtă mă înmuiase fizic, pășesc nehotărâtă, parcă cu părere de rău că nu stau la slujbă, dar nu mai avea sens. Eu i-am spus direct ce aveam de spus. Acum e datoria preotului e să-l tămâieze și să-l asigure că poate să fie liniștit acolo.

Mă simt eliberată, trebuia să o fac mai de demult, dar nu m-am gândit niciodată că va trebui să mai am întâlniri nocturne cu el, un soț mort de 6 șase ani.

A fost ultimul popas la Bazil în mijlocul unei lumi reci și indiferente.

America, waaau

Am tot căutat dragostea prin aceleași locuri vechi pe care le știu din totdeauna dar nu am avut noroc. Poate că are o legătură căutarea cu norocul, sau poate că este numai o barieră. Nu reușesc să înțeleg dacă ce am realizat este doar o simplă întâmplare sau succesele mele sunt darurile sorții. Încă mai cred că numai accentul meu franțuzesc m-a ajutat în carieră și mai ales în seducție. O fi legat de noroc, sau că am fost la momentul potrivit în cronologia timpului acolo unde m-a trimis soarta. De multe ori eram întrebată cum am devenit atât de cunoscută corespondentă la vârsta mea. Am tot crezut că sunt norocoasă, dar acum am înțeles că este meritul meu pentru tot ce am făcut. Am regăsit încrederea în mine acum când m-am eliberat de persoanele care aveau doar să mă încurce în următorii pași în viață, dar mai ales în carieră. Cât timp pierdut cu ei, câte gesturi, vorbe, promisiuni în van. Și eu care credeam...

Lucas

Pregătesc cafeaua de dimineață fără să vreau să mă mai gândesc la trecut. Mă așez din nou pe colțul meu de masă. Privesc în jur. Soare în toată casa pare o lumină binecuvântată. Liniște desăvârșită în casă și în suflet. Sorb cu plăcere din cafeaua care mai întâi trimite spre mine mirosul, ca să mă bucure. Dar, liniștea este întreruptă de notele unei melodii pe care o cunosc foarte bine, la ghitară, e cea care trece granițele lumii, vine de departe, vine de la un străin care m-a căutat fără să știe că prezența lui îmi face bine, poate că mai mult decât eram conștientă. Da, e el, mă apropii de computer, apăs pe tastă și gata. Două lumi, doi oameni două suflete rătăcite sunt fața-n față. Ne privim, lăsăm melodia să se termine, e lină ca gândul, mângâie, acoperă dureri și trezește la dragoste, la nevoia de a iubi. Când am auzit-o pentru prima oară m-a impresionat simplitatea unui mesaj din partea unui bărbat care recunoaște că o femeie a putut să-l ajute să nu-și mai piardă timpul în bar în fața unor pahare cu Whiskey de Tennessee. Și el care recita încet în fața camerei ca eu să-l văd cum se bucură că mă cunoscuse, pe mine, așa de departe care nu putea să-l atingă și nici să-i fac rău. Și el care s-a fixat cu gândul, s-a legat de mine și a făcut o icoană a voinței. A făcut-o pentru mine și cu mine. Începuse cu doi ani în urmă când într-o dimineață găsesc o cerere de prietenie a unui tip din Memphis, Tennessee. Am acceptat, eram curioasă ce vrea. Era beat, se juca pe tastele calculatorului și din întâmplare m-a ales pe mine ca să-și spună necazul.

Și cum eu știu ce înseamnă să fii singur și trist, dezamăgit de viață sau de faptele tale, l-am ascultat.

-Cine ești? îl întreb în engleză.

-Lucas. Îmi răspunde cu un accent sudic american.

-Ce vrei? Mă cunoști?

-Nu. Nu încă.

-De ce vrei să vorbești cu mine?

-Am văzut fotografia ta și mi-am propus să nu mai beau, de dragul tău.

-Păi văd că nu te-ai ținut de cuvânt, ești beat.

-Da, pentru că abia te-am descoperit.

-Cum ai făcut?

-Așa simplu, am apăsat la voia-ntâmplării și ai apărut tu. O fi întâmplător? Spune-mi Bianca, de ce vorbești engleză?

-Am învățat la facultate. Vorbesc și franceză, am locuit în Paris câțiva ani.

-Și eu vorbesc franceză, madame. Am învățat și eu, tot la facultate și la Paris. Am fost și eu acum câțiva ani cu cineva care m-a părăsit. Știi ceva, bine a făcut. Acum sunt liber. Am să rezolv cu băutura, îți promit, Bianca.

E tare simpatic și frumos, e cam afumat. Îi răspund printr-o propunere care mă avantajează. Îmi plac încurcăturile, el bețiv și eu o rătăcitoare în căutare de mai bine.

-Lucas, întâi rezolvă problema și apoi mai vorbim...

La început eu nu eram interesată, aveam viața mea, eram concentrată pe ale mele. Întâlnirile cu el erau fugitive, îi acordam puțin timp până acum, când sunt cu mintea limpede...

Mă așez în timp ce-mi aranjez părul, el ca un soare, mă salută.

-Ce face româncuța mea? Mă întreabă a doua zi.

Învățase pe Google și era o mare plăcere să-l aud cum sună această întrebare pusă de un american.

- Bianca, vreau ca tu să vii în America, la mine, da, te invit la mine, ce spui?

-Trebuie să știi că m-ai luat prin surprindere, e ca și cum aș fi fost invitată la Casa Albă să iau un interviu președintelui.

-Cum adică?

-Mă ia cu groază, nu știu nimic despre tine, nu sunt sigură că nu mă vei dezamăgi, am nevoie de un imbold psihologic. Trebuie să înțeleg dacă această invitație neașteptată ar putea găsi zone de încredere în mine, acum sunt într-o criză. Poate că la tine ar fi posibil să recuperez. Știi ceva. Accept cu plăcere invitația ta, dar dă-mi timp. Te anunț eu când voi putea veni.

Ce văd în fața mea este un spectacol, el într-o stare de exuberanță și bucurie nelimitată. Nu pot să nu spun că în acel moment ceva s-a declanșat în mine, am simțit căldură sufeletească, am simțit că începe un nou capitol al vieții mele. Nu știu de ce că doar nu-mi promisese că se-nsoară cu mine, dar simplul fapt că mă invitase acolo m-a uimit și bucurat în același timp.

Este îmbrăcat cu o cămașă în carouri, albastre cu roșu, are pălăria de cowboy pe care a aruncat-o până în tavan când i-am spus că accept.

- Yesssssss!!!!!

E tot ce a spus cu o bucurie nestăvilită de emoții. Nu mai aud bine, sunt impresionată de cum a primit vestea. Eu rămân nemișcată și pe obraz se scurg lacrimi, lacrimi de bucurie.

Intru pe pagina lui de pe Facebook să văd data lui de naștere. 19 iulie 1959. E cu numai trei ani mai mare. Mai sunt aproape două luni până atunci. Prima mea grijă a fost să o chem pe Elena, agenta cu care cumpărasem vila. Vreau să o pun la vânzare. Apoi am început să fac cutiile cu lucrurile pe care voiam să le donez. Erau multe. Nu oprisem aproape nimic din hainele pe care le purtasem prin lumea pe care voiam să o uit. Nu, nu din cauza lor, din cauza mea, eu sunt vinovată trebuie să recunosc. A mai rămas doar mobila care va fi vândută o dată cu casa. Chem o societate de bineface din București și stabilesc cu ei să vină ca să eliberez casa.

Când au plecat am avut o senzație de ușurare, nu mai eram legată de lucrurile din trecut. După numai 9 zile Elena a venit cu o familie care era interesată să cumpere casa. Nu au făcut nici un comentariu asupra prețului, am avut grijă să fie rezonabil. De ce vă povestesc? Pentru că era prea mare pentru mine, erau spații inutile, camere în care nu intrasem aproape de loc. Am semnat actele, am fost la notar, am stabilit să stau în casă încă trei săptămâni până la data plecării mele spre o lume necunoscută, mai exact în vizită la Lucas. Cine știe cum va fi? E clar că nu mă tem. Situația mea financiară îmi dă stabilitate și siguranță. Aproape că sunt gata să investesc dacă Lucas nu are decât pălărie de cowboy și cizme cu pinteni.

Sunt așa de mulțumită, evadez, fug, știu de ce și mai ales știu unde. O să intru în altă competiție cu viața. Las trecutul, sunt în căutarea încrederii în mine în stare brută. Vreau să mă văd în acțiune, poate că viața normală nu a atins încrederea în mine, mereu tulburată de această luptă cu sexul opus. Eu caut acea revelație care să-mi dea încrederea convingătoare încât să strige: așa, e bun drumul pe care l-ai ales Bianca, mergi înainte! Ai fost martora unor evenimente prin sălile de ședințe, birourile politicienilor și printre cei ce i-ai avut în fața ta când ai avut curajul să scormonești prin viețile lor. Persoane dintr-un spectacol bine regizat în care se ascund. Dar nu se poate simula la infinit. Acum ca să câștig trebuie să am încredere în mine, am toate instrumentele fizice, pot intra în competiție cu Lucas și mai ales cu lumea lui, cu America binecuvântată de Dumnezeu...

Întâlnirea cu Lucas

Sunt în aeroportul din Memphis, aștept să-mi iau micuța mea valiză. Prin fața mea se învârt pe banda cu bagaje valize de toate dimensiunile și culorile. Mă întreb ce-or căra oamenii ăștia după ei atâtea lucruri inutile. Avem nevoie de atât de puțin ca să fim fericiți. Hop, a venit și valiza mea cu brelocul de Bruxelles. Mă îndrept spre locul unde destinul avea să mă ducă pe o stradă necunoscută, cu oameni noi, cu obiceiuri noi. Pare că nu mai văd bine, sunt emoționată, vreau să trăiesc acest moment, vreau emoții, sincere de data asta. Am fost destul o trișoare.

Printre cei ce așteaptă, e unul și pentru mine. Unii au scris pe cartoane, nume, dar el nu. Îl văd, mă îndrept spre el. Deja are brațele desfăcute pregătit să mă cuprindă, mă așteaptă, nu cred că o să reușesc să ajung până la el, picioarele nu mă mai ascultă. În sfârșit, vine el spre mine, mă ia în brațele-i puternice și mă strânge la pieptul lui repetându-mi numele, Bianca, Bianca, româncuța mea, bine ai venit, cu un accent american autentic.

E greu de descris câtă bucurie și neașteptată conecțiune avem, pare că mai fost împreună în alte vieți și că acum ne regăsim. Este îmbrăcat la costum, elegant. Ieșim din aeroport. Se tot oprește să mă sărute. Drept să spun cred că și pe gură dar eu nu mai pot de bucurie, așa că nu mai știu precis pe unde. Sunt excitată și fericită.

În parcarea din aeroport mii de mașini, ajungem în sfârșit, deschide portiera și pe bancheta din dreapta un braț de trandafiri roșii. Îi ia și mi-i pune în brațe, nu știu ce să fac cu ei, sunt numai lacrimi, bucurie, emoție și uimire de cum sunt, nu mă mai recunosc. O lăsasem așa de departe pe Bianca. Pare că sunt una nou nouță.

Las trandafirii pe bancheta din spatele mașinii Land-Rover. El mă așteaptă. Mă apropii, desfac brațele și mă apropii de splendida lui gură și îl sărut, da, un sărut adevărat, unul nou, unul care să vorbească, să-i spună că eu am să-l fac fericit. Îmbătată de mirosul lui, de trupul pe care-l simt lipit de al meu, de farmecul timpului promis prin acest început de drum în America...

SFÂRȘIT

About the Author

Ce spun alții despre autoarea Mara Popescu-Vasilca

Un profil impresionant, Mara Popescu-Vasilca, un nume care mi-a atras atenția în mod deosebit, o persoană, o scriitoare, o personalitate în lumea culturii, care a reușit să își deschidă sufletul înspre oameni folosindu-se de talentul său literar.

Apariția ei ca scriitoare poate fi asociată cu deschiderea unei cutii de comori, valori care au stat ascunse, iar acum pot fi admirate și apreciate, etalându-și frumusețea.

Mara Popescu-Vasilca, a reușit să transforme oroarea anului pandemic 2020, într-o colecție de volume, să creeze în loc să se afunde în suferință și frică, să preschimbe durerea în splendoare.

Prețuire și admirație sinceră, pentru un exemplu de viață, voință și energie pozitivă!

Felicitări din toată inima!

Gabriela Raucă,
Scriitoare
Viena, 12 ianuarie 2022

*****

Mara Popescu Vasilca are dreptate, "viața este complicată " și toate încurcăturile și labirinturile emoționale prin care ne poartă cu atâta profesionalism autoarea, ne fac să apreciem și să fim mai fericiți cu viața noastră, pentru că, încă o dată subtil și fin, fără să ne dăm seama, scriitoarea ne dă lecții de viață!Pentru că destinul dar și principiile de viață sunt specifice fiecărui individ, la fel ca și nevoia de iubire, de dragoste împărtășită și de atașament, lecțiile de viață pe care le primim tind să ne facă să ne descoperim pe noi înșine, parcă mai buni, mai norocoși și mai fericiți

Clădirea atentă a romanului"Vanda, între Dorință și Rațiune" prin bogăția evenimentelor,profilului psihologic al fiecărui personaj și multitudinea personajelor dar și al evantaiului emoțional dăruit cititorilor, fac din scriitoarea Mara Popescu Vasilca un romancier de excepție care ne uimește prin profunzime și meticulozitate și care, va dărui cu siguranță și alte romane la fel de valoroase literaturii contemporane.

Mihaela CD
Scriitoare
Membru al Ligii Scriitorilor Români
Membru al Uniunii Scriitorilor din Canada
Președinte al World Poets Association filiala Canada

*****

MARA POPESCU-VASILCA
UN EVENIMENT DEOSEBIT ÎN LUMEA LITERARĂ A ANULUI 2021

Nu cu multe luni înainte de a se încheia anul 2021, numele autoarei Mara Popescu Vasilca era necunoscut în lumea literară. Nu de mult, Adrian Erbiceanu, Președintele Asociației Scriitorilor de Limbă Română din Québec (ASLRQ), mi-a atras atenția asupra acestei autoare. Așa am luat legătura cu dânsa și a fost o surpriză cu adevărat plăcută. Am aflat că autoarea a început să scrie nu de mult.

Gândul m-a trimis la ideea că fiecare eveniment din viața noastră își are un timp al lui și, astfel, fiecare putem descoperi artistul exilat în interiorul nostru, poate chiar acel creator necunoscut, neobservat, dar care așteaptă nerăbdător ocazia să creeze bucurie de viață și împlinire. Și așa am mai aflat și câte ceva despre recentele sale scrieri. După ce am primit pe internet câteva romane, surpriza a înflorit. Nu e vorba de o surpriză oarecare, ci de una care îți cere o pauză de gândire pentru a te asigura că ai auzit bine și ce ai auzit e veridic. Autoarea mi-a spus că a început scriind șase romane într-un singur an, 2020. Fiind la începutul acestei noi pasiuni și neavând contactele necesare, în plus trebuind să se supună rigorilor pandemiei, autoarea nu a reușit să-și facă scrierile cunoscute. Cele câteva încercări, făcute de către editură, au rămas fără ecou.

În acest timp, stăpânită de vocația cuvântului scris, s-a lăsat în voia stării de spirit cu participarea întregii sale ființe, așa cum mi-a destăinuit aproape de fiecare dată prin telefon: „Am scris fiecare volum în decurs de două luni și le-am terminat într-un singur an. Aveam un fel de febră a scrisului. Nu puteam să fac pauze, fiindcă personajele mele mă chemau, trăiau ca ființe vii și îmi povesteau ce li s-a mai întâmplat. Uneori mi se întâmpla să-mi apară subiectul următorului roman, înainte de a-l termina pe cel aflat în lucru. Scriu pentru a mă împlini pe mine, împlinind astfel destinele altora". M-au încântat cele aflate și i-am sărit în ajutor.

Vestea s-a răspândit și s-a întors cu traista plină cu bucuria unei victorii emoționante. Acum Facebook-ul și internetul au multe imagini ale cărților sale și multe comentarii care au surprins-o și au făcut-o mai încrezătoare în scrisul său. Romanele Marei au în centrul atenției iubirea și sunt dedicate femeilor, dar nu numai. Titlul lor cuprinde numele personajului feminin și tema întregului volum: „Vanda, între dorință și rațiune", „Nora, în căutarea identității", „Paula, împlinire târzie", „Catia, gustul amar al trădării". „Ursula, o mamă judecată de copii" și „Bianca, printre castele de nisip." Toate au fost adunate într-o colecție: „Dragostea, arză-o-ar focul!"...

Elena Buică
Scriitoare
Pickering, Toronto, Canada
Decembrie 2021

*****

Autoarea, Mara Popescu-Vasilca e neîntrecută în crearea de caractere, de personae puternic conturate, unele fiind chiar arhetipuri ale femeii societății actuale, complexe, neliniștite, veșnic în căutare de un strop de tandrețe, gata să ofere celui de lângă ea, clipe de neuitat, atunci când acesta merită. Dar, chiar și atunci când bărbatul merită mai puțin.

Și dacă, la un moment dat, trăirile emoționale ale personajelor se amestecă, se pot decela unele trăsături de caracter ale fiecăruia, pus anume în context pentru ca acțiunea să fie rotundă.

Fiecare parte din întreg este importantă, la un moment dat, devenind esențială, ca în desfășurarea unui rol într-o piesă în care depinde de măiestria actorului ca să devină personaj principal. Personajele, ele însele se autodefinesc prin ceea ce spun, prin ceea ce gândesc și prin felul în care acționează. Și aici, latura psihologică a autoarei are un cuvânt greu de spus. Ceea ce e deosebit de important în această carte și în toate celelalte scrise de această autoare, este transmiterea de emoții pozitive și de motivații ale sensului vieții, trăit de iubit și că, oricâte nereușite am experimenta în viață, speranța nu trebuie pierdută.

*În "**Cuvânt către cititori**" însă, descoperim adevărata personalitate a autoarei, aici este ea însăși, fără ascunzișuri, fără imaginație ori fabulații. Ea își oferă sufletul direct pe tava ochilor noștri și nu se sfiește să monologheze, de fapt, cu fraze de genul: "Na, acum descurcă-te", "cum să vă spun... ", " Na, acum să văd cum te descurci Vanda", ca să-l oblige pe cititor să ia parte la acțiune, să gândească și chiar să ofere soluții unei situații. Și faptul că ia parte la frământările personajelor, este tot o invitație la meditație.*

Din totdeauna, omul s-a aflat "între dorință și rațiune", fiecare latură alternând în conștiința lui, înclinând terezia când într-o parte, când în cealaltă. A găsi un echilibru între cele două, a armoniza aceste dimensiuni este destul de greu, astfel că ne mulțumim să le urmăm pe fiecare.

Autoarea folosește adeseori tehnica stilistică a povestirii în poveste, după cea a filmului în film. Fiecare personaj devine, la un moment dat, narator, expunându-și propria experiență de viață, fie în dialog cu altcineva, fie ca monolog...

Cezarina Adamescu
Scriitoare
15 Octombrie 2021

You can connect with me on:

https://www.facebook.com/mara.popescu.10

Also by Mara Popescu-Vasilca

Cărțile din colecția "Dragostea arză-o-ar focul", Ediția a II-a:

Vanda, între dorință și rațiune
Nora, în căutarea identității
Paula, împlinire târzie
Catia, gustul amar al trădării
Ursula, o mamă judecată de copii
Bianca, printre castele de nisip

Aceste cărți se pot cumpăra în formă electronică de pe marile rețele de distribuție online cum sunt:

GOOLE BOOKS, BARNES & NOBLE, APPLE BOOKS, RAKUTEN KOBO, etc.

IMPORTANT!
Căutați folosind numele de autor:
MARA POPESCU-VASILCA

CPSIA information can be obtained
at www.ICGtesting.com
Printed in the USA
LVHW112338280522
719997LV00001B/25

9 781778 150463